ステリ

RCHER

白が5なら、黒は3

THREE-FIFTHS

ジョン・ヴァーチャー
関　麻衣子訳

TOKYO
HAYAKAWA
BOOKS

A HAYAKAWA
POCKET MYSTERY BOOK

THREE-FIFTHS
by
JOHN VERCHER

Translated by
MAIKO SEKI
First published 2021 in Japan by
HAYAKAWA PUBLISHING, INC.
This book is published in Japan by
arrangement with
BIAGI LITERARY MANAGEMENT, INC.
through JAPAN UNI AGENCY, INC., TOKYO.

装幀／水戸部 功

白が5なら、黒は3

登場人物

ボビー・サラチェーノ……………コミック好きの青年
アーロン………………………………ボビーの親友
イザベル………………………………ボビーの母
ニコ…………………………………〈ルーズ〉のバーテンダー
ロバート・ウィンストン……………医師
タマラ…………………………………ロバートの別居中の妻
マーカス・アンダーソン……………黒人の青年
ポケッツ………………………………イザベルの勤め先の店長
ラッセル………………………………ボビーの勤め先の店長
ダリル…………………………………ボビーの勤め先の同僚
ミシェル………………………………ボビーの勤め先の新人

1

一九九五年三月

ゴミの収集箱から、食べ残しの料理と饐《す》えたビールの臭いが漂ってくる。街灯に照らされた雪が、捕らわれた蛍のように音もなく舞っている。冷気が肺をこわばらせ、ボビーは喘鳴《ぜんめい》をこらえる。手に持っていた煙草を耳にはさみ、吸入薬を一吸いしてから、煙草をくわえて火をつける。マッチから漂う硫黄の臭いが鼻をつき、目が潤んだ。目もとを手で拭ってから、荷降ろし場を囲むフェンスの向こうに目をやると、通りの向かいに人影が見えた。

「誰だ、あれ」ボビーは言う。

隣にいたルイスが肩をすくめる。ボビーは前に進みでて、金網に指をかけて目をこらす。大柄な白人の男が、赤いピックアップトラックの荷台にすわっている。街灯のあいだの暗がりにいるので顔までは見えないが、太い両腕で膝を抱えてすわっているのがわかる。

ボビーとルイスは緊張の面持ちで視線を交わす。ポケットを探り、丸めた札束に触れてから、ボビーはもう一度ルイスに目をやる。厨房で働く痩せぎすのルイスは、ボビーよりも頭ひとつ分背が低く、体重も二十ポンドは軽い。あそこにいる何者かがこちらに向かってきたとき、頼りになるとは思えない。

「正面にまわって店に戻るか?」ボビーはルイスに訊いた。

「いや。おれの車は裏にとめてあるんだ。おまえ、まさかビビってるのかよ」

ボビーは中指を突きたてる。ルイスが怯えていないなら、行くしかない。ゲートを押し、きしんだ音を立てて開ける。すると例の男が顔をあげ、荷台から降りてきた。

ボビーとルイスは歩きだすまえに、一瞬足をとめる。あの男との距離を詰めたくなかったからだが、それを悟られるのもまずい。怯えを見せず、かつ相手に注意を払わないのがいちばんだ。ボビーが男に軽く会釈して前を向くと、視界の隅で、男が戸惑ったように両手を差しだすのが見える。

ボビーとルイスは足早に歩きだした。

「おい、ボビー。どこへ行くんだ」

男の声を聞き、ボビーは足をとめた。相手の顔を見て思わず口を開け、唇にくっついた煙草がぶら下がる。アーロンは髪を完全に剃りあげていた。青白かった腕はタトゥーで覆われているが、柄は影に隠れてよく見えない。アーロンがライターの火を灯すと、まるで地形図のように顔に刻まれたいくつもの傷があらわになる。盛りあがった傷痕が片目の下を走っていて、同じような傷痕が唇から鼻へと弧を描いている。思わず顔をそむけたくなるが、ボビーはじっと目をこらした。ライターの火が消されると、アーロンの顔はまた影に覆われる。

「マジかよ。おまえ、ハルク化しちまったな」ボビーは言った。

アーロンが笑みを浮かべると、真っ白で立派な歯が目についた。それに驚き、思わずボビーは身を引く。アーロンは笑みを引っこめ、口を閉じて歯を隠した。

「そのヒョロい身体でこっちに来いよ」アーロンがそう言って両手を広げたので、ボビーは歩み寄ってがっちりと抱擁を交わした。アーロンの背中を強く叩き、それから離れようとしたが、ますますきつく抱きしめられてしまう。ビールの臭いと体臭が鼻をつく。ようやく身体を離したかと思うと、アーロンは頭のてっぺんにキスしてきた。一歩後ろに下がると、アーロンが目をのぞきこんでくる。

「会いたかったぜ」

「わかった、わかったよ」ボビーはアーロンの身体を押しのけながら言う。「マジ、ホモかっつうの」

「おいおい、ふざけんなよ」アーロンはそう言って、ボビーの身体を軽く押した。口もとは微笑んでいるが、その目に浮かぶものを見て、ボビーは初めて面会に行った日のことを思いだす。まずいことを言ってしまった。謝ろうと口をひらいたとき、ルイスが車のドアを開けたまま声をかけてきた。

「ボビー！　明日はシフト入ってるか？」

ボビーは手を振って否定する。ルイスは舌打ちし、車に乗りこんだ。アーロンはふらふらと車に戻っていき、空《から》になったビールの六本パックと、半分空になったもうひとつの六本パックが載っている荷台によじ登る。そして隅のほうに腰をおろし、爪先で雪を引っかきだした。ボビーがアーロンの隣にすわるころ、ルイスは走り去っていった。

「メキシコ野郎とつるんでるのかよ」アーロンが言う。

「ルイスか？　あいつはだいじょうぶだよ」ボビーはアーロンを肘でつつく。「まともな奴だから」

「ふうん」

ボビーは真顔になる。アーロンはウィンクして、肘でつつきかえしてきた。

「三年ぶりだぜ！」ボビーは叫び、アーロンの肩をバシッと叩いた。「いやあ、また会えてよかった」

アーロンは笑い、手をのばしてビールを取り、ボビーに差しだす。ボビーはそれを押しもどした。

「いまでも飲まないのか」アーロンの言葉にボビーはうなずく。「もう飲める歳だろ。それに祝ってもいいないじゃないか」

「おれはいい。わかってるだろ」ボビーは言う。

「飲んだって死にゃしないさ。三年ぶりって言ったじゃないか。おれが刑務所から出てくるなんて、一生に何回あると思う？」

「一回きりだといいけどな」

「そのとおり。だから付きあってくれよ。それに、アル中は遺伝しないぜ」

「馬鹿言うなよ。遺伝するに決まってるだろ」

「マジか。そりゃ驚いた」

アーロンはビールを飲み干し、空《あ》き壜を通りの先の駐車場に向かって放り投げる。壜は派手な音を立てて砕け散った。いまは街灯の光が届いているので、ボビーはアーロンの顔をしげしげと見つめる。鼻は一度ならず折られたようだし、目の下の傷はかなり盛りあがっていて、有刺鉄線で縫われたのかと思うほどだった。その顔が語っているのは、肉体的なダメージだけではない。つくろったような痛々しい笑みの下に、悲しみが透けて見える。アーロンは新しいビールのラベルを引っかきはじめた。ボビーはアーロンの肩をつかんで揺する。

「なあ、だいじょうぶか」

「だいじょうぶじゃなさそうに見えるか？」また痛々しい笑み。

肩をすくめ、ボビーは言う。「ああ。なんとなく」それからトラックの荷台を軽く叩く。「この車、かっこいいじゃないか」

「親父が買っておいてくれたんだ。出所のお祝いだと」

「ずいぶん気前がいいな」

「まあ、おれがお勤めして手に入れたってわけさ」

ふたりは笑った。ボビーの知る限り、アーロンはまともに勤めたことなどなかった。父親は投資銀行で働いていて、地元議員の選挙活動に多額の資金を提供している。その恩恵を父も息子も享受してきた。スピード違反の切符は帳消しになり、マンガ本の万引きは記録から抹消された。

そして、密売目的での麻薬所持。三度目はさすがに無理だった。さらにアーロンは判事に悪態をついてしまった。その結果、長く、過酷な刑務所生活を送ることになった。

とはいえ、三年だけですんだ。これも父親の庇護のお蔭だ。

「なあ、ほんとに会えて嬉しいんだけど、ここじゃ寒すぎるだろ。どこか行こうぜ。おまえ、かなり酔ってるから、車の鍵はおれに渡してくれよな」

「あとちょっとだけ待てよ。おれは千日以上も閉じこめられてたんだぜ。外の空気がうますぎる。庭に出られることはあっても、あそこの空気はまずかったからな。あのフェンスを通ると汚染されるんだろ」そう言って、荷台の縁《へり》に積もった雪を払う。「こいつに乗ってここまで来るときも、棺桶に入ってるような気がした。おまえがほしけりゃ、こんな車くれてやるよ」

ボビーが働く店の厨房には、刑務所から出てきた者や仮釈放中の者が何人かいる。店長のラッセルも、若いころにぶちこまれたそうだ。どうやって刑務所生活を切りぬけたか、どうやって出られたか、そして二度とあんなところに誰ひとり戻らせたくないという話を、たびたびスタッフに語って聞かせている。「ムショってのは、若造どもをいったん捕らえたら離さないシステムになっている。ひとたび入ればラベルを貼られ、ムショ臭さが抜けなくなるんだ。そうなったらもう、逃れるのはむずかしい。肌の色によっては、なおさらだ。もう一度ぶちこむためなら、奴らはどんな理由でも見つけてくる。まともな職に就いたけど、給料が安すぎて裁判所に罰金が払えないって？　逆戻りだ。つるんでいる仲間のひとりが捕まったって？　逆戻りだ。若い黒人だったりしたら、まともに生きられるチャンスは半分以下になる。過ちを犯した奴には、それが分相応なんだと言われる。それが身の丈に合っている人生だと。何度もムショに逆戻りしていれば、否応なくそうなっていく。外でひどい目に遭ったうえに長くぶちこまれたなら、出たあとにどう生きればいいかわからない。どんなに認めたくなくても、二度と戻りたくなくても、ムショだけが自分の居場所《ホーム》になっていくんだ」

　ボビーはその話をにわかには信じられず、そんなシステムが存在するとは思えなかった。それでも、たびたび警官が店にあらわれ、ラッセルが面倒を見ている仮釈放中の若者を連れ去っていき、途方に暮れたラッセルが戸口で首を振るという光景を目にしてきた。いまトラックの荷台にすわり、爪を嚙んでいるアーロンの姿を見ていると、ようやくラッセルの話が腑に落ちるような気がした。刑務所で過ごした年月はさほど長くないが、それ以前のアーロンの人生はいかに楽なものだったことだろう。何か問題を起こしても、父親がしかるべき相手に電話をかけてくれれば帳消しになった。きっといま、外の世界に出てきて、アーロンは獄中の汚れた空気に慣れきっている自分に気づいたのかもしれない。あちら側のほうが、どういうわけかこちら側よりも心地いいのだと。なんとも不条理ではあるが、それが事実なのかもしれなかった。

　そんな考えを振りはらい、ボビーは手を差しだして車の鍵を受けとった。それからふたりは荷台から降り、車に乗りこんだ。ボビーが運転席の位置を合わせようとしたとき、何か硬いものが手に触れた。手に取ってみると、それは角の欠けたレンガだった。

「ムショではレンガ職人の訓練でもするのか？」ボビーは笑ってみたが、アーロンは笑わない。レンガをボビーから受けとり、ビールの隣に置く。「マジな話、なんでそんなもの持ってる？」ボビーが訊く。

「おれが座席の下に小さいバットを隠し持ってたの、覚えてるか。何かあったときのために」ボビーはうなずく。「刑務所から出たとき、ゴミの収集箱の近くに欠けたレンガの山があったから、ひとつ持ってきた。

世の中は、おまえみたいにおれを喜んで出迎えてくれる人間ばかりじゃないからな」

「そういうことなら、まあわかるけど。でも、なんでレンガなんだ」

「銃を手に入れるまでのつなぎさ」

「へえ、タフガイってわけか」ボビーは笑ったが、アーロンはやはり笑わない。ドアを閉め、ボビーは車を出発させる。アーロンは両膝を胸に引き寄せて抱えた。狭い車内で、亀のようにちぢこまっている。これだけ身体に筋肉をつけ、タトゥーを入れ、傷痕だらけの顔をしているのに、ひどく怯えている。恐怖が滲みでている。

「さっきのレンガの話、冗談ってわけじゃないんだな。おまえ、ほんとにだいじょうぶか」ボビーは言う。

アーロンはラジオに手をのばした。それを見ると、耳が大音量を予期してこわばる。アーロンはヒップホップが好きで、車で学校に行くときはいつも大きな重低音を流すので、ボビーはそれに耐えなければならなかった。

ところが、スピーカーから流れてきたのはクラシック音楽だった。アーロンは膝をおろし、爪を嚙むのをやめ、身体の力を抜いた。ボビーが横目でちらりと見ると、アーロンは笑って言った。

「まあ、心配するな」

「あのさ、もし何か話したいことがあるんなら……」

「落ちつけって。これにはわけがある」

「なるほど。聞かせてくれよ」

ボビーは首を振り、車をマクナイト・ロードへと走らせた。前方を走る車の後ろで、ちらつく雪が蛇の亡霊みたいに方々に舞っている。曇り止め装置の熱のせいで、フロントガラスを掃くワイパーは引きずられるように動き、鈍い音を立てている。赤信号でとまったとき、穏やかな音楽が途切れた。公共放送局のニュースの時間になったのだ。

「あの裁判のニュースは聞き飽きたぜ。うちはテレビがないのに、それでも耳にタコができそうだ」ボビーが言うと、アーロンは少しだけ笑ったが、窓の外を見据えたままだった。ボビーは話を続ける。「厨房の連中の話を聞かせてやりたいよ。誰もが奴は潔白だって言い張ってる。無罪になるほうに賭けるんだとさ。どうかしてるぜ」アーロンの返事を待ってみたが、なんの言葉もかえってこない。「どうしたんだ、黙りこんで。何か言ってくれよ。じゃないと、とつぜんおまえがキレだして、推理ゲームの殺人犯みたいにレンガでおれを殴り殺すような気がしてならないから」

アーロンはボビーの顔を見て、眉をひそめる。「おれがおまえを痛めつけると思ってるのか？」

「いやいや、冗談だけど。気にするな。おまえは過酷な目に遭ったんだろうし、それを乗り越えてきたのはマジですごいよ。それなのに、ジジイが聴くような音楽を流してるし、腕はおれの脚みたいに太くなってるし、しゃべり方はすっかり変わっちまってるし。どう受けとめたらいいのか」

「おれ、どんなしゃべり方だった？」

「おいおい、何言ってる。あれだけ黒人かぶれだったくせに」

「ああ、そうだよな」アーロンは頬をふくらませ、ふうっと息を吐きだす。「じゃあ、まずは音楽だ。おれは入ってすぐに、図書室の仕事を割りあてられた。がりがりに痩せていたのを覚えてるだろ。入った当日——」

言葉が途切れる。ボビーは道路から目を離してアーロンを見た。対向車のヘッドライトがアーロンの顔を照らす。その目は濡れている。

「すぐ散々な目に遭って、おれは安全な場所に移されたってわけだ。図書室の一角には、CDを聴けるコーナーがあった。置いてあるのはクラシック音楽だけだ。過激な音楽は一切ない。メタルも、当然ながらラップも聴けない。でも、そこで読んだ本によれば——」

「本が読めたのか。じゃあ、悪いことばかりってわけでもなかったな」そう言ってボビーが肩を叩いたが、アーロンに笑顔はない。ボビーは咳払いする。

「本によれば、ああいうクズみたいな音楽は、流した瞬間に暴動が起きるんだと。馬鹿馬鹿しい話だろ」

　その口調はさっきまでとは変わっていた。かすかにうわずり、震えていて、話がボビーの望まない流れになっていくような予感がする。アーロンの言葉にうなずいてみたものの、ボビーはついさっき、黙りこむのをやめろと言ったことを後悔しはじめていた。

「おれにいったい何ができた？　ただのガキで、死ぬほどビビってたおれに。毎晩眠れなくて、疲れはててようやく寝られた夜でさえ、小さな音で飛び起きちまった。だから図書室の書棚のあいだにこもって、監房に帰る時間になるまで、何度も何度も繰りかえしＣＤを聴いた。やっとの思いで週末を迎えたころに、おまえが面会に来た」落ちつかない様子になり、アーロンはまたビールを一本手に取って蓋を開けた。そして、五口ほどで飲み干してしまう。「それほど経たないうちに、どの交響曲のどの楽章も暗記しちまった。一万回は聴いただろうな。いや、その倍くらいかも。寝つくために、曲を鼻で歌ったりもした。最初の夜だけはそれが効いて、一時間だけ続けて眠れたんだ。もちろん、おまえが面会に来るよりもまえの話だ」

　そこで言葉が途切れる。アーロンはビール壜を両手で持ち、雑巾を絞るようにひねりだした。「最初は殴られるだけだった。それで図書室行きにしてもらえたのさ。ボビー、おまえが来るまえの夜、おれは抵抗しようとした。嘘じゃない。だけど、相手が強すぎた。監房の壁に頭を叩きつけられたら、もう身体が言うことを聞かなくなっちまって。少なくとも、おれには無理だった。できることと言えば、頭のなかで音楽を爆音で流して、ほかの音を聞かないようにするだけだ。

でも、無駄だった。

　ただ、そのあと運びこまれた医務室では無駄じゃなかった。傷を縫われているとき、頭のなかではあの男にされたことが生々しくよみがえってきた。そいつにやられたあと、これは序の口だ、ほかの男たちも次々にやって来ると言われて、その言葉が何度も頭のなかに響いていた。だから医者に縫われてるあいだ、ずっと鼻歌をうたってたんだ。あんな目に遭って鼻歌が出るなんて、正気じゃないって目で見られたっけな。でも、残った歯で自分の手首を噛みちぎらないためには、そうするしかなかった」

　ボビーはハンドルを握りしめ、熱い涙がこぼれないように目をしばたたいた。アーロンの壮絶な姿は昨日のことのように覚えている。面会室の窓の向こうにいるアーロンは、つい数時間まえに凄惨な仕打ちを受けていた。あのとき、二度と面会に来るなとアーロンが言った理由が、いまになってわかった。顔の傷痕よりも、ずっと深い部分を壊されていたのだ。

「アーロン、こんな話させて、悪かったな」

「おまえがおれをぶちこんだのか？」そう言われ、ボビーは首を振る。「だったら、悪かったなんて言うな」アーロンは窓の外にまた目を向ける。ボビーは肩に触れようと手をのばしたが、思いとどまる。なぜなのかは自分でもわからない。

　アーロンは首を振り、頬をぴしゃりと両手で叩いた。

「マジ、図書室にマンガがないのは最悪だったぜ」ゲップとともに言う。「おまえには積もる話があるんだろうな。おれはと言えば、図書室にこもって本を読むだけだった。最初は小説とかを読んでた。現実を忘れられるものさ。でも、そのうち課題を出されるようになってな。文法の本とか、世界史とか、そんなのを読まされた」

「課題だって？　どういうことだ」

「おまえの名字はシチリアの方言で、〝浅黒い顔〟って意味だ。知ってたか」
いったい何を言っているのか。誰に課題を出されたのだろうか。アーロンが最後のビールの蓋を開ける。ボビーはアクセルを踏みこむ。

車はデュケインに差しかかり、ボビーは川の向こうを走るケーブルカーを眺めた。線路の両脇に並んだ電球の光が見える。何もかもが、とても現実とは思えない。アーロンが出所する日のことは幾度となく想像してきて、いまとはまったくちがう場面を思い描いていた。きっとすぐにでも、昔の自分たちに戻れると思っていた。ボビーはDCコミックスのマンガをこきおろし、アーロンはマーベルのマンガをこきおろす。それから一緒にイメージ・コミックスのマンガをこきおろす。ボビーはアーロンの音楽の趣味が最悪だと罵る。アーロンはボビーの服の趣味が最悪だとやりかえす。そして、ふたりとも自分の家庭について愚痴をこぼす。三年間の空白はすぐに取りもどせる。お湯を加えるだけで戻るような、インスタントの楽しい日常。そうなるはずだった。

ふたりはジョークを飛ばしあい、笑ってはいたが、それはどこか虚ろで違和感のあるものだった。アーロンは以前と変わってしまった。鍛えあげて筋肉をつけてはいるが、それだけではない。外見だけにとどまらない何かがある。それに音楽のことや、タトゥーのことや、しゃべり方のこと以上の何かが、アーロンの放っていた光を消してしまった。笑みはこわばっている。まるで笑うのを禁じられているみたいに。

なんとかしてやりたい。どんな目に遭ったにせよ、親友が戻ってきたのだ。アーロンが手助けを必要としているのはたしかだが、子どものころのようにはいかないだろう。あのころとはちがう。自分がどれだけ力になれるというのか。車はフォーブズ通りに入っていく。〈学びの聖堂〉と呼ばれるピッツバーグ大学の校舎が、遠くにそびえている。

「ところで、どこへ行くつもりだ？」ボビーは訊いた。

「ああ、そうだ。ノース・オークランドさ。今夜会うことになってる奴がいてな」

「出たばっかりなのに、さっそくビジネスかよ」

「いや、そうじゃない。ちょっと頼まれて、様子を見に行ってやらなきゃいけない相手なんだ。しばらくはそいつと暮らす」

「なるほど。ホームウッドにおふくろがいるようなおれとつるんでるのは、ダサいってことだろ。正直、おれの家に比べたら監房がリゾートに思えるだろうよ」アーロンは笑った。ボビーは続けて言う。「さて、何がしたい？ いますぐそこへ行かなくたっていいだろ。せっかく出所したんだから」

「腹が減って死にそうだ。よし、例の〝O〟に行こうぜ」

ボビーは思わずうめいた。〝O〟とは〈オリジナル・ホットドッグ・ショップ〉のことで、その店をボビーが嫌っているのはアーロンも知っている。バーが閉まったあとに開いているのは、そこしかないのだ。酔っぱらった大学生や地元のごろつきどもが、四十オンス壜のビールや五ドルのピザ、大人の頭ほど山盛りにされた油っぽいフレンチフライに群がるような店だ。ただ、いまのオークランドの通りは人影もまばらだった。大学生は春休みで帰省しているのだろう。ボビーにとってはいちばん行きたくない店だが、アーロンは行きたくてたまらないようだ。その店のものを食べるのが大好きだったし、いまみたいに酔っているときはなおさらだろう。数年ぶりに味わえば、さぞかし美味いにちがいない。

「ちぇっ。わかったよ」

「いいのか？」

「行ったらおれはゲンナリするけど、いいぜ。おまえが言っただろ。親友がムショから出てくるなんて、一生に何回ある？ まあ、あのフレンチフライを食べたら、せっかくのスレンダーな体形が台無しになると思うけどな」

「よっしゃ、決まりだ」アーロンの笑みが広がり、酔いで据わった目に輝きが戻ってきた。

ボビーは〝O〟がある角から半ブロックほどのボウケイ・ストリート沿いに車をとめた。ネオンサインの光が車内まで届き、ふたりを赤く染める。アーロンはドアを開けたが、ボビーは動かずにいた。

「どうしたんだよ」

「寒すぎる。ひとりで買ってこいよ、おれは暖房つけて待ってるから」

「わかった。店に行ったら、便所でおまえのあそこに当てる生理用ナプキンをもらってきてやろう」

「おい、ふざけんなよ」ボビーは無理やり笑い、エンジンを切った。「まったくよお」

店内の空気はまさに便所のような臭いがした。アーロンのためにどうにかこらえていたが、ボビーの〝スパイダーセンス〟が異変を察知し、ますます車へ戻りたくなってきた。そして、その理由もすぐにわかった。

ふたりの黒人がカウンター近くのテーブル席についていた。ひとりはテーブルに突っぷしていて、ほとんど空《から》になった四十オンス壜を肘の近くに置いたまま、寝ているようだった。青い毛糸の帽子に、厚手の青いフランネルのジャケット。ボビーの住むホームウッドではよく知られた服装で、それを目にしたとたんに口のなかが乾いた。もうひとりはフレンチフライを口に放りこみ、プラスティックの大きなカップでソーダを飲んでいる。そいつは青を着ていない。裏地のついたフードがあるベージュ色のスウェットシャツに、濃紺のジーンズを穿いているだけだ。ボビーとアーロンよりも年下に見えるその青年は、ふたりが入っていくなりこちらを睨《ね》めつけてきた。蛍光灯に照らされて、ボビーがその日初めてはっきりと目にしたものを、その青年も見ていたにちがいない。

アーロンのタトゥーを。

肩には二重の稲妻マーク。鎖骨のあいだには鷲の紋章。両肘には白人至上主義のシンボルである蜘蛛の巣が広がっている。

「マジかよ」ボビーは小声で言う。

ボビーはアーロンが注文するあいだ、すぐ後ろに立って待っていた。テーブル席の青年が不快そうに舌打ちをする。

「彫りもんでいい気になりやがってよ」声がした。聞こえないふりをしつつ、ボビーはさりげなく振りかえって青年の顔をちらりと見る。すると目が合ってしまい、急いで前を向く。「おい、聞こえてんだろ」また声が飛んでくる。

ボビーはアーロンの広い背中を見つめる。聞こえているのか、無視しているのかわからないが、アーロンは注文を続けている。

「その蜘蛛の巣、どこで彫ったんだよ？　ムショか？　イカしてるとでも思ってんのか」青年が呼びかけてくる。

アーロンは振りかえり、ボビーに向かってにやりと笑う。

やめろ、笑うな。なんで笑ったりするんだ。

手の甲でボビーの腹を叩き、アーロンは言った。

「小便してくる。すぐ戻るから」

「はっ？　待てよ」必死に声を抑える。「待て、行くな、行くな――」それでもアーロンは行ってしまった。

カウンターの向こうでは、年配の店員がしなびたフレンチフライをすくい、白い紙袋が閉まらなくなるまで詰めこみ、透明の油染みを滲ませている。ボビーは肩越しにちらりと振りむいて、あの青年がまだこちらを見ているかどうか確かめる。

やはり見ている。連れのほうはまだ寝ているが、もぞもぞと動いている。アーロンがトイレから戻ってきて、店員がピザとフレンチフライを差しだしてきた。

「これでいいな。もう出ようぜ」ボビーが言う。

「おいおい、食べていかないのか」

「なんだって？」

「落ちつけ、わかったよ。カネ払って出よう」

「しっかりしてくれよ」ボビーは現金をカウンターに置きながら言う。

「腰抜けのマザコンかよ」青年がアーロンに向かって言う。

アーロンが笑い声をあげる。椅子が引かれる音がした。青年がすぐ近くまでやって来る。背はアーロンより高いが、細身だった。顔も細く、骨の上で肌がぴんと張りつめている。ボビーの鼓動が速くなり、喘息の発作が起きるまえの馴染みのある感覚が、胸を這いあがりつつあった。

「何がおかしい」青年がアーロンの頭の後ろに向かって言う。振りかえり、袋を手に持ったアーロンが顔を見あげてくると、青年は言った。「なんだよ。そのタトゥーの意味を知らないとでも思ってんのか。ビビらせたいなら無駄だったな。てめえら、おれのダチが寝てて運がよかったぜ」青年はアーロンに肩をぶつけてきた。アーロンは動じることなく、にやりとする。

「失礼、通らせてもらうぜ」そう言って、アーロンは青年の脇をまわって歩きだし、ボビーはすぐ後ろをついていく。助かった。出口はもうすぐだ。

「やっぱりなあ。逃げだすんじゃねえかと思った」

もう出口だ。もう出られる。

アーロンの手がドアノブにかかる。かと思うと手を離し、店内を振りかえった。そして舌を上唇の裏にもぐりこませ、猿の鳴きまねをして、中指を突きたてる。ボビーは慌ててアーロンを店の外に押しだしたが、すでに足音は近づいてきていた。

悠長に歩くアーロンの背中を押し、車のほうへと急がせる。数歩だけ走ってから、アーロンはまたゆっくりと歩きだし、フレンチフライをつかんで口に運ぶ。

〝O〟のドアが乱暴にひらき、壁に叩きつけられるのが聞こえた。

「面白《おもしれ》えじゃねえか」青年が叫び、駆け寄ってくる。

ボビーは走りだそうとしたが、雪で滑って転びそうになる。青年に追いつかれ、ジャケットの襟をつかまれる。助けを求めて叫んだが、アーロンは車へ向かって走っていってしまった。いきなり逃げだすなんて、あんまりだ。ここで自分は散々殴られ、最悪の事態にすらなりかねないのに。ボビーは必死に青年の手を振りはらい、車の運転席に向かって全力で走った。そして飛び乗ってから、急いでドアを閉める。追いかけてきた青年が窓を激しく叩く。エンジンをかけて車を出そうとしたが、横を見るとアーロンの姿がない。助手席にはピザの箱とフレンチフライが散らばっているだけだ。前に目をやると、ヘッドライトのなかをアーロンが横切っていき、青年に向かっていくところだった。青年は窓から離れ、かかってこいと言うような身振りを見せる。ボビーはアーロンをとめようと必死に叫ぶ。戻ってきて車に乗れと。そう言ったとき、アーロンの手にレンガが見えた。

　骨を砕く音が響き、青年は糸を切られた操り人形のようにくずおれる。路面に頭を打ちつける音がした。ドアに張りついたまま見ていたので、ガラスが息で曇る。ボビーは身を引き、曇りを手で拭った。

　青年の顔は激しくゆがみ、血の気は失われ、あえぐように口がひらかれている。頭の数カ所から血が流れだした。痛みに身がよじられ、靴が雪と泥を掻きまわしている。小さなうめき声が、徐々に近づいてくるサイレンのように大きくなっていく。路面から起きあがろうともがく腕は、激しく震えている。ボビーはドアを開けようとしたが、パニックになってロックをかけてしまっていた。ようやくロックを探りあてて開けたとき、アーロンが助手席に飛び乗ってきた。ボビーは驚いて身を引く。アーロンは足もとにレンガを投げ捨てた。

「行くぞ、早く、早く」

息は荒いが、アーロンの声は穏やかだった。ビールの臭いがする。ボビーはすでにエンジンがかかっていることも忘れてキーをまわし、異音を鳴り響かせる。それから車を出し、タイヤをきしませながらフォーブズ通りの角を曲がる。アーロンがボビーの膝をつかんだ。

「スピードを落とせ」

アーロンが首をのばして後部窓の向こうを見据えるあいだ、ボビーはバックミラーに目をやった。通り沿いには警察署があるが、とまっているパトロールカーはいつも無人で、犯罪抑止を狙って置いてあるだけのようだ。ボビーたちが通りすぎても、車は動きださない。警告灯もつかず、サイレンも鳴らない。ボビーが最後に振りむいたとき、〝O〟のドアがひらくのが見えたが、そのあとネオンサインは遠ざかって見えなくなった。

「マジかよ、アーロン。おまえ、なんてことしたんだ」呼吸が速くなり、喘鳴がこみあげ、肺が重くなって棘《とげ》が刺さるような感覚がする。深く吸おうとすればするほど、呼吸がむずかしくなる。喉をぜいぜいと鳴らしながら、ボビーはジャケットのポケットに手をのばして吸入器を取りだしたが、床に落としてしまう。アーロンがそれを拾いあげる。指についた血がプラスティックのケースを汚す。その血はアーロンのものなのか、それともあの青年のものなのか。アーロンが差しだしている吸入器をしばらく見つめる。血の汚れに気づき、アーロンは白いタンクトップの裾でそれを拭いた。

「しまった。すまない。おまえのパンツにもついちまったな」

もう一度吸入器が差しだされたときには、視界の端が暗くなって意識が遠のきそうだった。ボビーはもぎ取るようにそれを奪い、薬を深く吸いこんだ。アーロンはグローブボックスを開けて煙草を取りだした。一本をボビーに差しだしながら、シガーソケットを押しこむ。ボビーは煙草を受けとり、乾いた唇のあいだにはさんだ。

「ありえねえ。なんてことだよ。どうかしてるのか」ボビーが言う。

「曲がり角を過ぎちまうぞ。そこだ」

シガーソケットが音を立てて戻る。ふたりは同時に手をのばしたが、アーロンが譲った。ボビーはふと、シガーソケットをアーロンの頬や目などの柔らかいところに押しつけてやろうかと思った。ひるんだ隙に、車から飛びおりる。車は街灯の支柱にでもぶつかってとまり、自分は夜陰にまぎれて逃げる。それからセントポール大聖堂に身を潜め、通報すればいい。

そして、警察になんと言う？

自分は犯罪現場から逃げだした者で、瀕死の青年を見捨ててきたと言うのか。犯人が泥酔していて運転できないとなれば、誰が代わりに運転手を務めたのかは明らかだ。自分は刑務所にぶちこまれることになる。やがて面会に行ったあの日のアーロンのように、凄惨な姿になり果てるのだ。いや、それどころか、ついさっき道端に置き去りにしてきた青年のように、頭をかち割られて終わることだってありうる。

あの青年。あいつだって誰かの子どもだ。せいぜい十八歳か十九歳だろう。次の誕生日を迎えることはない。おそらくは、明日さえも。

青年の母親のことを思い浮かべる。警察が自宅のドアをノックして、息子が何者かに頭をレンガで殴られ、放置されて死に至ったと告げる。自分の母親のイザベルがそんな知らせを聞いたら、我を忘れて泣きわめくにちがいないが、いま頭のなかに響くのはあの青年のうめき声だった。想像した母親の声も、実際に耳にした青年の声も、〝どうして〟と問いかけてくる気がする。

「ほら、過ぎちまった」アーロンの声がする。ボビーは涙をこらえようと目をしばたたく。「次の角を左に曲がれ」

　シガーソケットを煙草に近づけようとしたが、手が震えてぐらぐらと揺れる。アーロンがボビーの手をつかんで、震えを抑える。オレンジ色のコイルの熱を唇に感じたあと、煙草の先に火がつき、煙が流れこんでくる。発作を起こしたばかりの肺が刺激され、ボビーは激しく咳きこみ、嘔吐しそうになる。それがありがたかった。両頬を流れる涙の言い訳になるから。アーロンの硬い親指が涙を拭ったので、それをはねのける。

「触るな」

　アーロンはわかったというように両手をあげ、ボビーの手からそっとシガーソケットを取る。そして煙草に火をつけ、窓を少し開ける。冷たい空気が流れこみ、煙が外に出ていく。座席に身を沈め、アーロンはダッシュボードに片足を載せる。あの青年を殺したかもしれないのに、座席にもたれ、一発やったあとみたいに恍惚としている。自分の知るアーロンは、あるいは知っていると思っていたアーロンは、カネを出されても女に手を出さないようなタイプだった。そういう面では、まるで年寄りみたいだった。マンガオタク仲間だったアーロン。たったひとりの親友。黒人がクールだと思い、その言動を真似していたアーロン。

　そこにいるのは別人だった。同じなのは名前だけだ。下手くそな物真似を見ているような気分になる。アーロンじゃない。剃りあげた頭や赤い紐のコンバットブーツなんかではなく、バギーパンツやアディダスのシェルトップのテニスシューズを好んでいたはずだ。細かった首は、いまや盛りあがった肩の筋肉に埋もれている。アーロンに目をやるたびに、刑務所に入るまえの姿を思い浮かべようとしてみる。もしかしたら自分は熱にうなされ、ソファの上で丸くなって羽根布団の下で汗まみれになり、幻を見ているのではないか。まばたきをして目覚めることを願ってみるが、思い浮かぶのは頭を叩きのめされた黒人の青年の顔だけだった。吐き気がこみあげる。

「右に曲がれ」アーロンが言う。

「どうして?」

アーロンは困惑顔になる。「これから行くアパートメントがそっちだからだよ」

「こんなときに冗談はやめろよ。わかってるだろ! どうしてあいつにあんなことしたんだよ」

「どうしてかって? つかみかかられただろ。理由なんか訊くなよ。何度あんな目に遭ったと思ってる」アーロンは隠していた歯をあらわにする。「おれがあのサルどもに学校で叩きのめされて、何度おまえが救ってくれた? トイレでも、駐車場でも。忘れたのかよ? おまえをあんな目に遭わせたくない。だからやったんだ」

「気持ちはわかるけど、でも——」

「でも、じゃねえよ。おまえがおれに何度も何度も言ってたんだぜ。忘れたわけじゃないだろ。あのころは耳を貸さなかったが、おれもようやく同じ結論にたどり着いた」アーロンは煙を吐きだし、運転席とのあいだにあるコンソール・ボックスに身を乗りだし、挑むような視線を投げてきた。それから車の後ろへ、置き去りにしてきた青年のほうへと顎をしゃくった。「奴らは獣だ、ボビー。だから狩らなきゃいけない」

顔が火照る。ハンドルを切って曲がるとき、ボビーの頭に浮かんでいたのはべつの道だった。

狭い路地。祖父の家の奥の裏道。

そこで生まれて初めて喧嘩をした。決して忘れられない記憶で、アーロンにも誰にも話したことはない。あのときの頬の鋭い痛みも、口のなかに広がる硬貨のような血の味も覚えている。

十一歳のときだった。

生まれて初めて〝ニガー〟という言葉を使った日。
そして、それは自分自身のことなのだと母親に知らされた日。

2

アーロンの道案内で着いたのは、ノース・オークランドにある荒れはてたアパートメントだった。降りようとアーロンがドアを開けたが、ボビーは動かずにいた。ハンドルを握りしめ、額を叩きつける。油まみれのフレンチフライとピザの臭いが充満していて、ますます吐き気が強くなる。アーロンが降りたら車を出し、警察署まで行って自首しよう。

そう思ったとき、これがアーロンの車で、犯罪現場から走り去ったのは自分だということを痛感する。

あの青年を見殺しにした。

涙が流れ落ち、アーロンが膝をつかんで血だらけの指紋を残したところに滴《したた》った。アーロンは降りず、すわったまま車のドアを閉める。

「なあ、悪かった。あんなことになるとは思わなかった」

「殺したんだぜ、アーロン。あいつを殺しちまった」

「どうすりゃよかった？　おまえを追いかけてきたじゃないか」

「けしかけたのは誰だよ」

「何を大げさな。あれくらいで。カッとなるあいつが悪いんだろ」

ボビーは額をハンドルに押しつけたままアーロンの顔を見やり、真っ赤な目で睨みつける。「おまえはいったい、どうしちまったんだ」

「相手が銃を持ってたらどうする。考えてみたか」

「あいつはまだ子どもだったのに。イキがってるだけのガキだ」

「てことは、誰も気にかけねえさ。そうだろ。学校にいたクソどもと同じだ。クソを心配する奴がどこにいる？　もういいかげんにしろ。行くぞ。食わねえと、腹が減って死にそうだ」

車から降り、アーロンはドアを閉めた。その音にびくりとして、ボビーはハンドルから顔をあげる。息を整え、どうにか気持ちを鎮めようとする。どうすれば言い逃れできるのだろう。これは自分の車ではないものの、持ち主は酔っぱらっている。無理強いされたことにしようか。けれどもアーロンは銃もナイフも持っていないので、脅して協力させられたという言い訳は警察に通じない。アーロンは車に乗りこんで〝行くぞ〟と言っただけだ。この窮地を切り抜ける手立てがあるとしても、いまは見つからない。もしも知らぬ間にアーロンの機嫌を損ね、通報するのではないかと疑われたら、自分もあの青年と同じ運命をたどりかねない。

ちょっと待て。アーロンはかつて百十五ポンドそこそこの痩せっぽちで、すぐに怯えて汗だくになるほど気が弱かった。そんな奴を恐れているのか。

そう、恐れている。怖くて仕方がない。ボビーはピザとフレンチフライを持って、アーロンのあとを追う。

アパートメントの三階の廊下にはマリファナの臭いが漂っていた。ラップの重低音がひび割れた漆喰《しっくい》の壁を震わせている。臭いも音も、廊下の突きあたりにあるドアから漏れてきている。どんな相手を訪ねていくのか、ボビーは問いかけるようにアーロンの顔をのぞきこむ。アーロンが平手でドアを叩く。誰も出てこない。小声で毒づき、今度は拳で叩く。音楽のボリュームが下がる。ドアスコープから漏れる光が遮られる。チェーンがスライドし、鍵がまわる。

ドアを開けたのは、童顔でブロンドの髪を丸刈りにした白人の男だった。道端に置き去りにしてきた青年と同じくらいの年頃に見える。男はアーロンと平手を打ちあわせ、なかば抱きあいながら室内に招きいれる。アーロンの広い肩幅に手をまわすとき、爪先立ちをしなければ届いていなかった。丈の長いバスケットボール用ウェア、迷彩柄のパンツ、その裾をたくしこんだドクターマーチンのブーツ、紐はアーロンと同じ赤。男がアーロンの背中を叩いたとき、手の甲に彫られた鉤十字のタトゥーが見え、ボビーの喉にこの日何度も感じた息苦しさがせりあがってきた。ピザとフレンチフライを手に、迷子になったデリバリー・ボーイのように立ち尽くしているボビーを見ると、男は言った。

「なんだ、イタ公か？」

「落ちつけ、コート。コートでよかったな？」男がうなずく。「あいつはダチだ」

コートと呼ばれた男は居間のほうへ顎をしゃくり、ボビーを手まねきした。そしてピザの箱をボビーから受けとり、一切れ取ってくわえたかと思うと、口からだらりと垂らしたまま、反吐《へど》を思わせる緑色のソファに腰をおろす。ソファの前にはガラスのコーヒーテーブルがあり、水パイプの隣に二十二口径の拳銃が置かれている。アーロンがそれを指さす。

「おれのか？」

コートはうなずき、水パイプを深く一喫いした。アーロンは拳銃を手に取って検《あらた》めてから、パンツの腰のところに慣れた手つきではさんだ。それから窓のブラインドの隙間に手を入れて押しさげ、通りを見おろす。

コートは煙を吐きだし、途切れ途切れの咳をしながら、テレビで流れている〈Yo! MTV Raps〉の音量をあげた。アーロンは振りむいて睨みつける。

「何見てんだ、ヨォ？」コートが言う。

「ヨォ、だと？」蔑むようにアーロンが笑う。「そんな口のきき方をハンク伯父さんが聞いたらどう思う？　こんなクズみたいな番組も」

「さあな。奴のケツはまだ檻のなかだろ。言えるもんなら言えってんだ」

アーロンはソファに歩み寄り、コートの前に立ちはだかった。

「もう一度言ってみろ」背中に手をまわし、拳銃を握る。「さあ」

「アーロン、よせ」ボビーは言ったが、乾ききった喉のせいでかすれ声しか出ない。

コートはアーロンを見あげ、それから首を振っているボビーに目をやった。虚勢があっという間にしぼんでいく。「わかったよ。すまねえ……言いすぎた」

「よし。くだらねえ番組は消して、頭を冷やせ」

コートが肩をすくめる。アーロンはブーツの重い足音を立てて短い廊下を歩き、右側の部屋に入っていった。

「知るかよ」アーロンが見えなくなると、コートはつぶやいた。

背後のテレビから銃声のような効果音が流れてMTVのニュースが始まり、ボビーは飛びあがりそうになる。タビサ・ソーレンがO・J・シンプソン事件の公判の経過を伝えはじめた。捜査を担当したファーマン刑事が人種差別的発言について追及を受け、弁護団は警察による証拠の捏造を主張している。コートは首を振り、笑みを浮かべる。それからボビーの太腿を叩いてきた。

「信じられるか？　やってないわけないだろ。あの目を見てみろよ。白目がなくて真っ黒に見えるぜ。まるで……まるで……」画面を見据えるコートの瞼は重そうだった。まだ眠っていないのを確かめてから、ボビーは言葉を継いでやる。

「サメみたい？」

　ぱっと目がひらき、コートは指を鳴らした。「そう、それがぴったりだ。チンパンジーって言おうと思ってたけど、サメだな。マジ、それだぜ。ともかく、カリフォルニアには絞首刑が残ってることを祈るぜ。だろ？」

　自分の足が自分のものではないように思え、その感覚が手や腕、脚にも広がっていく。顔すらも感覚がなくなってきた。身体全体が、その場から消えてしまったかのようだ。本当に消えているのかもしれない。本当の自分は、雪の降る戸外に飛びだして、車に轢かれていたのだとしたら。いまこの瞬間も病院で昏睡していて、すべてが脳のつくりだした夢だったとしたら。殺人未遂などなかった。逃亡の手助けもしなかった。ただ脳死状態になっていただけだ。テレビから重低音がまた流れだした。コートが頭を振りながら、ザ・ノトーリアス・ＢＩＧの〈ウォーニング〉の歌詞を口ずさみ、肩越しに振りむいてアーロンのいる部屋を見やってから、音量を下げる。手足に感覚が急速に戻ってきて、水パイプの泡がはじける音を聞きながら、ボビーはアーロンのいる部屋へ向かっていく。

　アーロンは石鹸の泡がついた手をすすいでいた。排水が遅いせいで、赤い水と白い泡が溜まってから吸いこまれていく。それからアーロンは爪の汚れを調べる。そのとき初めて、爪がかなり長く伸ばされていることに気づく。テレビか何かで見た、囚人が爪を伸ばしてヤスリで鋭くしている場面を思いだし、ボビーは思わず身震いする。

「だいじょうぶか」

「ここはどこなんだ。あいつは誰だ」ボビーは言う。

シーッと言ってからアーロンが口をひらく。「あのガキ、どうしようもない野郎だ。ケツをぶっ叩いてやりたいところだが、あいつの伯父に恩があるからな。だからしばらくここで暮らす」

「恩があるって、どんな?」訊いてみたが、答えを聞くのが怖かった。

「まあ、なんというか。すべてにおいてだ。何を頼まれたかじゃなくて、誰に頼まれたかが大事ってことでな。ハンクはおれを組織に入れてくれて、守ってくれた」

「組織だって?」声が大きくなる。「自分が何を言ってるのか、わかってるか? 信じられないよ。おれはいったい誰と話してるんだ。もう出ていくからな」

「出ていってどこへ行くんだ、ボビー」

アーロンは顔を水で洗って拭こうとしたが、タオル掛けには何も掛かっていなかった。タンクトップの裾で拭こうとしたとき、ボビーの吸入器から拭きとった血の汚れに目をとめる。タンクトップを脱ぎ、汚れていないところで顔を拭く。アーロンの胸と背中がニキビだらけなのを見ると、刑務所内でステロイドを手に入れられるような伝手《つて》があったのだとボビーは思う。アーロンが背を向けて用を足しはじめると、両方の肩甲骨に〝88〟――ヒトラー万歳をあらわすタトゥー――が彫られているのが見えた。ニキビのあいだには丸い傷痕がいくつもあり、肉の盛りあがり方から、煙草の火を押しつけられた痕だとわかる。灰皿代わりにされたのだろう。

アーロンが振りかえったとき、胸の真んなかに彫られた大きな鉤十字が目に入った。先の曲がった十字が胸の上で四方にのびている。こちらに歩み寄ってくるアーロンを見て、ボビーは後ずさりしたが、すぐに狭い廊下の壁に背中がぶつかってしまう。アーロンは戸口に寄りかかり、目つきを和らげた。

「さっきは下で言いすぎて、すまなかった。ビビッてるだろうが、ここにいれば安全だ。何があろうとおれが守る。おまえにはそれだけの借りがあるからな。今日はもう休んで、これからのことは朝になったら考えようぜ。絶対にだいじょうぶだと約束する。さあ、あっちでピザを食ってこいよ。あのガキに全部食われるまえに」反論しようと口をひらいたボビーの頬を軽く叩いてから、アーロンは歩きだし、廊下の突きあたりにあるドアに向かっていった。

一瞬、怯えよりも怒りが勝り、我を忘れそうになる。頬を叩かれたとき、アーロンの胸倉をつかんで怒鳴りつけたい衝動にかられた。かつて細い首のなかで上下に動いていた大きな喉仏を押さえつけ、首を絞めてやりたかった。あのころのアーロンはマリファナのせいもあり、常に怯えていたので、ボビーはいつも気を強く持てと言い聞かせていた。立場が逆転することなど一度もなかった。それなのにいま、酔っているにしてもアーロンの落ちつき方は異様で、だとしてもどこかに怯えた少年の面影が残っているだろうと思い、ボビーはアーロンの顔を窺った。

ところが、残っていなかった。アイスブルーの瞳はきわめて冷静だ。出所してから二十四時間も経っていないのに、アーロンは誰かを殺しかけた。そしてピザを食おうと言う。刑務所生活によって刑務所バージョンの新たなアーロンが生まれたのか。その新たなアーロンが、なすべきことをしたまでであり、それは自分たちを守るための行ないだった。しかも楽しんでいたようにすら見えた。あるいは捕まってまたぶちこまれても構わないという心境だったのか、それともその両方だったのか。そんな思案にふけっているうちに、ボビーは恐怖に呑みこまれていく。

廊下を歩いて居間に戻る。ここに電話はあるだろうか。母親のイザベルに連絡しなくては。居間の先にあるキッチンの壁に電話があったので、歩み寄っていったが、ふと足をとめる。

アーロンの言うとおりだ。ここを出てどこへ行くのか。この状況をどう伝えるのか。イザベルに何ができるのか。

あの青年の母親を想像すると、ピザなどとても食べる気になれない。自分はいらないから食べてくれ、とアーロンに伝えようと廊下の先の部屋に行ってみると、アーロンはシングルベッドの上に横になり、眠りこけていた。本当はアーロンも怯えていて、それを隠すことに疲れはてたのだろうか。それとも思っていたより酒がまわっていて、ただ酔いつぶれただけなのか。アーロンの足もと近くに立ち、ちがった視点で見てみようとする。ショッピングモールにあった、イルカが見えるという立体的なトリックアートの絵を見つめるときのように。どうしてアーロンをそんなふうに見るのか、何が見えることを期待しているのか、自分でもよくわからない。あのときも、結局イルカは見えなかった。ただ頭痛がもたらされただけだ。

三年前、アーロンと面会するためにボビーは三十分以上待っていた。刑務所に入れられてから一週間が経ったころのことだ。面会を求める人々が長蛇の列をなしていて、さまざまな香水やデオドラント・スプレーが混ざって悪臭となり、イザベルが酒を飲んで帰ってきたときの臭いを思わせた。列のなかには自分しか男がいなかったので、アーロンと恋人同士だと思われないかと心配になる。しかも、心配なのは自分がまわりからどう思われるかであり、アーロンの身を案じているわけではないことに罪悪感を覚える。後ろめたさなのか保身のためなのかはわからないが、急に逃げだしたくてたまらなくなる。が、帰ろうとしたところで列が動きだし、係官に促されて全員が金属探知機を通り、面会用のブースへ案内される。

ボビーの隣にすわったのは、ぱっとしない女だった。カウンターの裏に膝がぶつかる。女がこちらをじろじろと見ているのがわかる。男の刑務所に男が来て、男の受刑者になんの用があるのかと思っているのだろう。ボビーは受話器のコードを親指に巻きつけ、指先が赤くなるまで締めつける。分厚いアクリル板には手の跡がたくさんついている。指紋や、くすんだ口紅の汚れ。隣の女もアクリル板にキスしたり、手を当てて触れあおうとしたりするのだろうか。もしかしたら乳房を出して押しつけ、向こう側の男がそれに掌《てのひら》をあてがうのかもしれない。ボビーの掌はいつのまにか汗ばんでいた。どうしてこんなに緊張しているのか。アーロンはまだ入って一週間だ。きっと元気にやっている。そう思ったとき、鉄製の扉がきしみながら開き、看守がアーロンの骨ばった肘をつかんで連れてきた。オレンジ色の大きすぎる囚人服を着たアーロンは、うなだれて足を引きずっている。

片目のまわりが紫色になり、腫れている。細かい擦り傷が紐のように首を一周し、頭の側面は毛が引き抜かれ、乱雑に縫われた痕が見える。アーロンはぎこちなく面会用の窓に近づいてきて腰をおろそうとしたが、できなかった。尻を浮かせたまま動きをとめ、脚を震わせる。腫れた唇は引き結ばれ、額には玉の汗が浮かんでいる。とうとうすわるのは諦めて、椅子に片膝をつく。ふたりとも受話器を手に取った。

「やあ、来たぜ」声をかける。

腫れていないほうのアーロンの目から、涙が流れ落ちる。

「二度と来ないでくれ」

その声は弱々しく、うわずっていた。前歯がなくなっている。アーロンは受話器を戻し、足を引きずりながら看守のほうへ向かっていく。ボビーはアーロンの名を叫び、自分でも気づかぬうちにアクリル板に手を押しつけていた。隣の女がこちらを見ている。女と面会している受刑者に目をやると、その男は肩越しにアーロンを見ていた。もしかすると自分が来たせいで、またそれをネタにアーロンが暴行されるのではないかと思い、慌ててアクリル板から手を離す。ドアが重い音を立てて閉まる。しばらく呆然と見つめていると、やがて視線がアクリル板に定まり、脂っぽい自分の手の跡が目に入る。かつて受刑者に触れようとした者たちの、虚しい試みの跡とまったく同じもの。袖で手の跡を拭きとり、ボビーは刑務所をあとにした。

もう一度面会に行こうと思ったが、どうしても足が向かなかった。あの日以来、ずっと。

手紙を出しても返事は来ない。数週間が数カ月になる。三年が過ぎる。それは永遠のように長い時間にも感じられたし、あっという間にも感じられた。はっきりと覚えていたはずの顔が、記憶のなかで少しだけ朧《おぼろ》げになっていく時間。絶対に忘れるはずがないと思っていたアーロンの声が、思いだしづらくなるだけの時間。三年ぶりにアーロンを店の外で見かけたとき、気づかずに素通りしてしまうだけの時間。

アーロンの鼾《いびき》が響く。ボビーは足音を忍ばせて窓に歩み寄り、アーロンがやっていたようにブラインドの隙間に手を入れて押し下げ、同じように外を見わたす。パトロールカーはどこにも見あたらない。車は一台も走っていない。雪がかなり積もってきて、歩道と車道の区別もつかなくなっていた。ベッドのほうに歩いていき、床に横たわって身体を丸める。

ボビーが七歳か八歳のころ、一週間後に学校でブックフェアがひらかれると教師から知らされた。母親はランチが買えるだけの現金しか持たせてくれなかったが、ブックフェアの時期になると、ボビーは一週間できるだけランチを減らしてお金を残し、さらに家じゅうの小銭をかき集めた。トラックがやって来て、荷台から移動式の鉄製の本棚が降ろされると、とてつもなく興奮したものだ。

ボビーはいつも真っ先に、〈きみならどうする？〉シリーズに飛びついた。持っているお金では一、二冊しか買えなかったものの、このシリーズなら一冊だけでも四、五冊分は楽しめるのだ。もちろん、本のなかで正しい選択肢を選べたらの話ではあるが。虹色のドラゴンや暗黒の騎士などが活躍するファンタジーのシリーズだった。

真っ暗な洞窟に、松明《たいまつ》一本だけを持って入っていくか。それとも、まわり道をして山をのぼり、ありとあらゆる怪物が待ち構えている小道を抜けていくか。ボビーは洞窟を選んだ。行くまえには怪物がいるなどとは書かれていなかったので、安全だと思ったのだ。

結局、洞窟に入ったら殺されてしまった。がっかりして、また最初に戻る。

身体を巡っていたアドレナリンがようやく尽きたようで、疲労が押し寄せてきた。瞼が重くなってくる。眠りに落ちるとき、ページをめくって選択をする場面が頭に浮かんだ。

きみならどうする？　スキンヘッドの親友をギャングと対決させたければ、次のページに進むこと。新たな目的地に向かい、親友が殺人を犯すのを見たくなければ、前の章に戻ること。

3

ロバートは救急救命室の看護師が横目でこちらを見ているのに気づいた。最後に長く煙草を一喫いしてから、道に放り捨てる。積もった雪に落ちてジュッと音を立て、火が消える。喫煙する医者は自分ひとりだけというわけではないが、少数派であるのはたしかだ。世間体が悪いのは承知しているものの、いったんやめたのにまた喫うようになってしまった。腕時計を見る。看護師はそろそろ交代の時間だ。自分も帰りたければ退勤できるのだが、急いで帰る理由もない。ひとりきりで家にいると、何もかもが大きく感じる。足音ひとつを取っても、ダイニングルームの硬い木の床がやたらと大きく響かせる。そこはせいぜい八人が座れる程度の広さなのに、巨大な城館の晩餐室にいるような気がしてしまう。カリフォルニアキング・サイズのベッドはどこまでも広がり、どれだけ寝返りを打っても端までたどりつけない気がする。ダイニングテーブルは無限の広さで、磨かれたオーク材の表面に余計なものは一切なく、たったひとつ、数日まえに届いた離婚手続きの書類が載っている。妻のサインが入った書類が。

　雪が白髪交じりの巻き毛について、融けて流れだし、頭皮がところどころひやりとする。薬指の関節を鳴らしたあと、結婚指輪をずらすと、淡い褐色の肌がそこだけほとんど白い。指輪をずらしたり戻したりするのは昔からの癖で、アクセサリー類にはどうしても馴染めない。特に手につけるものは苦手だった。

　車の鍵を取りに院内に戻ろうとしたとき、物悲しげなサイレンの音が遠くから響いてきたので、足をとめる。ドップラー効果で音が高くなっていき、やがてその高さが保たれる。救急車はややスリップしてから、救急搬送口の庇《ひさし》の下でとまる。サイレンの音が止むと、くぐもったうめき声が車内から聞こえてくる。後部のドアがひらき、救急救命士がひとり降りてきて、もうひとりと一緒にストレッチャーをおろして運びだした。載せられているのは痩せた黒人の若者で、ベージュ色のスウェットシャツが血まみれになっている。足をばたつかせていて、敷かれたシートはくしゃくしゃになり、排泄物で汚れている。うめき声があがるたび、被せられた酸素マスクが曇る。

　ロバートは救命士らに続いて院内に入っていき、外傷専用の手術室へ向かいながら経過の報告を受ける。頭蓋骨左側の陥没、右側には転倒による二次的な負傷と見られる複数の骨折。歯も大部分が折れているうえに、舌は転倒の際に嚙んだ傷がかなり深い。眼窩も骨折しており、骨の破片によって眼球も損傷している。摘出を免れたとしても、失明は避けられないだろう。脳内の出血量がどの程度かわからないので、手足に神経が通っているかどうかの検査もできていない。赤いモルタルのかけらが肌についているのに気づき、つまみ取って見てみる。何者かがレンガでも叩きつけたようだ。投げたのか、それとも上から落としたのか。かなりの衝撃のようで、これがひとりの人間の力によるものなら驚きだった。

　研修医のチームが手早く患者を固定する。オンコールの脳神経外科医が呼びだされ、若者はＩＣＵに移送されていった。ロバートはマスクを外して術衣を脱ぎ、丸めてゴミ箱に向かって放り投げる。わずかに届かなかった。救命士がナース・ステーションに背を向け、カウンターに肘をついて同僚と話している。ロバートがゴミを捨てそこねたのを見て、顎をしゃくる。

「その調子じゃ今日の仕事ぶりもイマイチかい」

　ロバートは笑顔を取りつくろい、救命士らの近くに置かれている例の青年の記録を手に取り、目を通した。

「ホームウッドか」誰にともなく言う。ロバートもそこの出身だったが、もう何年も帰っていない。母が病に倒れ、さらに父が他界した。あとを追うように、母もこの世を去った。それ以来だ。とてつもない孤独感が押し寄せてきて、深いため息とともに引いていく。記録を置いて押しのける。

「報復か何かを受けたんだろうな」救命士のひとりが言う。

「なんだって？」目をあげて尋ねる。

救命士は振りかえり、カウンターに両腕を置いてロバートと向かいあった。分厚いジャケットになかば隠れているIDカードによれば、ファーストネームはスコットというらしい。

「あの患者だよ。たぶん報復としてやられたんだ。現場に着いたとき、ギャングメンバーの連れがいたからな」

「あの子は青い服を着ていなかった。それでも連れが着ていたら、それがすべてを物語ってるということかい」ロバートは言う。

スコットは前のめりになって言った。「さっき自分で言っていたじゃないか。患者がホームウッド出身だって。簡単な足し算みたいなもんさ。誰でもわかる」

「ぼくもホームウッド出身だ。つまり、黒人＋ホームウッド＝ギャングメンバー。言いたいのはそういうことかな」

スコットはカウンターから離れて背筋をのばし、髪を掻きあげる。青白かった頬が赤らんでいる。「そうじゃない。わかってるだろ」

「まあな」ロバートはそう言って立ち去ろうとしたが、足をとめる。「ちょっと訊きたいんだが。現場に着くまで、どれくらい時間がかかった？」

「なんだって？」

「通報が入って、黒人の若者が襲撃されたと聞いたあと、現場へ急行したのか？　それとも、べつの病院で処置が終わった救命士を先に迎えに行ったのか？」

「おれが人種差別をしたとでも言いたいのか」

「そしてあの若者を乗せて病院に向かうあいだ、全力を尽くして救おうとしたのか？　それとも、またギャング同士の争いだと思って何もしなかったのか？」

スコットの同僚が、ロバートの隣にすわっている看護師と困惑顔で視線を交わすのが見えた。スコットはカウンターに両手をつき、顔をこわばらせ、かろうじて口もとだけの笑みを浮かべる。

「いいかげんにしろよ、ドクター。おれのことなど何も知らないだろ」

「たしかに。そうかもしれない」

スコットはカウンターから手を離し、やれやれと言うように両手をあげてから、駐車場に続く自動ドアへと向かっていった。同僚の腕をつかんで、振りむきもせずに去っていく。ロバートはどさりと椅子に腰をおろす。視線を感じて左を向くと、主任看護師のロレインが目を丸くして見ていた。やがて、褐色の頬が笑みで押しあげられる。

「やるわね、ドクター・ウィンストン。見てたわよ」

ロバートは狼狽する。「やりすぎたかな」

「まさか。言い足りないくらいよ」

満面の笑みで応える。先ほどの発言は何ひとつ悔いていないが、あんなことを言わねばならない状況は憂うべきだ。患者の記録をふたたび手に取り、名前を読みあげる。

「マーカス・アンダーソンか」

母が知っていた子なのかもしれない。この子の祖父と自分の父は、日曜にスティーラーズの試合を一緒に観ていたのかもしれない。

「ロレイン、あの患者の容態に変化があったら連絡してくれ」

うなずき、ロレインは集まっている他のスタッフのところへ戻り、ラジオの天気予報を一緒に聞きはじめた。猛吹雪が近づいてきている。遠くから通勤している者たちは、空《あ》いている処置室に泊まれるように準備している。歓談や笑い声。ロバートは疎外されているわけではないが、彼らの仲間というわけでもない。そのことは特に気にしていなかった。大学病院は異動も多く、むしろそれがいい面でもある。新しい科に行くと、かならずではないが、たいていは一定の敬意を持って迎えてもらえる。ところがどこへ行っても変わらない点がひとつある。特にここ外傷専門チームで顕著なのは、ステーションで集まるスタッフの親しげな談笑に、ロバートが加わることは決してないという点だった。となると、どうしてもひとりでいることが多くなるのだが、今夜はひときわ孤独に過ごしている気がする。

記録を書きあげ、ステーションの裏にあるフックから上着を取り、出口へと向かった。突風が氷の破片さながらに吹きつけてきて、術衣や肌着の下まで入りこんでくる。いつもの定位置で壁にもたれ、上着の前ポケットから煙草を一本取りだす。冷たい空気を味わってから、火をつけて深く一喫いする。目を閉じると、また自宅のダイニングテーブルが頭に浮かぶ。

妻はなんの話しあいも申し出てきていない。それなのに、すべてのページにサインをすませ、カラフルな矢印の付箋を貼りつけて、空欄にサインをするよう求めてきた。タマラ・ウィンストン――妻の名の隣に。

書類を受けとったその日に妻に電話しようと思ったが、前回電話をかけて失敗に終わったことを思いだした。しばらく離れたほうがお互いのためにいいと妻が決めたのだが、そのときの会話よりもひどい言葉を投げつけあってしまった。タマラは姉の家に身を寄せているのだが、その姉が厄介で、ロバートを最初から目の敵にしていた。そして絶好の機会とばかりに、亀裂が入りかけたふたりの仲を完全に引き裂こうとしている。タマラの耳に呪文のような言葉を吹きこむ姉を想像し、苦々しい思いで煙草をスニーカーで踏みつぶす。

院内に戻り、デスクについているロレインのところへ行く。

「近くに飲めるところはあるかな」

「天気予報を聞いていないの？」

「まだそんなにひどくない。帰るまえに一杯だけと思って」

「わたしならまっすぐ帰るけどね。このへんの道はすぐに走りにくくなるわ」

「雪道の運転に自信はある。一緒に行かないかい」

ロレインは左手をあげ、掌を自分に向けて指をひらつかせた。薬指のダイヤモンドが明かりを受けてきらめく。ロバートは参ったと言うように、両手を胸に当ててみせる。「これは失礼」

「いいのよ」笑みが浮かぶ。「向こうに何ブロックか行くと、〈ルーズ〉があるわ」西のほうを指さす。

「軽く飲むだけなら、そこがいちばん近いと思う。雰囲気がいいかどうかは微妙だけど、まずは行ってみたらどうかしら」その言葉の意図が汲みとれず、ロバートは首を傾げてみせる。ロレインが唇をすぼめ、上目遣いでこちらを見てきたので、ようやくわかった。その客層とは肌の色が合わないということだろう。

「試しに行こうかな。それじゃ、また明日」

外に出ると、雪は激しさを増していた。車の往来はあるが、積もった雪のせいでタイヤの音もくぐもっている。上着の襟を立て、ポケットから毛糸の帽子を取りだして被る。それから〈ルーズ〉へと向かって歩きだした。凍結防止用の塩を積んだトラックが轟音とともに通りすぎていく。とまっている車の窓やドアに粗い塩の粒が飛び散り、新雪の上にあばたのような跡が残されていった。


ロバートとタマラが投げつけあった言葉は、言うつもりのなかったものや、言いたくても胸に秘めておくべきものだった。流産してから数週間のうちに、タマラはロバートを徹底して遠ざけるようになった。かつてのタマラは周りを引きこむような明るい笑い方をしていて、心底楽しそうに、大きな口をあけて首をのけぞらせていた。あまりにも面白いことがあったときは、鼻を鳴らしたりもした。初めて産婦人科で超音波検査を受けたときも、そんな笑い方をしていた。胎児の小刻みな心拍が見えたとき、タマラが喜びに身をよじらせ、内診台に敷かれたシートが拍手のような音を立てた。

　けれども最後に受けた超音波検査のとき、笑いはなかった。聞こえるのはふたりの呼吸の音だけで、期待と恐れのためにこらえられた息は、やがてゆっくりと同時に吐きだされていった。結果を伝えてきたのは担当医の助手だった。きっと担当医本人は、経過が順調なときしか出てこないのだろう。それはなんとなく理解できる。医学生だったとき、悪い知らせを患者側に伝える役割を指導医から担わされたことがある。病状が末期であることを本人に伝えたり、愛する者が亡くなったことを家族に伝えたり。役目を終えたときは、自分まで肉体的な痛みを感じたものだが、それは指導医や教授たちも経験したことなのだろう。学生へのしごきというよりも、通過儀礼のようだった。

　おかしなことに、こんなときにその事実が明確に感じられた。助手はタマラの腹からジェルを拭きとり、超音波プローブを定位置に戻し、拳銃をホルスターに入れるような音を響かせる。

〝残念ながら、流産しています〟

〝お支度はごゆっくりなさってください〟

　助手が出ていったあと、壁の向こうから誰かのくぐもった歓声が聞こえてきた。ロバートが手を差しだすと、タマラはその手を取って内診台から降り、茫然とした体《てい》で服を着る。涙もなく、言葉もない。ロバートはタマラをパパラッチから守るかのように肩を抱き、混みあった待合室へと連れだした。そこにいる者たちは、あからさまに視線を向けてきたりはしないものの、妊婦向けの雑誌や結婚情報誌、ゴシップ誌などからちらりと目をあげただけで、ふたりに何が起きたのかを悟っている。そんな者たちの目に妻を晒すわけにはいかない。廊下を歩いてエレベーターに向かいながら、タマラは潤んだ目でロバートを見あげた。

「お腹が空《す》いたわ」ゆがんだ唇にかすかな笑み。ロバートは笑みをかえす。

「何か食べよう」

産婦人科に近いレストランで遅い朝食をとった。外で冷えた身体が温まらないうちに診察が終わってしまったので、タマラはロバートが貸したぶかぶかのパーカーを着ていた。フォークで卵をつつき、自分で山のようにかけたケチャップと黄身を混ぜあわせている。

「探してる?」ロバートが訊く。

「何を?」

「ケチャップがかけられてから出される卵だよ。どこを見てもないようだから」

タマラは笑みをこらえる。

「笑いごとじゃないよ。これはジョークじゃない、真面目に聞いて。自分でケチャップをかけなきゃならないなんて、ぼくたちはどん底だな」そう言うと、ますます笑いがこらえきれなくなり、タマラの唇は強く引き結ばれる。ウェイトレスがやって来てコーヒーのおかわりを注いだので、タマラは一口飲んだ。ロバートが身を乗りだす。

「見たかい。あのウェイトレスの目。きっと白人だったら、最初からケチャップのかかった卵を出してもらえるんだよ」タマラはコーヒーを噴きだし、口もとを拭った。少しだけ鼻を鳴らす音がしたので、ロバートも微笑む。

「あなたってほんと、馬鹿なひと」

肩をすくめ、ロバートは笑みを広げる。きっと乗りこえられる。自分たちは強いはずだ。笑い方だって知っている。手をのばすとタマラも手を差しだしてきたが、ふいに眉がひそめられ、目も細められる。手が腹にあてがわれる。笑顔が消える。身じろぎしたあと、涙が目に溢れだす。

「ロバート」ささやき声。

視線が落ち、首が振られる。顔をあげたとき、涙がタマラの頬を伝った。ロバートは急いでタマラの隣に移る。赤い染みが、壊れた万年筆から漏れだすインクのようにグレーのスウェットパンツのクロッチ部分に広がっていく。ロバートはセーターを脱いでタマラの腰に巻き、テーブルに現金を置いて、急ぎ足でレストランから妻を連れだした。妊娠十五週目であっても、流産となれば子宮の痛みや軽い出血はあると言われていたし、鮮血が出る可能性も告げられてはいた。だが、それに対する心構えは教えられていない。後部座席で横になり、胎児のように身体を丸め、タマラは家に着くまで静かに泣きつづけた。

その夜も、それに続くどの夜も、タマラはベッドの中央から端へと遠ざかり、ロバートがふたりの隙間を埋めようとのばした手から逃げていった。ベッドに入るときは寝間着をきっちりと着ていたし、シャワーを浴びるときはかならずバスルームのドアを閉めていた。

ロバートの反対を押しきり、一週間も経たないうちにタマラは仕事に復帰した。毎晩会議で帰宅が遅くなった。夕食は電子レンジで温めた冷凍食品か、テイクアウトの料理をテレビの前で食べた。タマラはほとんど口をひらかず、夫婦の会話はほぼなくなっていた。それでも、サンディエゴに住む姉とは電話で何時間も話していた。そのあいだ、ロバートは医学雑誌の記事をウェブで眺めながら、聞いていないふりを続け、自分はどんな過ちを犯したのだろうかと思案を巡らせた。

口論が始まったのは、三日連続でロバートが朝八時から十二時間の勤務となり、それが週末にかかったときのことだった。そのころになって、ようやくタマラは休暇が必要だと思ったらしく、家で過ごすようになっていた。ひとりになりたいだろうと気遣い、ロバートは病院で寝泊まりしていた。しばらくぶりに帰宅したとき、ゴミ箱には朝、昼、晩に食べた冷凍食品の空《あ》き容器が三日分溜まっていて、熟れすぎたバナナのような臭いを放っていた。シンクはステムレスのワイングラスで埋めつくされ、どれも底には乾いた赤い輪が残っていた。寝室に行ってみると、ランニングマシンは衣服に埋もれ、床にはシャツが散乱し、ラタンの籠《かご》の縁から下着が溢れかえっていた。

トイレの流れる音が聞こえ、背後の明かりに照らされたタマラの姿が戸口にあらわれた。その身なりは、ユニフォームなのかと思うほど毎日同じだった。頭にはバンダナ、白い起毛の肌着、淡いグレーのスウェットパンツ、スウェードの室内履き。ロバートの姿を見るとびくりとしたが、黙って通りすぎていき、タマラは布団の下にもぐりこんで背を向けた。ロバートはベッドの端に腰をおろす。

「今日は外に出たのかい。昨日は？」

「あなたはどこにいたの」

「ぼくがいたら、息が詰まるだろうと思って」

布団を引きおろし、タマラはゆっくりと起きあがった。「まるで自分のほうが哀れって口ぶりね。やめてくれる？」弱々しい声で言う。

「ごめん。そんなつもりはまったくない」

「じゃあ、どんなつもり？」

「ぼくだって、胎児を失った親なんだよ」

「〝胎児〟ですって？　そこまで徹底して医者ぶりたいの？」

「ちがう」自分の両手を見つめる。寒さのせいで乾燥して、粉を吹いている。治療が終わるたびに手を洗うので、淡い褐色の皮膚はひび割れ、指の関節のところどころに赤い筋が見える。「ただ、〝あの子〟と呼ぶのも、男の子か女の子か考えるのも、つらくてできないんだ」

「女の子よ。たぶん……女の子だったと思う」

「女の子か。名前は考えた？」タマラは首を振る。

「誰に似ていたんだろうな」

力ない笑みがタマラに浮かぶ。

「ぼくたちの歳だとリスクは避けられない。こうなるかもしれないとは思っていた。でも、また挑戦することだってできる」本物の微笑みが妻に浮かぶことを願って、ウィンクしてみせる。「まずはお互いに楽しんだらどうかな」そう言って手をのばし、触れようとすると、タマラは身を引いた。ロバートも手を引っこめる。「なんなんだ、タマラ？　ぼくが何をした？　触れることも許されないほど、悪いことをしたのか？　わけを話してくれないと、ぼくも引きさがれない」

「悪かったわね、あなたみたいに割りきれなくて。あの子を〝胎児〟なんて呼べないわ。あなたみたいに冷静な振る舞いはできないの。でも、あなたに悪いと思っているふりはしようかしら。だから、ファックしたくないことに罪悪感を抱かせようとしないで」

「おいおい、何を言いだすんだ。タマラ、ぼくはそんなつもりなんかない」

頬の涙を手首で拭い、タマラは言った。「子どもなんかほしくなかったのに、あなたがほしがるように仕向けて、挙句の果てに失ったのよ」

「ぼくが仕向けたって？」

「ほしくないって言ったのに、あなたがいつまでもいつまでも諦めないから。お義母さんが孫の顔を見たがっていたから、子どもは持たないって言えなかったんでしょ。わたしにも言わせなかったのよね」

「わかった。怒っているのはわかった。これ以上話すとひどいことになる。きみに必要なのはひとりの時間だよ」

「何が必要かなんて、あなたに言われたくない。そもそも子どもなんか必要なかったのよ。ふたりだけで上手くやっていたのに」

　連日の心労が重なり、ロバートのなかで何かがぽきりと折れた。

「そうか。きみが証明してくれたってわけだ」

　言ったとたんに嫌気が差してため息が漏れたが、もう取りかえしはつかない。タマラはショックに目をみひらき、自分の身体を抱きしめる。きっと本来なら、タマラに寄り添って抱きしめるべきだったのだろうが、妻が投げつけてきた言葉は胸に深く刺さり、骨まで傷つけた。ふたりはどちらもプライドが高く、馬鹿らしい意地の張りあいもしてきたが、このときばかりは、溝はもう計り知れないほど深まっていた。

　タマラは涙を拭い、また布団にもぐりこんで背を向け、身体を丸める。ロバートはマットレスに膝をつき、手をのばそうとした。どんなに抵抗されても、抱きしめようと思っていた。どんなに叫ばれても、殴られても、受けとめるつもりだった。痛みを解き放てば、きっとまた、もとのふたりに戻れる。ロバートの重みでボックス・スプリングがきしんだとき、ほとんど聞きとれないような小声で、タマラが言った。

「もう眠らせてほしいの」

　弱々しくもきっぱりとした言葉に、ロバートの決意が萎えた。ベッドから離れ、寝室から出て、そっとドアを閉める。

　その場で立ちどまる。ドアの向こうで木の床がきしみ、タマラがベッドから出たのがわかる。そのあと、ベッドのかたわらに妻が置いている首振り式扇風機がまわりだすのが聞こえた。この機械音が聞こえないと、タマラは眠りにつけないのだ。ロバートがいつも布団から片足を突きださないと眠れないように。お互いに、そんなおかしな習慣はやめるべきだと言いあって、ある晩何もせずに寝てみようとしたが、あまりにも眠れなくてふたりで笑ってしまった。

　扇風機がないと決して眠れなかった妻。

自分が隣にいなくても眠れるのだろうか。

翌朝、口論のことが話題にのぼることはなかった。それ以外も、なんの話題もなかった。傷つけあった言葉は死の灰のように宙に漂い、話題を避けるせいでその存在が一層際立っていた。今日は仕事を休んで家にいるつもりだ、と切りだす勇気をロバートが掻き集めているあいだに、タマラは二階へのぼっていき、寝室に戻ってしまった。

仕事から帰ってきたとき、タマラは目を赤くしてダイニングテーブルについていた。髪は整えられ、スウェットではなくブラウスとジーンズを身につけていた。ロバートはテーブルの向かいに腰をおろす。タマラが目を合わせてくる。

「しばらく家を出るわ」

「だめだ、そんなこと」

「出たいの。少しだけだから」

「タマラ、本当に悪かった」

「気持ちはわかってる。わたしも同じよ。でも、あんなことを言いあうなんて、わたしたちどうかしてる。ふたりとも」

「ぼくたちは子どもを失ったんだ、タマラ」

「たぶん、わたしたち自身の一部も失ってしまったんじゃないかと思うの。そのことを考えてみたいんだけど、ここでは無理だわ」

ロバートは両手を握りあわせ、それを口もとに持っていく。なんとか説得して思いとどまらせたかったが、自分でも気づいているのだ。ふたりは川をはさんで対岸に立っていて、渡る手段が何もないことに。

「行くなと言ったら？」

「あなたが決めることじゃない」

「どこへ行くんだ」

「姉のところよ」

「カリフォルニアへ？」ロバートは大きく息をついた。「それじゃ、空港まで送らせてくれるかい」

「もう迎えの車が来るわ」

数分後、ロバートはいくつものスーツケースをヴァンの後ろに積みこんでいた。

「ずいぶん荷物を持っていくんだね」

タマラが頬に触れてきたので、その手の匂いを吸いこむ。肌に馴染んだカカオバターの香りが愛しくなり、喉にこみあげる熱いものを必死にこらえる。掌にキスし、かならず電話すると約束した。タマラは約束してくれなかった。車が走りだし、ちらつきはじめた雪をテールライトが照らした。


それから一年以上経つが、溝は少しも埋まっていない。ロバートは〈ルーズ〉に着いた。赤いネオンサインが入口の上でジリジリと音を立てている。足踏みをして雪を落とし、店内に入る。一杯だけだ。少しくらい身体を温める習慣をつけたっていいだろう。とどめておきたい記憶を守り、忘れたいことを忘れるために。

4

イザベルが〈ルーズ〉に入っていくと、ニコは笑顔だった。機嫌がいいことを願わずにいられない。

数時間まえ、イザベルの勤めるダイナーに酔っぱらった白人の大学生が八人やって来た。だぶだぶのトップスにビルケンシュトックのシューズ、分厚いウールの靴下。金持ち坊やの貧困層みたいなファッション。コーヒーを延々とおかわりし、ひとり、またひとりと遅れてやって来る友人が料理を注文し、ミルクシェイクをテーブルにこぼし、半分食べたウェスタン・オムレツを冷たすぎると突きかえしてきた。どんなに無茶な注文が来ても、どんなに生意気な口を利かれても、決して笑顔を絶やさないよう努めたが、テーブルを離れるたびに学生たちが嘲笑っているのがわかった。制服に染みがついているとか、腹のところがはち切れそうだとか。髪を盛りすぎだとか、口紅の色が派手すぎるとか。内緒話のふりをしながら、聞こえるように言っているのは明らかだし、実際に聞こえていた。とはいえ、今月はもう下旬に差しかかるのに、息子のボビーの収入を合わせても家賃にはまだ足りない。プライドよりも屋根の確保が大事だった。しょっちゅうそんな状況に陥っている。

大人数で来た客からチップを多く取ろうとしたことは、ほとんどない。けれどもこんな客の相手をしたのだから、少しくらい余分にもらいたいものだ。それに、手厳しい大家からは少しの猶予も許さないと言われている。すでにかなりの額になっている勘定書に、多めのチップを書きいれた。落ちつかなげに足踏みしているのは、ずっとトイレに行きたいのを我慢しているからだ。勘定書をテーブルに置き、やっとの思いでトイレに向かう。すわって両膝に肘をつきながら、安堵のため息を漏らす。きっとチップの額を水増ししたところで、あの学生たちは気づかないだろう。雪が降りはじめたのはだいぶ遅かったので、客入りにも影響はなかったし、なかなかいい一日だった。あのテーブルで三〇パーセントほどチップをもらえれば、それなりの額を持って帰れる。もしかしたら一日くらい休みを取って、ボビーにレイトショーの安い席のチケットを買ってあげられるかもしれない。あの子が幼いころによくやっていたように。酒を断ってから間もなく二週間になるが、そのお蔭で息子との会話が増えてきた。もちろん、お互い仕事に出ていないわずかな時間に限ってのことだけれど。先週なんて、ボビーはいつも没頭しているマンガ本から顔をあげ、どんな一日を過ごしたかと訊いてきてくれた。

そのうえ、微笑んでまでくれた。

トイレを出てテーブルに戻ると、学生たちの姿はなかった。テーブルの上は目も当てられない状態だ。あけていない砂糖のパックがコーヒーのなかに突っこまれ、茶色い液体を吸いこんで膨れている。グラスは倒され、水がこぼれて床に滴り落ちている。水浸しのテーブルには支払われないままの勘定書が置かれていて、文字は滲んでいても、〝ふざけんな〟と書き殴ってあるのがわかる。しばらく見つめたあと、イザベルは勘定書をつまみあげ、水が切れるのを待ってから、握りつぶして床にびしゃりと叩きつけた。わずかに残っていた常連客がちらりと視線を向ける。

「ふざけてんのはどっちよ」とつぶやく。テーブルの上を片づけ、勤務を終えるために店長のところへ向かう。

　店長のポケッツがほかのウェイトレスの精算をしていたので、イザベルは自分の番が来るのを待った。食い逃げされた場合は自腹で負担するとわかっているが、ポケッツが情けをかけてくれて、お咎《とが》めなしにしてくれないかとひそかに願う。自分と同じように、ポケッツもまたアルコール依存症からの回復途上にあるが、自分よりもずっと長期で深刻だったようだ。仕事が暇だったある晩、ふたりで語りあい、酒のせいでどれだけの家族や友人を失ったのかを互いに聞かせあった。そしてたびたび、断酒会の集まりに誘われたり、経済的な支援を持ちかけられたりした。けれどもイザベルが断酒会に足を運び、他人に囲まれて懺悔を行なったことは一度もない。いまでも行こうかと迷うことはあるけれど、ポケッツの誘いに下心があるのではないかと疑ってしまう。自分よりもずっと年上で、父親のような優しさがあり、酒焼けの赤みが広がる鼻と、渾名の由来となったぽっちゃりとした頬が印象的なポケッツ。一度も性的なことは言われていないものの、視線を感じることはたびたびある。シフトの終わりにチップを精算しているとき、胸の谷間への視線を感じて隠したら、顔を赤くされたこともあった。一緒に断酒会に行こうと誘われるたび、丁重に断っているのだが、落胆混じりの微笑みを見ると少しだけ良心が咎める。

　自分の番が来たので、イザベルは現金と勘定書を差しだし、髪をポニーテールにまとめていたゴムを外した。背中のなかほどまである黒髪を、肩から払いのける。ポケッツは現金カウンターのキーを押してから、眉をひそめた。

「足りないぞ」

「あなたは足りすぎね、体重が」指で拳銃の真似をして、片目をつぶる。

「うまいこと言うね。いや、真面目な話だよ。全然足りない」

「最後に担当したテーブル、食い逃げされたの」

「なんだって？　どういうことだ」

「トイレに行ってるあいだに帰ってた。急いで戻ったんだけど。出ていくの見なかった？」

「イザベル、困るなあ。八十ドルの損だぞ」

「わかってるって。なんとか見逃してしてもらえない？」

「それは無理なんだ。知ってるだろう」

「自腹で負担したら、半分以上チップがなくなるわ」

「そうだろうとも、イジー。でも、自分の担当テーブルは自分の責任だ。それに、ひとり見逃したら……」

「はいはい、誰も彼も見逃してやらなきゃならなくなるわね。そんな言い方やめてちょうだい。子どもじゃあるまいし」酒を断っているせいで、感情は落ちつくどころか昂《たかぶ》りやすくなった。頭痛の頻度は増して、絶え間なく続いているような気さえする。ポケッツはオーナーに弁明しなければならないだろうし、当然ながら自分の首を心配しているのだろう。「ごめんなさい。わかったわ。もういい」残った五ドル札と一ドル札をかぞえ、あまりの少なさに笑いがこみあげる。今夜持っていた所持金より少し多い程度だ。

　ポケッツは金を再度かぞえ、勘定書の向きをそろえながら言った。「明日ならダブルシフトに入れてあげられそうだ。大雪で道が封鎖されなければね。入るかい」

うなずいたが、イザベルは心ここにあらずだった。何も耳に入らない。そして〈ルーズ〉にニコがいる曜日を思いだしていた。

冷たい外気でしびれた顔が、店のドアを開けたとき、ビールと揚げ物の匂いが漂う馴染みの空気で温められていく。ウィンクすると、ニコもウィンクをかえしてくれた。

よかった。今日は機嫌がいいみたい。

客はまばらだった。常連以外は帰宅したのだろう。いつもなら、平日でもそこそこの客入りがある。大学生がふらっと立ち寄るのにちょうどいい店なのだが、今夜は電子ダーツボードのまわりも閑散としている。ビリヤード台から球のぶつかりあう音もしないし、タッチスクリーン型のゲームでポルノ画像を流しながら誰かと対戦しようと、相手を探してうろついている男子学生もいない。店が開店した当時からの中高年の常連客たちが、ビールグラス片手に背中を丸め、カウンターの上で明滅しているテレビの映像を眺めているだけだ。ニコはさっきから、〈スポーツセンター〉という番組で流れているO・J・シンプソン事件のハイライトを指さし、客と語りあっていた。イザベルが椅子を引き寄せて仲間に加わると、顔馴染みの客たちが会釈したり声をかけたりしてくる。

「まったく胸糞が悪い」ニコが言う。「あの刑事は証人として裁判に出るべきじゃない」

「本当にな」二重顎の古顔が言う。「わしは二十五年間警察官をやっていたが、あんなふうに弁護士どもから責めたてられたことなんか、一度もないぞ。ファーマンって奴は気の毒だ」常連客から同意の声があがる。鳩の群れみたいに、誰もが首を上下に振っている。

「そうだろ。だいたい、ニガーと言ったからって誰が気にする？」

「ちょっと、ニコ。言いすぎよ」イザベルが声をかける。

「なんだよ、ひどいと思わないのか。警察を悪人に仕立てあげるなんて。ロドニー・キング事件以来、警察は何かと槍玉にあげられてる。ちょっとジャンキーを叩きのめしたぐらいで、全員が殺人鬼扱いなのか。おかしいだろ」

「まったくだ。わしの息子も警察に入ったが、パトロールには防弾ベストが欠かせないそうだ。あのギャングどもは警官を撃つからな」

「嘆かわしいな。あれで無罪を勝ちとれるのは、O・Jがあの有名なユダヤ人弁護士を雇えるだけのカネがあるからだろ。奴がやったに決まってるのに」

「ねえ、みんな」イザベルが口をひらく。「ニコがカウンターの向こうを見わたせるのは、こうやって台に乗って演説するときだけよね」常連たちが笑い、ニコはしかめ面になる。

「おやおや。常識あるわれわれの議論も、自由人権協会からいらしたお嬢さんには通じないってわけだ」イザベルはにやりとして、中指を突きたてる。「今夜はご機嫌いかがかな、別嬪《べっぴん》さん」ニコが笑いながら言う。

　イザベルは笑みを引っこめる。目頭が熱くなり、頬が赤らむのを感じながら首を振った。ニコが肩を落とす。

「どうかしたのか」

「一杯おごってくれる？」

「あいにく演説用の台が低すぎて、ウォッカの壜に届かなくてね。それに、禁酒してるんじゃなかったのか？　どういうことだ。今日はオフってわけか」

　笑わせるために言ったのだろうけど、それを聞いたら頭痛が一層ひどくなった。本当はここに来てはいけなかった。ボビーと約束したのに。一カ月の断酒くらい、どうってことはないと啖呵を切ったのに。それなのに来てしまった。一杯だけのつもりで。その一杯が次の一杯につながることはわかっていた。なけなしのお金をはたいてしまったら、自分はどうなるのか。いや、息子と自分はどうなるのか。そう、シフトを多く入れることになり、ボビーも同じようにせざるを得ない。これまでにも家賃の支払いが危うい月はあったのだが、いつもなんとかなっていた。ただ、ボビーの収入に頼るところが多かったけれど。ハンサムで若いし、勤めている店も格が高いので、多くのチップを稼げるのだ。でも、シノトを余計に入れることになり、めったにない休みを返上することになると、ボビーはいつも例の顔つきを見せる。慣れきった、諦めたような落胆が浮かぶ顔つき。それを見るたびに胸が張りさけそうになり、息子にこんなことをさせるのは最後にしよう、という虚しい誓いを立てるのだ。今夜もまたあの顔つきを見るのかと思うと、沈んだ気持ちになる。そのせいで酒がまた飲みたくなり、飲みたい気持ちが湧いてくると、怒りを覚える。カウンターから身体を引き離し、店を出るつもりで立ちあがる。

「おい、どこへ行くんだ。付きあってくれよ。すわって」ニコが言う。

足がとまる。

一杯だけ。

腰をおろす。

「今回は、わたしは何も悪くないのよ、ニコ。本当に」

「ポケッツの野郎め。どうせ、一発やらせてくれたらお咎めなしとか言うんだろ」

「やめてよ、気持ち悪い」ニコは背後の棚に手をのばし、アブソルート・ウォッカの壜をつかんだ。「ねえ、それは飲めないわ。特にいまはね」イザベルは言う。

「いいから」トールグラスになみなみと注ぎ、トニックウォーターで割る。イザベルはそれを受けとり、ストロー越しに長々と一飲みすると、気持ちが落ちつくのを感じた。どれだけこれを待ち望んでいたことだろう。舌の上ではじける炭酸、頬の内側をくすぐる刺激。家の冷蔵庫に置いてあったペットボトルの安酒とはちがって、薬品っぽい味はまったくしない。品のいい滑らかな温かみと、トニックウォーターのかすかな甘みだけ。「で、どうした。また出勤停止にされたのか」ニコが訊く。

目を閉じ、ストローから酒を一気に吸いこんで飲み干す。ズズッという音が響いて、驚きに目をあけると、腕組みをして笑みを浮かべたニコの姿があった。

「まさか、クビか？」

また頬が赤らむ。そういえばろくに食べていなかったので、ウォッカはすぐに効いてきた。「ちがうわ。けど、最悪なのは同じ。食い逃げされたのよ」

「ひでえな。で、自腹ってわけか」

うなずいてから言う。「明日、余分にシフトを入れていいって言われたから、少しは取りもどせるかも。雪がひどくならなければね」

ニコがおかわりを注ぎはじめたので、イザベルは手を振ってとめようとする。

「いいだろ。今日は店で持つから」

グラスをニコに向かって持ちあげ、少しだけ飲む。これをゆっくり飲みきったら、帰ろう。明日からまた禁酒だ。

ところが、ペースを落とすのはむずかしかった。ニコのつくる酒はあまりにも美味しく、あっという間に飲み干さないためには、よほど意志を強く持たなければならない。

「大事に飲もうってわけか」

「べつに。車で送ってもらうことにはなりそうだけど」

「喜んで」

ニコは毒舌だけれど、独特な魅力のあるシチリア人だ。背はかなり低く、お腹まわりは肉がたるんでいる。

いつもシャツはきつそうだけれど、腕はたくましい。ジョークはいまいちで、常にコロンをつけすぎているが、とても陽気なところは好きだし、何よりこちらを笑顔にしてくれる。ただ、ニコからの好意が少々重すぎるのは困りものだ。気軽な関係でいたいのに、ベッドをともにしたあとに汗まみれで抱きあっているとき、結婚の話を持ちだされたのは一度や二度ではない。ある程度の距離を置いて付きあうという姿勢は、ニコにはむずかしいようだ。ボビーもニコとの関係は知っているが、快く思っていないので、一晩一緒に過ごそうと言われたときにはニコの家に行くのがお決まりだった。よくない関係だとわかっていても、とにかく一緒にいて居心地がいい。本物の愛はなくても安心感はある。いずれにせよ、これを飲みおえて帰らなくては。

　少しずつ飲んでグラスを置くと、残った酒が氷とともにグラスの底に戻る。ニコと仲間たちはまだ裁判の話を続けている。ロサンゼルス暴動のあと、政治的な正しさとかいう愚論が一層強まったせいでO・Jが無罪になるとか、お調子者のクリントンの政策のせいで、誰も彼もが一文無しになるとか。イザベルは目を剝《む》いた。ここにいる連中がいかに低俗であるか、どうしてこれまで気づけなかったのだろう。それだけ毎度のように泥酔していたのか。薄まった酒を一飲みして、グラスを押しのける。ニコがおかわりを注ぎに来たので、紙ナプキンをグラスに被せ、手を載せる。

「もういいわ」

「そう言わずに。雪が強くなってきたから、もうすぐラストオーダーにする。あと一杯飲んで、一緒に帰ろう」

　ニコの顔つきから、その意図が汲みとれた。しばらくご無沙汰だったし、今日の出来事を思えば、ニコと一晩過ごすのもありかもしれない。ただ、どうして身を固めたくないのかとまた訊かれるのはうんざりだった。かといって、家に帰ってボビーの失望した顔を見るのもつらい。

　今夜はニコのところに泊まって、明日そのままダブルシフトに入り、今日の損を取りもどすことにしよう。そう思ってニコに微笑みかけるが、グラスに置いた手は動かさなかった。

「じゃあ、早くしてね」

　ニコがいそいそとビールグラスを洗いはじめたとき、店のドアが開いて冷たい風が吹きこんできた。背の高い黒人の男が入ってきて、肩の雪を払いおとし、イザベルからふたつほど離れた椅子に腰をおろす。常連客はぴたりと話をやめ、全員がビールグラスに目を落とす。

「もうラストオーダーは過ぎたぜ、ブラザー」ニコが言う。

　いやな口調だった。黒人が店に来ると、いかにも見下したように彼らのしゃべり方を真似てみせるのだ。

　イザベルが睨みつけると、ニコは口をとがらせ、人差し指を立てて男に見せた。一杯だけ、ということだ。

　イザベルが助け舟を出したことに気づいた男は、こちらに会釈して言った。

「ありがとう」

　イザベルも会釈をかえす。

　この声、知っている。どうしてだろう。

　ニコが酒をつくっているあいだ、できるだけ気づかれないように男のことを観察する。男もこちらを二度、三度と見ているようだ。どことなく知っている顔だけれど、誰だか思いだせないというふうに。目が合ってしまい、焦って、ほとんど空《から》になったグラスの酒をあおる。底に張りついていた氷が勢いよく歯に当たり、流れでてきた水が顎を伝う。ニコが差しだしてきた紙ナプキンをつかみ、だらしない酔っ払いに見えないよう、丁寧に顎を拭く。それにしても、あの男にどう思われるか、急に気になりだしたのはなぜだろう。

「もう一杯、最後におごろうか。きみのお蔭で一杯ありつけたから」男が言う。

　今度はその声で記憶が呼びおこされ、アドレナリンが一気に血管に流れこんだ。店に漂う揚げ物の臭いが急に不快になり、吐き気がする。グラスのなかの氷が融け、雪崩を起こすまえの亀裂のように割れる。カウンターに溜まった水の上でグラスをぐるぐるとまわし、水滴のついたグラスの表面で親指を上下させる。男がこちらを見ている。ニコもこちらを見ている。どういうわけか、みんな見ている。まるで喉が腫れあがったように声が出てこない。こわばった笑みを張りつけ、男にうなずいてみせる。男が声のない返事にうなずきかえすと、ニコが割って入ってきた。

「もう充分だ。あと十五分で閉店だしな」

　男はスコッチを一口飲み、歯を見せてふっと息をついた。ああ、彼だ。あの癖はいまも抜けていない。怒りが湧きあがる。ここは自分の行きつけの店だ。自分の居場所だ。なぜ彼がいるのか。つい憎みたくなるのは、スコッチを飲むときの癖を忘れられないことに苛立っているからだ。どことなくあどけない、その仕草が憎らしい。だいたい、大学生なのにスコッチを飲むなんて。それに、いまでも悔しいくらいハンサムで、二十年以上の歳月を経ても、彼はほとんど変わっていないのが憎らしい。

　顎のラインが少したるんだのと、生え際がわずかに後退しただけ。目をみはるほどの端整な顔立ちは変わらない。

　なんとかしてもっと多くの憎しみを掻き集めようとしたが、湧きあがるのはべつの感情だった。怒りとは異なる、まだ自分のなかにあるとは思っていなかった感情。二度と彼には抱かないと心に決めていた感情。それなのに彼があらわれ、あれほど自分に厳しく言い聞かせたすべてのことが、無駄だったのだと悟る。

　笑いがこみあげる。誰にともなく、唐突に。夕食もとらずに、ニコのつくる強い酒を空《す》きっ腹に飲んだせいで、頭が混乱しているのかもしれない。

　彼のはずがない。

「何が面白いの？」男が言った。

「えっ？」

「いま、笑ったでしょ」

　唇を引き結び、首を振る。このひとが彼じゃないとしたら、どうして話ができないのだろう。どうして顔を見ることすらできないのだろう。ニコはふたりのあいだに立ち、ひとつのビールグラスをずっと拭いている。その目はイザベルと男のあいだを行ったり来たりしている。

「ともかく助かったよ。一杯飲みたかったから」男は尻のポケットに手をのばしながら、イザベルのグラスを指さした。「それ、ぼくが持つから」

　そう言ってから、男は目を閉じて小声で毒づき、何も持たない手を後ろから戻した。

「そりゃないぜ、ブラザー」ニコが言う。

「忘れただけだ、本当に。財布は病院のロッカーにある。ぼくは医者なんだ。現金もカードも持ってる。十分で行けるから、取ってくる」

「戻ってくるのにまた十分だろ」ニコはイザベルのほうを手で示す。「おれと彼女は、雪がひどくならないうちに帰りたいんだ」イザベルがまたニコを睨みつける。ニコからは戸惑った視線がかえってきた。

　カウンターの上を見まわし、男は並んだビールグラスの近くに置いてあったブックマッチを手に取った。それに何かを書きこみ、ニコに渡す。

「明日の夜、倍の額を払いに来るよ。もし来なかったら、この番号に電話して。本当に申しわけない」

「ほほう、じゃあ息をこらして待とうじゃないか」

　男はもう一度ふたりに向かって謝り、店を出ていった。ニコはブックマッチを見おろしてから笑う。

「何が医者だ。どうせ雑用係か何かだろ。ところでおまえ、どうしたんだ。あいつと知りあいなのか？　いまにも吐きそうな顔してるけど」

　ようやく息ができる気がした。「幽霊を見たわ」

「黒いからって、お化けじゃないぞ」ニコが言うと、常連たちが笑い声をあげる。布巾を肩にかけ、ニコは朗らかな口調で店じまいを客たちに告げる。ブックマッチをカウンターに放り投げたので、イザベルは立ちあがってそっと近づき、それを見てみた。ニコの濡れた指で文字が滲んでいたが、はっきりと名前が読める。

　ロバート・ウィンストン。

　ボビーの父親。

　カウンターに手をつき、必死に身体を支える。耳のなかで脈が激しく鳴り響き、身体じゅうの肌が針で刺されるようだ。ドアへ駆け寄り、外に出る。通りを見まわし、これまで幾度もあらわれては消えていった彼の幻影を追うように、その姿を探した。雪がカーテンさながらに視界を覆う向こうに、人影が見えたかと思うと、角を曲がって消えてしまった。胃がむかつき、膝に両手をついて空《から》えずきをする。駆け寄ってきたニコに肩をつかまれる。

「だいじょうぶか」

「うん、まあね」無理やり微笑む。「下戸になっちゃったかな」店に連れもどされそうになったので、身を引いて、ニコの頬を軽く叩く。「今夜はもう帰るわね。電話するから」

「えっ？　本当に？」

「うん。だいじょうぶだから」

「そうか、わかった」ニコはポケットに手を突っこみ、店に戻っていった。

　イザベルはアパートメントの前に車を寄せた。チェーンを巻いていないので、スリップして右の前輪が縁石に乗りあげてしまった。降りようとしたものの、ふと思いとどまり、一度開けたドアを閉める。雪はますます強くなり、フロントガラスは真夜中に放送休止になったテレビの画面みたいだった。頬の内側を噛む。ボビーにこの状況をどう説明すればいいのか。店で損をこうむり、息からはウォッカの臭いがする。さらには、ずっと昔に死んだということにしてあり、二度と会わないと決めていたボビーの父親がバーにあらわれるなんて。ハンドルを両手でつかむ。頬の内側に血の味がして、傷を舌でなぞる。

部屋は半地下にあるのだが、窓から明かりは漏れていない。ボビーは仕事から帰っていないか、寝ているのだろう。いずれにしても、いますぐは向きあわずにすむようだ。

アパートメントの廊下は外と同じように冷えきっていた。足踏みをしてワッフルソールの靴から雪を落とすと、汚れたカーペットに水が染みこんでいく。隣の部屋から、刑事コロンボの再放送の音が大音量で聞こえてくる。鍵を差しこんでまわすとき、いくつもの名前入りのキーホルダーがぶつかりあって音を立てる。どれもマンガのキャラクターで、カラフルな塗装はだいぶ剝げている。ボビーが子どものころにくれたものだ。ポケットに入れるにはかさばりすぎるけれど、捨てようと思ったことなど一度もない。

ドアをそっと肩で押しあけ、すでに擦り減っているカーペットをこすらないようにする。小声でボビーの名を呼び、暗がりに目をこらす。

返事はない。寝息も、鼾も聞こえてこない。

車のヘッドライトが窓を照らした。ソファの上にはボビーのシーツと毛布が真四角に畳んで置かれ、その上に枕も載っている。ほっと息をつき、暗い廊下の壁を伝いながら寝室へと向かう。明かりをつけ、ドレッサーに鍵を放り投げ、仰向けにベッドに倒れこむ。裸電球がかすかにジリジリと鳴っている。天井にある雨漏りの染みを見つめる。ボビーがなかなか寝つかない夜、ふたりで横になり、本で読んだファンタジーの世界の大陸にいるつもりで語りあったものだ。その国では、ふたりは女王と王子として国を統治し、優しさと威厳を兼ね備えている。ボビーが従えているドラゴンと兵士の名前をすべて列挙させていると、そのうちに眠りに落ちたものだ。

覚えている名前をあげていくうちに、瞼が重くなってきた。ここ数時間でいろいろなことが起きすぎて、疲弊しきっている。ふとあることを思いだし、目をあけて起きあがる。急いで帰ってきたのは、ボビーより先に着きたかったのもあるが、それだけではない。ひとりで見たいものがあったのだ。

クローゼットのなかの奥の棚に、箱にしまった写真がある。ポラロイド、四連続の写真《ブース・ストリップ》、ボビーの学生時代のポートレート、赤ん坊時代の写真や家族写真。

どこにあるのだろう。捨ててしまったのか。

すべての写真を箱から出したあと、手をとめる。探していたものではないが、目をとめずにはいられない写真があった。

幼稚園の卒園式。ボビーは目をみはるほどハンサムだ。可愛らしい帽子とガウンを身につけた子どもたち。格好だけは一丁前だったけれど、みんな鼻をほじりながら、トイレを我慢しているみたいなダンスを踊っていた。でも、ボビーはちがう。帽子からはみ出た美しい黒髪は、翼のように広がっている。風のある日は外に連れだしたくないとボビーに言ったことがある。いまにも空へ飛びたって、自分のもとを去ってしまいそうだから。そう言って高く抱きあげると、ボビーはけらけらと笑って、飛行機みたいに両手を広げてみせた。粒ガムみたいな歯はボビーの口に大きすぎたけれど、ちょっと隙間が開いていて、それがその笑顔を一層愛らしくしていた。あのころはすべてがシンプルでよかった。たとえ限りのある時間でも。ボビーはいまよりもずっと笑っていたし、自分もそうだった。その写真をようやく脇に置き、また目当ての写真を探しだす。やっとのことで、束のいちばん下にそれを見つけた。

ロバートとイザベル。たった一度きりのまともなデートをした日、〈ケニーウッド・パーク〉のスタッフに撮ってもらった写真だ。〈スティール・ファントム〉という絶叫マシンの出口が背後に見える。降りたばかりで、イザベルの髪はくしゃくしゃだ。ロバートに何かをささやきかけられ、イザベルは大きな口を開けて笑っている。

だめだ。思い出を美化してはいけない。

　ボビーの卒業写真を隣に置き、ふたりの顔を並べて見てみる。

　あまりにも似ていて、あまりにもちがう。

　できるのだろうか。自分の怒りを脇に押しやることが。

　ボビーに本物の笑顔を取りもどせるかもしれない。頬が押しあげられ、目が糸のように細くなった、輝くような笑顔。過酷な生活のせいで頑なになったあの子に、幼いころの純粋さを少しでも思いだしてもらえたら。ボビーには父親のいる暮らしを送る権利がある。ただ、それはどんな変化をもたらすのだろう。自分にも、息子にも。ボビーを守り、幸せにしたいという自分の願いが、父親の存在によってさらに強固で温かなものとなればいい。そうなる保証はどこにもないけれど。

　幼稚園時代のボビーの笑顔を見ていると、それほど恐れは感じなかった。たとえ何もかも失うことになるとしても。

　ナイトテーブルに二枚の写真を置き、残りの写真が入った箱を持ってクローゼットに歩み寄る。壁際の高い棚に箱を戻すとき、手が壜に触れた。ボビーに断酒を誓ったあと、〝非常用〟としてひそかに隠しておいた酒だ。

「約束したのよ」声に出して言う。

　背を向けてクローゼットを出ようとしたが、片手が棚から離れない。あと五分だけ遊びたいと駄々をこねる子どもに、手を引かれるかのように。

　壜を引っぱりだして開け、大きく三口飲む。明日は大変な一日になりそうだから、これを飲んで眠らないといけない。この大雪のなか、ボビーが無事であることを願わずにいられなかった。

5

　除雪車がバックするブザー音と、アスファルトを引っ搔く音でボビーは目を覚ました。乾いた涎《よだれ》のせいで、カーペットの繊維が顔に張りついている。身を起こし、ベッドの上に目をやる。アーロンは昨日見たままの姿勢で寝ている。ブラインドが閉まっていて暗いので、何時なのかわからない。それほど長くは寝ていないのかもしれない。除雪車が通ったということは、通りの雪が取り除かれ、バスが走りだしている可能性がある。

　ドアをそっと引っぱり、やっと通れる隙間を開けただけなのに、蝶番《ちょうつがい》から金属音が鳴って床板がきしんだ。いまは絶対に音を立てたくないというのに。振りむいてみたが、アーロンは動かない。足音をひそめて廊下を歩き、ソファでパンツに片手を突っこんで眠りこけているコートの近くを通りすぎる。

外は明るかったが、太陽は見えない。薄い灰色の雲が流れ、太陽の前を通るときだけ、ビル火災の煙みたいに黒くなっている。大通り以外の細い道までは、除雪車は来てくれていなかった。貧しい者たちの住む地域までは手が回らないのだろう。そこの住人のほうが、よほど働きに出る必要に迫られているのに。

パンツの裾をブーツにたくしこみ、膝下まで積もっている雪のなかを歩いていく。数歩進むごとに後ろを振りむく。アーロンが追ってくるのではないかと思って。

何をそんなに恐れているのか。馬鹿みたいだ。痛めつけたりなんかしないとアーロンは言っていたではないか。

いや、待て。言われたのは、〝おまえを痛めつけると思ってるのか〟といった言葉だった。痛めつけないとは言っていない。

アーロンと出会ったときから、自分はずっと嘘をつき続けてきた。そういえば昨夜、名字の意味を知らされたとき、アーロンの声色は妙だったし、笑顔はぎこちなかった気がする。真実を知っているのか、知らないのか。獣は狩らなきゃいけないというアーロンの声が、頭のなかでこだまする。

それは馴染みのある言葉だったが、過去にアーロンの口から語られたことは一度もない。

五番通りに出ると、屋根つきのバス停があった。濡れた路面では水のはねる音とともに、車が往来している。ベンチに腰をおろし、アクリル板にもたれる。傷のついた表面を見ると、刑務所で面会したときにアーロンと自分を仕切っていた窓を思いだす。身を起こしてアクリル板から離れる。

子どものころ、ボビーは夜驚症《やきょうしょう》に悩まされていた。寝小便と汗でベッドを濡らして怯えていると、イザベルが部屋に来て抱きしめてくれたものだ。自分の小便の臭いさえわからないほど混乱していたので、イザベルの息から酒の臭いがするのも気にならなかった。〝だいじょうぶ、夜が怖いだけなのね。朝が来れば、少しも気にならないはず。夜になれば、なんだって怖く思えてしまうものよ〟そう言ってボビーの顎を軽く持ちあげ、微笑みかけてくれた。〝だから、夜驚症には昼じゃなくて夜という文字が入っているの〟

朝が来れば怯えずにすむと信じて、あのころは眠りについた。けれどもいま、朝にバス停にいるのに、ボビーは怯えている。親友だった男に怯え、その男のしたことに怯え、これからするであろうことに怯え、別人になってしまったことに怯えている。

その男のしたことに巻きこまれ、手を貸したことに怯えている。

バスに乗り、走りだすと、路面にあいた穴のせいで車体が大きく揺れた。オークランドやシェイディーサイドのホテルやワンルーム・アパートメントといった景色が、テラスハウスやバーなどに移り変わっていく。まるでベル型の分布曲線の坂を下っていくようで、ボビーは自分の過ごす日常が中流ですらないことを思い知る。でこぼこに固まった雪に阻まれ、重たげな音を立てながら、バスはフランクスタウン通りを進んでいく。降車を知らせるため、ボビーはコードを引いた。降りて角を曲がると、フォルクスワーゲン・フォックスの助手席側のタイヤが縁石に乗りあげているのが見えた。

イザベルが家にいる。

いつ以来かわからないが、久しぶりに母がいることでほっとした。

隣の部屋のドアの向こうから、クイズ番組の音が割れんばかりに聞こえてくる。この部屋の住人が出入りするところは一度も見たことがないが、ドアの前を通るたびに、廊下のカーペットの黴《かび》臭さよりも強烈な猫の小便の臭いが漂ってくる。時々思うのだが、もし住人が死んでいたとしたら、警察はテレビをどう処分するのだろう。テレビの音がとまるのは、放送休止の時間帯だけだった。その砂嵐の音でボビーは寝つくことができた。ボビーが鍵を開けるとき、クイズの答えを当てた出演者がジェットスキーを獲得したのが聞こえてきた。

戸口のゆがみで開けづらいドアを押しあけ、イザベルを呼んでみる。返事はない。しばらくして鼾が聞こえた。シンクの上のキャビネットに入っている壜を取りだし、稼いだチップを入れようとしたが、なんだかおかしい。額をかぞえてみると、昨日からわずかに増えただけだった。イザベルは仕事に行かなかったのだろうか。家賃は二週間後に支払わなければならないのに。またダブルシフトに入らなくては。イザベルもだ。寝室に向かう。隣の部屋のテレビの音によれば、また誰かがクイズに正解して、千ドルと食器棚を獲得したらしい。

ドアはわずかに開いていた。ナイトテーブルにある時計つきのラジオから、雑音混じりのジャズが流れている。ゆっくりとドアを開け、室内をのぞきこむ。イザベルは仰向けに寝ていて、口を開け、喉に引っかかるような鼾を狭い室内に響かせている。耳慣れた鼾だったが、しばらく聞いていなかった。正確に言えば、二週間。ベッドの端から出ている腕に目をやると、指先はポポフ・ウォッカのプラスティック・ボトルの先端にかかっていた。空《から》になっている。

「まったく、どうしてこうなるんだよ」ささやき声で言う。

鼾が引っかかって咳きこみ、起きるのかと思ったが、イザベルは横を向いて眠りつづけた。怒りがこみあげ、一瞬だけ怯えていた気持ちを忘れる。最近はイザベルとかなりうまくいっていたのに、一カ月酒を断つことすらできないなんて。母の助けを求めようとするたびに、頼れるような存在ではないことを思い知らされる。アーロンとのことは、自分ひとりでどうにかしなくては。とはいえ、どうにかするために何をすべきなのか、見当もつかない。ひとまず、イザベルがまたしても断酒に失敗した理由は聞いておかなければ。

ドアを勢いよくひらき、壁に叩きつける。驚いたイザベルが起きあがったが、とたんに頭を押さえる。戸口に寄りかかり、ボビーは腕組みをして、母親がしっかり目覚めるのを待つ。うめき声をあげ、イザベルは額を手首で押さえている。部屋のまぶしさに目をしばたたいてから、足を床におろし、はずみで空のボトルを蹴りたおした。

「もう」小声でイザベルが言う。

「どういうことか聞かせて」

「いいわよ、お説教してちょうだい。怒るのも当然よ」

戸口に立ったまま、ボビーは黙って母を見つめる。イザベルは顔にかかったくしゃくしゃの髪越しに、こちらを見ている。「何を言われてもいいわ」

「あと二週間しかない。それなのに、壜には全然溜まってないけど」

「昨日は稼いだのよ。かなり持って帰れるはずだったの」

「そう。で？」

「理由なんていいでしょ。どうせ、ぜんぶわたしが悪いと決めつけてるんだから」

「本当にそうなの？」

両手に顔をうずめて言う。「そうだけど、ちがう」

壁の向こうから、ゲームで不正解になったときに鳴るホーンの音が響いてきた。あまりのタイミングのよさに、不覚にもボビーは笑ってしまう。イザベルも笑った。まるでパイプから蒸気が抜かれたみたいに、張りつめた空気が緩んだ。組んでいた腕をほどき、ボビーはイザベルの隣にすわる。倒れたウォッカの壜を足で転がす。

「約束したよね」ボビーが言う。イザベルは涙が流れおちるまえに、目もとを指で拭った。

「わかってる」

「じゃあ、家賃はどこへ消えたの」

その言葉にむっとしたようで、イザベルの目に怒りが浮かんだが、顔に刻まれた皺《しわ》はこちらを見るとすぐに緩んだ。ボビーの顔にかかった髪をイザベルが耳にかける。ジェルがすっかり落ち、髪がもとのカールに戻りつつある。何か話したいことが母にはあるようだったが、それがなんなのかはわからない。口もとがゆがみ、涙が流れおちる。

「ちがう。お酒に使ったんじゃないの」

問い詰めようかと思ったが、そういえばこちらにも後ろ暗いところはある。たったいま朝帰りをしたところなのだ。怒りのせいでそのことを忘れていて、言い訳も考えていなかった。ただうつむくイザベルに、それ以上は何も訊かないことにした。

「ダブルシフトに入ってくれる？」イザベルが言う。

うなずき、ボビーは言葉をかえす。「母さんも？」

「決まってるでしょ」

ボビーの祖父はポーカーが好きだった。退職した警官仲間とのポーカーに、よく連れていかれた。そのとき、ほかのプレーヤーのさまざまな癖をよく見ておけと教えられた。チップの置き方。自分のカードを見たあとに、視線が向く方向。どんな人間でも、癖は嘘をつかない。ちょっとした仕草に本音があらわれるし、言い方ひとつで言葉が嘘だとわかることもある。イザベルにもそんな癖があることに気づくまで、さほど時間はかからなかった。

〝決まってる〟という言葉がそれだ。

ダブルシフトに入ることはできるのだろうが、きっと入らない。声でわかる。それこそボビーにとって〝決まってる〟ことだった。首を振り、部屋を出ていこうとする。イザベルが声をかけてきた。

「ねえ、ところでどこへ行ってたの」

まずい。

「えっ？」

「いま帰ってきたんでしょ」

「アーロンが戻ってきたんだ」

「刑務所から？」

「ああ」

「車を使わせてあげればよかった。出てくるって知ってたの？」

「うん。車はだいじょうぶだよ」

また戸口にもたれ、指の付け根にできたマメを引っかく。何年ものあいだ、牛乳の入ったケースを積みあげたり、熱い料理の皿を運んだりしてできたマメだ。硬い皮を剝きとると、その下に新しいピンクの肌があらわれ、古い皮は小さく丸めて床に捨てる。母に抱きしめてもらいたい。昨日のことを忘れさせてほしい。酒をやめて、約束を守ってほしい。これ以上働かせないでほしい。母親らしく息子を守ってほしい。隠し事をしたり、後ろめたい顔をしないでほしい。マメを剝いたあとの皮膚を見つめる。古い皮を剝くと新しい皮が出てくるように、すべてを簡単にやり直せたらいいのに。目頭が熱くなり、洟《はな》をすする。

「何かあったの」イザベルが声をかける。

母に背を向け、ボビーは目もとを拭う。「車は使っていいよ、今夜も。シャワーして着替えなくちゃ」

「待って」イザベルがすぐ後ろに立つ。「わたしのだらしなさのせいに見えるかもしれないけど、ぜんぶ理由があるの。チップのことも、ウォッカのことも。だけど、まずはやるべきことをやらないといけなくて、それがすんだら説明する。きっとあなたも理解してくれる」

「ああ、わかったよ」声が割れる。イザベルが肩に手を置いた。

「信じてくれる？」
「うん。決まってるだろ」そう言って、ボビーは部屋を出てドアを閉めた。

6

ボビーはランチ担当のスタッフをひとり早あがりさせ、シフトに入ることはできたものの、店の忙しさは相当なものだった。オフィス街の会社員ばかりで、前菜だけ頼んであとはコーヒーのおかわりを延々と飲みつづけて居すわっている。コンピューターの画面に目をこらし、ボビーは三十五番テーブルの女性がどのデザートを注文したかを思いだそうとする。いつもなら、書きとらなくても十件は注文を暗記できるというのに、今日はその一件すら覚えていられない。だいたい、午後の三時に食後のデザートを頼んでくるなんてどうかしている。

半日も怯える気持ちを抱いていたせいで、どっと疲れが出ていた。少しくらい嫌な客がいても、いつもなら軽く苛立つだけなのに、今日は殺意すら覚えかねない気分だった。ほかの店員たちは、横柄な客のコーヒーに目薬を入れたり、ハンバーガーの具の上に唾を吐いてバンズを載せたりしたあと、それを出された客を眺めて復讐を楽しんでいた。似たようなことをしたい誘惑に駆られたのは一度や二度ではないけれど、実際にやったことはない。それでもいまは、ホールに出ていってあの客の首を手で絞めあげてやりたかった。我ながら強い敵意に驚いたが、それも昨日の出来事とは比べものにならない。本物の悪意と暴力に巻きこまれ、これから深刻な事態に陥る可能性は充分ある。ただ、いまこの瞬間、客への怒りで恐怖を忘れられるのはありがたい。ところが、それもつかの間のことだった。

アーロンが厨房に入ってきた。裏方スタッフ用のチェックのパンツを穿き、裾をブーツに入れ、コックが着る白い上着を肩に引っかけている。コンピューターのところに立っているボビーを見ると、足をとめた。

「ああ、いたいた。どこへ行ってたんだよ」

ラッセルが料理の提供口から声をかけてきたので、アーロンはソースをかけて仕上げるために皿を受けとった。「それ、隠せよ」ボビーはアーロンのタトゥーを指さす。目を丸くしてから、アーロンは上着を着た。

「なんでここにいるんだよ」ボビーは訊いた。アーロンはそもそも働く必要がないほど恵まれた家庭環境なのだ。それでもアーロンは捕まるまで、このビストロでマリファナの取引を盛んに行なっていた。アーロンが一晩で稼ぐ金額は、ボビーが遅番のシフトに一週間入りつづけてやっと稼ぐ金額を軽く超えていた。「ビジネスのためか？」

「仮釈放の条件でな。毎日ここに来て、ラッセルが保護観察官に報告してくれれば、GPSアンクレットはつけなくていいことになってる。出所まえに頼んでおいたのさ。おまえには黙っててくれと言っておいた。

驚かせたかったからな」

ボビーはうなずく。たしかに驚かされた。コンピューターの画面に目を戻したが、アーロンはまだそこにいる。低い声で語りかけてくる。「真面目な話、あれからどこへ行ってた？」

目をあげると、アーロンの表情が変わっていた。はっきりと言いきれるわけではないが、そこには不安があり、恐れすらあるように思えた。ようやく自分の行ないが何に結びつくのか、気づいたということだろうか。

アーロンの視線がボビーの顔を探る。まるでサイボーグが相手をスキャンするかのように、ボビーが昨日のことをイザベルや警察などに話していないか、推しはかられているような気がした。また足先の感覚がなくなってきた。身体が自分のものではないような感覚が広がり、この歳でも心臓発作を起こすことがあるのだろうかと考える。ボビーの答えを待つアーロンの背後で、スタッフが交代のために厨房に入ってきた。遅番を受け持つ顔馴染みのウェイターが、アーロンの背後を通る。ボビーはアーロンの後ろにまわりこみ、そのウェイターの袖をつかんで引っぱった。

「なあ、休みたくないか。遅番代わってほしいんだ」

ウェイターは疲れはてた顔をしていた。「マジか。頼むよ」そう言って髪を掻きあげる。「まだ酔いが抜けねえんだ。でも、今日はフォローがあるぜ」

「だいじょうぶ。任せとけ」

フォローとは新人の指導を意味し、仕事はほとんど任せておける代わりに、時給は最低額になる。とはいえチップもあるので、イザベルと合わせればなんとか家賃は貯まるはずだった。ボビーが捕まったり、死んだりしなければの話だが。ウェイターは提供口のところでラッセルと話して交代を告げた。ボビーはようやく振りかえり、苛立ちをつのらせているアーロンと向きあった。

「どうなんだよ」アーロンが言う。

ラッセルが声を張りあげる。「ボビー、このブロッコリーチーズ・スープを九十五番テーブルに運んでくれるかな」

「じゃあ、まずはネクタイを出してください」

ラッセルは視線を落とし、スープに浸かったネクタイを外してカウンターにびしゃりと置き、新たなスープカップを手に取って注いだ。さらに、注文を通しておいたチーズケーキが提供口に出される。アーロンの視線を感じながら、ふたつを持ってホールに出ていこうとする。振りかえって見てみると、アーロンと目が合った。

「ちょっと出してくるから」皿を持ちあげて言い、急ぎ足でその場を離れる。舌打ちが聞こえ、アーロンが厨房の奥に戻っていく。

料理を出しおえてから、ボビーは自分の持ち場にあるワゴンに寄りかかった。アーロンが起きだすまえに出ていった理由は、いくらでもあげられる。

まず何より、アーロンは殺人を犯したのかもしれず、自分はその逃走に手を貸してしまったということ。その事実が恐ろしくなったというのは、大きな理由だ。

さらに、父親が黒人であることを出会ったときからずっとアーロンに隠していて、それをもし知られたら、〝O〟で叩きのめされた青年よりもひどい目に遭わされると思ったこと。これも大きな理由だ。

両手首で目を強く押しつづけていると、くらくらしてきた。これからどうすればいいのかわからず、怯えのせいで息苦しくなる。

シフトの交代の時間になると、店の裏でミーティングが行なわれる。煙草を喫う者が多いので、喫わない者は愚痴をこぼしつつ、誰もが上着を着こんで裏の荷降ろし場に集まる。少しでも温まろうと全員が身体を左右に揺らすなか、煙草の煙と白い息が混じりあう。

ボビーが今夜担当することになった新人のミシェルが

隣に立っている。黒のストレッチパンツに、紐を結んでいないブーツ。鮮やかな赤に染められた髪が、フィッシャーマン・キャップからはみだしている。ラッセルの話によると、スタッフのなかにデザートを伝票につけなかったり、盗みを働いたりする者がいるらしく、ボビーは驚いて目を剝いた。ミーティングが終わると店内に戻る者もいたが、その場に残り、盗みを働くのはどの人種のスタッフだろうかと話す者もいた。たしかに疑わしい者はいる。ボビーがルイスを見やると目が合い、中指を突きたてられる。ミシェルは新聞記者よろしく、ラッセルの話を一言一句逃さずメモを取っていて、その熱心な姿がボビーをふいに苛立たせる。

　アーロンはラッセルの隣に立っている。ボビーはその姿を見つめずにはいられなかったが、目が合ったらすぐにでもそらすつもりだった。ところが、アーロンはこちらを見る気配すらない。ラッセルが話を終えるのを待ち、それからアーロンが今夜の特別料理を読みあげる。全員の顔を見まわしているが、ボビーだけ避けられているような気がする。読みおえると、アーロンは煙草に火をつける。喫わない者たちや寒さに耐えかねたスタッフは戻っていったが、残った者たちは喫いおえてから、喫い殻を捨てて店に向かう。ボビーはうつむいたままアーロンの脇を通りすぎようとしたが、手首をつかまれた。

「ちょっと待てよ」

　前を見ると、ミシェルがひらいたドアの向こうで待っている。戸口の上のほうにある断熱用のカーテンが揺れ、厨房からの音を吸いこんでいる。先に行け、と手を振ってミシェルに伝える。ミシェルは元気よく両手の親指を突きたてて、店のなかへと戻っていった。ようやく手首をつかんでいるアーロンの手が離れたので、指に血が通いだした。アーロンは数歩下がって、店のドアをバタンと閉めた。

　万事休すなのだろうか。あのあと警察に行ったと思われたのだろうか。それとも父親が黒人であることを知られたのだろうか。どうして知られたのか見当もつかないが、思考がめまぐるしく切り替わりながら、ありとあらゆるシナリオを頭のなかで思い描いていく。

忘れるな。痛めつけないとは言われていない。そう、アーロンは道端で赤の他人の頭を殴りつけたが、殴られた青年は自分のように隠し事をしていたわけでもない。

エプロンの前ポケットに手を入れてワインオープナーを探り、コルクスクリューの先端に触れる。もしものことがあったら、これを素早く取りだして、アーロンの顔のいちばん柔らかいところに刺せばいい。

そう考えたとき、道端に倒れた青年の姿が頭に浮かんだ。

コルクスクリューから手を離す。

昨日で一生ぶんの暴力行為を目にした気がするのに、いま自分は親友から十フィートと離れていないところで、どうやって倒そうかと考えている。とはいえ、自分の勘がこれまで散々外れてきたことは自覚している。だからどんなに嫌な予感がしても、無視していいのかもしれない。

「あのな」ボビーは声をかけた。

アーロンは唇に指を当ててボビーを黙らせると、話しだした。「変だよな。なんだかおれ、ドアが開いていることにどうしても慣れなくて」口の端から煙を吐きだす。「そんなことに慣れが必要なんて、思いもしなかった。ひとつの場所を出て、好きなときにべつの場所へ移動する。そんな単純なことにも慣れない。普通ならあたりまえにやっていることなのに。部屋から部屋へと動く。外に出る。バスルームに続くドアを閉める。どれもぜんぶ、あたりまえにやることができなくなったんだ、ボビー。完全にな」

アーロンが後ろに手をまわしたので、ボビーはまたワインオープナーに手をやった。ところがアーロンが取りだしたのは白い封筒で、それをボビーに差しだしてきた。受けとってアーロンを見やり、それから開けてみると、なかには二十ドル札、五十ドル札、百ドル札がぎっしりと入っていた。

「なんだよ、これは」

「それはな」アーロンが煙を吐きだす。「三カ月分の家賃だ」

　ボビーは封筒を突きかえす。「いらねえよ、口止め料なんか」

「口止め料だって？」笑いながらアーロンが言う。「誰がそんなこと言った？　テレビの観すぎだぞ」

「馬鹿にしてるのか」声を荒らげる。「いらねえって言ってるだろ。マジで無理だ」そう言ったが、無理なのはアーロンなのか、カネのことなのか、両方なのか、自分でもわからない。

「受けとれよ、必要なんだから。おまえだって、お母さんだって。誰にもわからないところにカネを隠しておいたんだ。家を離れるまえにな」

「家を離れる？　休暇でも取ってたような言い方するなよ。おまえは刑務所に入っていたんだ。これは麻薬の密売で稼いだカネで、密売のせいでおまえは刑務所に入れられたんだろ。ちなみに昨日おまえがやったことのせいで、ふたりともぶちこまれるかもしれないけどな」

「どこに入っていたかなんて、どうしておまえから聞かされなきゃならない」

「そう言うなら、あいつにどうしてあんなことをした」

「おい、声がでけえよ」

　アーロンの平然とした態度に怒りがこみあげ、怯えが頭から吹き飛んだ。一歩近づいて、食いしばった歯の隙間からささやきかける。「おまえはあいつを殺したかもしれないんだ、アーロン。そしておれを巻きこんだ」

「看守のなかには、元警官って奴もいた」アーロンが言った。ボビーは両手をあげて離れる。また刑務所生活の反芻《はんすう》を聞かされるのかと思い、苛立ちを抑えきれず、行きつ戻りつする。

「もう、そんな話は――」

「うるせえ、最後まで聞けよ」そう言われ、ボビーは足をとめた。アーロンが続ける。「奴らが昨日のガキみたいなサルどもをどう思ってるか、知ってるか？　塀のなかでも、外でも、なんとも思っちゃいねえんだ。眼中にない。道端に落ちてるクソ以下さ。踏んだら靴の裏にこびりついて、バターナイフを使ってこそげ落として、ゴミ箱に捨てるクソ以下ってことだ。どうなろうと気にしちゃいない。シャワールームで奴らがナイフを突きつけられても、土曜の夜の遅番シフトを避けるみたいに、見て見ぬふりをするだけさ」

　身震いを隠そうと、ボビーは腕組みをする。アーロンがどうしてそんなことを知っているのかは考えたくなかった。目頭が熱くなり、涙が浮かぶ。怯えはアーロンにも伝わったのだろう。こちらに歩み寄ってくると、両肩に力強く手を置いてきた。

「怖いのはわかる。怖かっただろ。でも、おれだってやりたくてやったわけじゃない。仕方がなかったんだ」抱き寄せようとしてきたが、ボビーはアーロンの手を逃れ、荷降ろし場の端まで歩いていった。アーロンの腕は抱擁しようと宙に浮いたままだったが、やがてだらりとおろされた。呆気にとられたような顔で、首を振っている。

「要するに何が言いたいんだよ。はっきりしろ」ボビーが言う。

「ああ、はっきり言うぜ。あのガキのことなど、誰も気にしない。特におれは、まったくもって気にしない」アーロンが封筒を投げつける。それはボビーの胸に当たって地面に落ちた。「おまえが黙っている限り、ほかの誰も気にしない。口止め料だと言いたいなら、言えばいい。わかってもらえないだろうが、おれはおまえのためを思ってやっているんだ。助けるために」

「助ける？」ボビーは笑いだした。「何を言っているんだ。おまえのせいで、おれまで刑務所に道連れにされるのに」

「そうはならない。助かるのは、おれかおまえのどちらかかもな」アーロンは金属製の重いドアを開け、店の廊下へと入っていく。大きな音を立ててドアが閉まった。

地面の封筒を見おろす。百ドル札が数枚はみ出ていて、雪のせいで濡れつつあった。拾いあげて、濡れていないものを広げる。古くなってくたくたの札もあったが、ほとんどは偽札かと思うほど綺麗なものばかりだった。よく新車の匂いがするとか言われるが、きっとこんな匂いなのだろう。この手のなかにある三ヵ月分のプライドを捨てれば、喉から手が出るほどほしかった休みを取ることもできる。三ヵ月の時間があれば、イザベルの抱える問題に助けを求めることもできる。いまやるべきことは、これまでずっとうまくやりつづけてきたことではないか。口を閉じていること。隠しとおすこと。そうすれば、この惨めな人生は惨めな軌道を保ったまま、惨めであっても先の見える結末へと向かっていく。いや、ほんの少しだけ上向きになることさえあるかもしれなかった。

アーロンの言うとおりなのかもしれない。あの青年など、誰も気にかけないのかもしれない。アーロンではなく、あの青年が自分を叩きのめしたかもしれないのだ。命を落としていた可能性もある。ただ、母親だけはあの青年を気にかけるはずだ。どんなにクズみたいな人間になっても、母親だけは息子の帰りを待っている。イザベルが、昨日はどこに行っていたのかと訊く声が頭のなかに響いた。青年の母親も、どうして息子が帰ってこないのか、どうして真夜中に警察が訪ねてきたのか、どうして愛しいわが子があんな目に遭ったのか、きっと多くの疑問を胸に抱えたはずだ。

封筒を開け、金額をかぞえる。

あんなふうに追いかけてくるほうが悪いのではないか。そうだろう？　アーロンが侮辱したとはいえ、あれだけ体格差があったなら、何を言われても放っておくのが賢明だったのに。

札束を半分に折り、尻のポケットに突っこんで、店のなかへと戻っていく。喉のあたりに引っかかる、苦々しさを飲みくだしながら。

7

皿のぶつかりあう音。揚げ油と焼ける肉のにおいに、ボビーは胃のむかつきを覚える。空が割れて大量の雪が街を覆いつくし、店を閉めざるを得なくなればいいのに。そう願ったが、家に帰ったところで何があるわけでもないことは、自分でもよくわかっていた。

ここにいても仕方がないし、家にいても仕方がない。

料理の提供口を通りすぎる。アーロンが金属の棚に料理の皿を置きながら、鋭い視線を投げてきた。コンピューターのところにミシェルが立ち、爪先を上下させている。頬には赤みが差しているが、そこ以外の肌はオリーブ色で、ボビーよりわずかに色が濃いだけだった。帽子を脱いでいたので、髪が赤いのは毛先だけなのがわかった。まるでそこだけペンキに浸したみたいだ。上のほうは真っ黒で、片側だけ刈りあげられている。鼻の左側には小さな緑のストーンがついたピアスがひとつ、耳にはシルバーのリングピアスがずらりと並んでいる。

「いま、うちのテーブルに一組すわったわ」

「よし。行こう」

ウェイターと厨房スタッフの大声のやり取りをあとにして、ディナーを楽しむ客たちの賑わいのなかへ出ていく。フロアに立ち、混みあった客席からのエネルギーを感じる。仕事に没頭すれば余計なことを考えずにすむので、息をつく暇もないほど忙しくても構わなかった。客席を埋めているのは、料理することから逃れ、そのためなら公の場でマナーよく過ごすことも厭わない者たちだ。いずれ悪天候で足止めをくらうまえに外食を楽しんでおきたいのだろう。べつに批判するつもりはなかった。ここに立っていれば、自分だって彼らとなんら変わらない人間に見えるだろう。

幼子が泣き叫ぶ前で、店員たちが疲れた声でバースデーソングを歌っている。九時五時勤務の会社員たちが、バーカウンターを馬蹄型に囲んですわっている。客たちが食べているハッピーアワーのチキンウィングは、揚げてから時間が経ちすぎて一般の客には出せない代物だ。

ミシェルとともに持ち場に着くと、テーブルには若い五人の黒人がすわってメニューを見ていた。

「冗談だろ」ボビーは思わず言う。

「えっ？」

首を振り、ミシェルに飲み物の注文を取りに行くように指示する。テーブルに向かうミシェルを待機場所から見守る。客のひとりは鮮やかな青い服を上下とも身につけていて、〝O〟にいた青年の友人を思い起こさせた。あのふたりも、この若者たちのように連れだって食事に出かけただけだった。ひとりが家に帰れなくなるとは夢にも思わなかったことだろう。ずっと見ていたら、客のひとりがこちらに視線をかえしてきた。急いで目をそらし、窓の外の駐車場を見やる。テーブルに視線を戻したとき、その客はまだこちらを見ていた。

そういえば、〝O〟にいたもうひとりの顔は見なかった。

あいつのはずがない。自分の姿は見られていない。見たはずがない。

ミシェルがメモを手に持ち、メニューを脇に抱えて意気揚々と戻ってきた。飲み物だけでなく料理の注文もすべて受けてきたと言い、それをコンピューターに打ちこませてくれと言う。ボビーは訝しげな視線を向け、ＰＯＳシステムを立ちあげるためにＩＤカードをコンピューターに通した。

「スープやサラダの注文は？」

一瞬言葉に詰まり、ミシェルが答える。「訊きわすれたわ」

「それと、ハンバーガーの肉の焼き加減は？」

「しまった」

キャンセルボタンを叩く。「あのな、きみがどんなにうっかり者でも、あのテーブルでは絶対にミスするわけにはいかないんだ」

「どういうこと？」

「きみにとってこの仕事がどれだけ大事か知らないけど、おれはこれだけで食ってる。いまからは、飲み物の注文を取れと言われたら、飲み物だけ聞いてくること。ベテランみたいな顔をして、ぜんぶの注文を聞いてきたりしちゃだめだ。フォローしきれないから」

「ちょっと待って。どうしてあのテーブルだとミスするわけにいかないの」

「そんなの、訊くまでもないだろ」

まるで平手打ちされたみたいに、ミシェルは顎をさっと引いた。ボビーはミシェルのメモを受けとり、ふたりで連れだって若者たちのテーブルに向かった。こちらをずっと見ていた若者が視線をそらす。ボビーのパニックが収まっていく。

それからはずっと、ミシェルはボビーの指示に従って動いた。必要なときにしか言葉は交わさなかった。時間が経つにつれ、客の数はまばらになっていく。また雪が降りだしていたが、予報で警告されていたほどではなく、風も勢いを弱めつつあった。持ち場にいる最後の客が、酒を片手に話しこんでいる。料理を出しおえたミシェルが戻り、ボビーの隣に立って、コンピューターの置かれたスタンドにもたれかかった。最後の客が手を振り、身振りで会計をしたい旨を伝えてきた。

「会計が終わったら、卓上メニューを新しくしておいて。あとでバーで落ちあってチップを分けよう」ボビーが言うと、ミシェルは額に手を当てて敬礼し、テーブルに向かっていった。

バーに行くころには、ハッピーアワーの客たちが去ってからかなりの時間が経っていた。残っているのは常連客ばかりで、ボードゲームに興じたり、フットボールチームのスティーラーズやアイスホッケーチームのペンギンズについて議論を交わしたりしている。空《あ》いている椅子を引き寄せ、ボビーは腰をおろす。尻のポケットからライターを取りだし、カウンターの上でスピンさせた。真鍮のレールの上で落ちつかなげに足が動く。今夜はずっと、シフトの終わりが来るのを恐れていた。ひとりきりで考えごとをする時間ができると、思考がまるで短距離走者のように走りだしてしまう。バーテンダーのポールが、ビールのタップの下にあるシンクでグラスを洗っている。ボビーはポールの背後にあるガラスケースのなかの煙草を指さし、一箱取ってくれるように頼んだ。ポールが煙草を滑らせてよこす。

「クラブソーダでいいかい」

そう言われたが、今日はビールのタップに目がいってしまう。一杯だけならどうか。頭のなかの雑音を鎮めるために。イザベルもそういう気持ちで飲んでいるのだろう。厄介事を忘れるため。簡単なことだ。一杯目をさっさと飲み干して苦々しさを消し去れば、二杯目以降は楽に飲めるようになり、やがて思考は麻痺していく。ただ、絶え間なく怯えを抱いているとはいえ、いまは感覚も思考も鋭く保たなければいけないことに気づく。アーロンは誰も気にかけないと言っていたが、あの事件は放っておいて消えるものではない。この事態を打開する方法を考えなければ。

「よし、今日は特別だ。ライムを入れてくれ」ボビーは言う。

「あらあら、まさか帰りは車じゃないよね」ミシェルの声が後ろから聞こえてきた。ボビーの隣に腰をおろし、両手で写真のフレームをつくって顔に近づけてくる。「なるほど。飲まないのは信仰上の理由ではないね。実は酒乱なので控えてるってタイプでもなさそう。ってことは、相当弱いのかな。一杯だけで倒れちゃうとか」

「ほっといてくれるか」そう言って手を差しだす。ミシェルはため息をつき、会計済みの勘定書の束を渡す。それからエプロンのポケットに手を入れ、折りたたんだ札束を取りだした。

「ねえ、今日の出だしはまずかったけど、そのあとは挽回したと思わない？　きっとそのうち、わたしのこと気に入るはず。自信あるもん」

その言葉を無視して、現金をかぞえる。ミシェルはビールを注文した。ボビーはもう一度現金をかぞえなおす。

金額が少ない。どういうことだ。

「ポケットに残ってないか」

「ちょっと、見てよ。今日はストレッチパンツなのよ」

首を振り、また現金をかぞえる。ポールが飲み物をつくって持ってきたので、ボビーは仕方なくバーテンダーに支払う分のチップを渡した。札をかぞえ、ポールはグラスの縁越しにボビーとミシェルを見据えた。

「なあ、これだけなのか。今日はふたりだったんだろ」

「すまないな」ボビーはミシェルのほうに顎をしゃくる。「この子は新人なんだ。そのうえ、今日おれの持ち場はちょっとダークだった」

「何それ。どういう意味？」ミシェルが訊く。

大声が飛んできた。「それはな、ニガーの客が多かったって意味だよ」

声のほうを見ると、ウェイター仲間のダリルが喫煙席との境にある階段を降りてきた。この店では唯一の黒人ウェイターだ。少なくとも、本人はそう思っているだろう。ダウンライトの明かりがダリルのスキンヘッドを照らしていて、同時に壁の高いところに飾られたアンティーク風の美術品にも光を投げかけている。だぶついたフードつきのスウェットシャツを着て、派手なピンバッジだらけのサスペンダーをだらりと腰のあたりまで下げ、長い脚で高らかな足音を立てて歩いてくる。笑い方は騒々しいし、声は大きすぎる男で、ボビーとは犬猿の仲だ。

ダリルとはウェイターの研修を一緒に受けた。ただ、ダリルは数年まえから店で働いており、最初は皿洗いで、そのあと給仕助手を経て、ようやくウェイターになろうというところだった。ボビーは未経験なのに、いきなりウェイターとして採用された。それでもダリルは、それまでの経験で教えられる限りのことをボビーに説明してくれた。バーカウンターで客がグラスを割ったときの素早い片づけ方。遅番を早く終わらせるために、前もってナイフやフォークをナプキンで包んで積んでおく裏技。ふたりには共通点もあった。シングルマザーに育てられ、日々暮らしていくのが精一杯であること。そしてある晩、ボビーはポールに愚痴をこぼした。黒人の客のくせにナイフとフォークを綺麗なものに替えろと言う奴がいて、もう黒人は担当したくないと。後ろにダリルが飲み物を受けとるために立っていたことは、あとから気づいた。ダリルはボビーになんの言葉もかけなかった。その日も、それ以降もずっと。

「こいつはな、黒人に料理を出すのが耐えられないんだとよ。そりゃそうだろ。ニガーはチップを払わないからな」

「なんなの、それ。そんなわけないでしょ」ミシェルはボビーの煙草のパックから一本抜きとり、火をつけた。

「いや、そうさ。ちなみに自由に喫ってくれ」ボビーは言う。

「つまり、黒人の客は誰であろうとチップを払わないと思ってるのね」ダリルに向かってミシェルが言う。

「じゃあ、言い換えようか。おれの担当のテーブルに来たとしても、最低限のことしかやらない」

「ほらな」ボビーが言う。

「そういう態度だから、チップを払ってもらえないとは思わないの？」

「思わない」ボビーとダリルが同時に言い、ちらりと目を合わせたあと、顔をそらす。

「ふたりとも、どうかしてるよ」ミシェルはボビーのほうを向く。「だいたい、あなた黒人の血入ってるでしょ？」

ボビーは凍りついた。ダリルは目をみひらき、ビールでいっぱいの頬を膨らませる。慌てて飲みこんでから、げらげらと笑いだした。腹を抱え、大げさに息をつきながら。ボビーも大笑いしてみせたが、ミシェルは訝しげな目で見ている。ダリルがふたりに腕をまわしてきた。ボビーは身をかわして逃れる。

「ねえちゃん、頼むよ。酒が口に入ってるときに笑わせないでくれって」ダリルは息を荒くして、涙を拭う仕草をした。それから真顔になり、ボビーの顔をのぞきこんで、いかにも真剣そうに眉をひそめてみせる。

「たしかに唇は黒人のケツに似てるな。なかなか鋭い指摘かもしれないぜ」また笑ってから、ダリルは自分の席に戻っていった。ミシェルがボビーを見つめる。

「ほんとにちがうの？」

「マジで言ってるのか？　よく見ろよ」

「見てるって」

「そうか。とりあえず飲んだら」

「悪くないね」

誰かがボビーの肩をつかみ、指に力を入れて揉んできた。振りむくとアーロンの顔があったので、煙でむせかえりそうになる。厨房用のジャケットは腰に巻いてあり、チェックのパンツには生肉から飛んだ血のピンク色が点々とついている。ボビーの背中を平手で叩き、アーロンは隣に腰をおろした。いったい、いつから話を聞いていたのだろう。

「何が悪くないんだ？」アーロンがミシェルに声をかける。

「見ろよあれ、ひでえもんだ」ダリルがカウンター席の端から声を張りあげた。アーロンの注意がそれ、ボビーは安堵のため息をつく。テレビでは、また〈スポーツセンター〉がＯ・Ｊ・シンプソン裁判の昨日の経過を流していた。ダリルはビールを飲み干し、おかわりを頼んでから言う。

「よく平気な顔をしていられるよな。ひとを陰謀で陥れておいて」

「どうして陰謀だなんて思うんだよ」アーロンがダリルに向かって言う。

カウンターの端から視線を向けてきたダリルは、腐ったものを嗅いだみたいに顔をしかめた。アーロンは刑務所に入るまえからダリルに嫌われていた。かつてのアーロンがやっていた黒人かぶれの振る舞いは、すべての黒人に対する侮辱だとダリルは思っていたようだ。顔を黒く塗って走りまわるほうがましだとアーロンに言ったこともある。出所後のアーロンの振る舞いは一八〇度変わったわけだが、ダリルが抱いている敵意はより一層強まったらしい。

　ダリルのことは嫌いだが、アーロンに怒りを抱く気持ちはよくわかった。子どものころから一緒に過ごしてきて、苛立たされたことは何度もある。ボビーはあの話し方や服装を嘲りつづけることで、なんとかしてやめさせようとした。ただ、もしかするといまの新たなアーロンは、生きのびるための演技をしているだけなのかもしれない。いや、やはりちがう。自分が延々と浴びせてきた黒人への罵倒がアーロンの身体に溜まり、刑務所にいるあいだに根を張ったのだ。種が撒かれ、それが育つための水や肥料が刑務所には豊富にあったということだろう。

　あのレンガを振りおろしたのは、自分も同然ということか。

「五十にもなるおっさんが、どうやったら大人の男と女をいっぺんに殺せるんだよ」ダリルが言う。「ナイフ一本だぜ。無理に決まってるだろ」

「元フルバックのフットボール選手じゃねえか。歴史に残るほどの偉大なアスリートってことだろ。腕力は半端ないはずだ」

　常連客たちの雑談が静まり、誰もが聞き耳を立てている。ポールはふたりのやり取りを見つめながら、カウンターの同じ場所をずっと拭きつづけている。白人で皺だらけのシャツにネクタイを締めた常連客が、襟もとを緩め、カウンターに置いてあった二つ折りの携帯電話を手に取り、アンテナをのばす。アーロンとダリルの会話を聞きながら、携帯電話をひらく。

「アーロン」ボビーは袖を引っぱりながら言う。アーロンがそれを振りはらう。視線はダリルに据えられたままだ。

「じゃあ、なんだ。男を片手で抱えたまま、女を反対の手で殺したってのか。無理だろ。こんなもん、茶番に決まってる。あいつらは、ニガーが金持ちになるのが気に食わねえんだ。特に警察はな。ボクサーのジャック・ジョンソンみたいに、高級車を乗りまわして白人の女をはべらせてるのが許せないわけだ。警察の稼ぎはどれくらいだ？　頑張ったところで、せいぜい四、五万ドルだろ。間違いねえよ。〝陰謀〟をあらわす暗号は、おれにとっちゃ〝ロス市警《LAPD》〟だぜ。黒人を憎む奴らの仕業だ」

アーロンがせせら笑う。「陰謀だと？　馬鹿も休み休み言え」

「ロドニー・キングを忘れてねえだろうな。地面に倒れてるっていうのに、警察は奴を殺人鬼か何かみたいに殴りつけてた」

「じゃあ、レジナルド・デニーはどうだってんだ。ただトラックを運転してただけなのに、あの獣どもに引きずりおろされた」アーロンはボビーの顔を見ながら言う。まるで笑いをこらえているみたいな表情で。

「誰だよ、それ」ボビーが訊く。

「レジナルド・デニーって、トラック運転手よ」ミシェルが答える。「サンタ・モニカ・フリーウェイを降りたところで、運悪くLA暴動に遭遇してしまったの。トラックから引きずりおろされて、黒人に頭をレンガか何かで殴られたのよ」

思わずアーロンの顔を見ると、ウィンクがかえってきた。

「要するに、何が言いたい？」ダリルが食ってかかる。

「おれが言いたいのはな、一部の警官が何かやらかしたからって、警察全体を悪の象徴みたいに扱うなってことだ。ちなみに、警察なら力の行使は認められてるんだぜ。それぐらい知ってるだろ。多少の暴力は使えるってことさ」

「悪の象徴だと？　なんだ、その言い方。刑務所でお勉強でもさせられたのか？」

「それじゃ、一部の犯罪者の行為を見て人種全体を悪の象徴みたいに扱うのはどうなの」ミシェルが言う。

　アーロンはミシェルに向きあい、にやりとした。

「ちゃんと調べろよ、ねえちゃん。デニーを襲った奴らのひとりは裁判所の職員だった。前科のない、まっとうな人間だ。ところが略奪や暴力を目の当たりにしたら、血が騒ぎだした。DNAには逆らえないのさ。奴ら全員がな。自分の仕事場で盗みを働き、隣人に暴力を振るう。そういうことだ。わかったら、社会学の披露はよそでやってくれ。これは男同士の話だ」

　アーロンが御託を並べているあいだ、ボビーはマッチに火をつけては灰皿に捨てていた。厨房から火が出たり、停電が起きたり、強盗が襲ってきたりして、アーロンを黙らせてくれないだろうか。事態はどんどん悪くなっている。そういえば、電話をかけていた男はどうしたのだろう。目を離した隙に、姿が見えなくなっている。

「じゃあ、ボビー・グリーンは？」ミシェルは食いさがる。

「誰だ、そいつ」

「道端に倒れていたデニーを、病院に連れていったひと。黒人よ。彼の行ないもDNAのせいかしら。命の危険も顧みずに赤の他人を助けたのよ。そっちこそ、ちゃんと調べたほうがいいんじゃないの、お兄さん」

　アーロンの顔から笑みが消えた。身体を起こし、ミシェルをあらためて見やる。「あんたはどうなんだ」

「何が？」

「白人じゃねえよな、明らかに。顔だの耳だの、ジャラジャラつけて、その髪だろ。さて、何者なんだろうな」

　ダリルがボビーを指さして言う。「そろそろあいつを連れて帰れ」

「おまえら、そのくらいにしろ」ポールが声をかける。

「わたしはひとりの人間よ」ミシェルが言う。

ビールを一口飲み、アーロンは肩をすくめる。「まあ、半分くらいはそうだ。ひとりには数えられねえな」

ミシェルが蔑むように笑う。ダリルが立ちあがった。

これはまずい。ボビーはもう一度カウンターを見わたす。携帯電話を持った男の姿があり、店の入口を見ながら話している。

ダリルを制するように、ミシェルが手をあげる。相手にしてはいけない、と首を振る。アーロンがダリルに笑みを向ける。〝O〟であの青年に向けたのと同じ笑みだ。ボビーはアーロンの腕を引っぱった。「なあ、もう帰ったほうがいい」だが、アーロンの耳には届いていない。

「そうやって笑ってろよ、その綺麗な歯を見せてな。新品だろ？　州がくれるんだよな。ムショで売女にされちまった奴らに」ダリルが笑みを浮かべる。アーロンの笑みが消える。

「なんだ、知らなかったのか」ダリルはボビーに向かって言う。「バレバレだろ。あの歯は偽物だぜ。おれの従弟があいつと同じムショに入ってた。もちろんニガーさ。ぜんぶ知ってるぜ」

アーロンが顔をそむける。背中を丸め、カウンターの上に溜まった結露の水のなかでビールグラスをまわしている。ロープ際まで追いつめられたアーロンを見て、ダリルが歩み寄ってくる。

「もうやめてくれ。充分だ」ボビーは言う。

「聞けよ、ボビー。歯がなけりゃ、ちんぽをぶっこまれても嚙みつけないもんな。入ってきた初日に、黒人たちがぜんぶ折っちまった。へなちょこ野郎がニガーになりたがってるなんて、笑っちまうよな。イキがってみせたのが、可愛いすぎたんじゃねえの。最初の一週間でさんざん輪姦《まわ》されたそうじゃねえか。そのお口もプッシー代わりに使われてたな」

唇を噛み、ひたすらグラスを見つめるアーロンに、全員の視線が注がれていた。刑務所に入った初日のように殻に閉じこもり、ボビーの運転するトラックに乗っていたときのように縮こまっている。ほんの一瞬、ボビーはアーロンがあの青年にしたことを許せるような気がした。共感さえできるような気がした。痩せこけて大口ばかり叩いていたころのアーロンが兄弟のように思えて、投げつけられた侮辱のひとつひとつが突き刺さった。ダリルの言葉がこんなふうに刺さるのなら、もしかしたらアーロンも我にかえり、かつての自分らしさを取りもどすのではないだろうか。ダリルが影響を与えられるなら、ボビーはもっとアーロンに影響を与えることができるかもしれず、ふたりが陥っている苦境を抜けだす道を探せるのかもしれない。どれだけ罵倒したところで、ダリルが望むような打撃は与えられていない。少なくともボビーにとって、罵りの言葉はかえってアーロンを守りたい気持ちにさせるだけだった。ミシェルですら、ダリルに嫌悪をあらわにしている。

「ひどい。もうやめて」ミシェルが言った。

「言葉も出ないってか」ダリルは自分の席へ戻っていく。「くたばれってんだ」

「そいつはどうなった？」ビールを見据えたまま、アーロンが言う。

「なんだと？」

「おまえの従弟だよ。どうなったか知ってるか？」

「どういう意味だよ。何かあったなんて、誰から聞いた？」

　アーロンが肘をつかんでいた手を離し、蜘蛛の巣のタトゥーをあらわにする。ダリルを見あげ、口を手で覆う。「おっと。どうやら聞いてないみたいだな」

　また見覚えのある表情だ。あの青年をレンガで殴ったあと、助手席にもたれて煙草を喫い、冷静に道案内をしていたときの表情。

満足げで、恍惚とした顔。

　さっきまでの共感が吹きとんだ。青年の頭を叩き割ったのは、アーロンがそれを望んだからだ。脅《おびや》かされたからではない。ボビーを守ろうとしたからでもない。絡んできた青年は白人ふたりを怯えさせたつもりだったのだろうが、白人はアーロンだけだったし、そのアーロンは怯えていなかった。刑務所で起きたことを恥じた時期もあったのだろうが、その時期はとっくに過ぎ去り、かつてのアーロンもとうに失われた。ダリルの言ったことが事実なら、アーロンは刑務所でずたずたにされ、身元もわからないくらいの細切れの破片にされたようなものだ。そして何者かが乱暴に戻そうとしたが、順序がめちゃくちゃで、合わない破片を無理やりくっつけてしまったのだ。ダリルに罵倒されているあいだ、アーロンが縮こまっていたのは演技だった。あの青年にやったように、わざと餌に食いつかせたのだろう。最後に見せた表情がすべてを物語っている。ボビーの知っている親友はもうここにいない。アーロンが体内で培った憎悪が解き放たれ、ボビーを誘いこみ、同じ軌道に乗せようとしていただけだ。

　ダリルが拳を握りしめて近づいてきた。ビールを飲み干し、アーロンが立ちあがる。ボビーはふたりのあいだに立ち、引き離そうと両手を広げる。ポールもカウンターの外に走り出てきて、ふたりのあいだに立った。やめて、とミシェルが叫んでいる。ポールがダリルの胸を両手で押さえる。ダリルがそれを振りはらったが、ポールはもう一度押さえた。カウンター席にすわっていたスタッフも駆けつけてくる。

「嘘ついてんじゃねえよ」押しとどめる者たちの頭越しにダリルが叫ぶ。

「そう思うか？」アーロンが叫びかえす。「おれの顔をよく見てみろ、ダリル。嘘だと思うか？」

「アーロン、黙れ！」ボビーが叫ぶ。

「子守の言うことを聞けよ。ホモ野郎」ダリルが言う。

鼻を鳴らし、アーロンがダリルの頬に唾を吐きかける。

すべての音がとまる。ダリルが顔を拭う。ボビーも、ミシェルも、ポールも、両腕と指を広げたまま凍りつき、張りつめた空気を感じることしかできない。

「上等だ」

ダリルが飛びかかる。ポールが身を低くして、ダリルの両脇をがっしりと抱えて抑えこむ。それでもアーロンに向かおうとするので、磨きあげられた木の床でゴムの靴底が擦れ、甲高い音を立てる。

「放してやれ！」アーロンがポールに言う。

ボビーはアーロンを抑えつけていた。ミシェルがポールとボビーのあいだに立ち、絵画のなかのサムソンのように両手を広げ、ふたりの背中を押しながら叫んでいる。ボビーはうめきながら目を閉じ、必死に力をこめる。そのとき、店のロビーに続くスイングドアがひらく音がして、ボビーは目を開ける。

ふたりの白人の警官が分厚いコートに身を包んであらわれ、バー・エリアに続く三段の階段を駆けあがってきた。ひとりがミシェル、ボビー、アーロンを下がらせ、もうひとりがポールとダリルを引き離す。ポールは両手をあげて後ろへ下がった。警官はダリルの間近に立ち、警告するように人差し指を突きたて、反対側の手を腰のあたりに添えている。

「何をしようとした？」警官がダリルに訊く。

「どうしておれに訊くんだよ」ダリルは驚きをあらわにして言う。「あのクソ野郎に訊けよ」ダリルが指さした先のアーロンを見ると、その顔から憎悪は消えていた。怒らせた肩も、ぎらついた目も一瞬で抑えこまれている。警官は振りむき、相棒の向こうにいるアーロンに目をやる。アーロンは肩をすくめて両手をあげ、わけがわからないという表情をする。警官はダリルに向きなおる。

「おまえに訊いているんだ。それと、口のきき方に気をつけろ」

「あのカス野郎がおれの顔に唾を吐いたのに、なんで口のきき方に気をつけなきゃならねえんだ」ダリルがまたアーロンを指さす。すると警官はダリルの手首をつかみ、カウンターのまわりのレールへ向かって引っぱる。あまりの力に、ダリルはレールをつかんで身体を支える。警官はダリルの脇腹を抱え、足を横から蹴りつけ、床に捻じ伏せる。

「くそっ、信じられねえ」ダリルが言う。

「口のきき方に気をつけろと言っただろ」警官がダリルの腕をひねりあげ、悲鳴があがる。

「何もしてないのに！」ミシェルが叫ぶ。

ラッセルが厨房から駆けつけ、戸惑った顔で荒い息をつく。「これはいったいどういうことだ」

「揉め事が起きていると通報がありましてね」ミシェルとボビーとアーロンの前に立っている警官が言う。「店長さん？」

「そうです」ラッセルはその警官の背後を指さし、ダリルの手首に手錠をかけている警官を見ながら言う。「なぜ拘束するんですか」

「通報によれば、彼はほかの客と揉めて暴力的になっていたそうです。わたしも顔を手で押され、危険を感じました」そう言いながら、警官はダリルを立たせる。

「でたらめだわ」ミシェルが叫び、アーロンを指さす。「こいつがダリルに唾を吐いたの」

「なんでおれがそんなことをするんですか。何もしていないのに、彼がいきなり怒鳴りつけてきたんだ」

「よくそんな嘘がつけるね」ミシェルがボビーを見る。「あなたも言ってやって」

ボビーは床に視線を落とし、それからカウンターにいる客たちを見る。こちらをじっと凝視していた者たちの目が、ふいにあちこちに泳ぎだす。騒ぎのあいだは熱心に見ていたくせに、警官が事態を収拾させようとしたら、急に他人事になったように目をそらしている。苦笑せずにいられない。

「ちょっとした口喧嘩です。たいしたことじゃありません」ボビーはうつむき、ふたたび四方から注がれる視線を感じながら言う。

「どうやら、意見の行きちがいがあっただけのようです」ラッセルが言う。「どうか、その子を放してやってくれませんか」

　ボビーたちのほうにいる警官が振りむき、うなずいてみせる。もうひとりの警官は目を剝いてから、ダリルの肩を押して後ろを向かせ、手錠の鍵を取りだした。

「どうなっても知りませんよ。あなたに任せますから」警官がラッセルに言う。

「承知しています。ありがとうございました」

「聞いたか？　ひとと話すときは、ああやって丁寧にしゃべるんだ」警官はダリルに言い、外した手錠を指に引っかけてまわしながら、相棒のところへ歩み寄る。ふたりは階段へ向かって歩いていった。ダリルは肩を手で揉み、腕を前後に動かしながら言う。

「わかりましたよってんだ」

　ラッセルが歯ぎしりしながら言う。「黙ってろ、ダリル」

　警官のひとりが振りかえらずに言う。「口には本当に気をつけたほうがいいぞ。そのうち痛い目を見るからな」ふたりが出ていき、ドアが閉まる。ダリルがアーロンに指を突きつける。

「おもてへ出ろ」

　答えようとアーロンが口をひらきかけたが、ラッセルが先んじる。

「絶対に許さない。ダリル、荷物を持ってこい。帰るんだ」

「えっ？　なんでおれが？」

「おまえだけじゃなく、ふたりとも帰れ。ただし、駐車場での殴りあいは許さない。おれがダリルの車までついていって、帰るところを見届ける」そう言ってからアーロンを手で指し示す。「そのあとに、おまえも帰るんだ」

ダリルがカウンターから荷物を引っつかむ。ラッセルがダリルの肘に手を添えて隣を歩く。アーロンは近づいてくるふたりを見ている。ラッセルは足をとめ、アーロンとダリルのあいだに立ちはだかる。ラッセルがさらに近づき、アーロンとの距離は数インチしかない。ボビーはふたりの顔を何度も交互に見る。アーロンはラッセルよりも頭ひとつ分背が高く、気だるげな目つきに不気味な笑みを顔に広げていた。

「おとなしくしていないと、保護観察官に連絡するぞ」そう言って、アーロンの身体のタトゥーを眺めまわす。「この彫りものの意味を知らないとでも思うのか。大概にしないと、ムショに逆戻りさせるからな。造作もないことだ」さらに身を寄せる。「だが、なぜこれを彫っているのかはわかる」アーロンの笑みが消える。ラッセルが言葉を継ぐ。「あの場所で、おまえのような男が生きのびるためにしなくちゃならないことも、おれは知っている。あんな場所に戻らせたくはない。だからいま忠告しておくが、これが最初で最後だからな。くれぐれも気をつけろ」

ダリルを連れてラッセルが出ていった。アーロンを見やると、打ちひしがれたような顔をしている。ダリルの投げつけてきた罵倒と、いまの言葉はわけがちがう。ダリルの罵りは、顔を狙ってくるボクサーのパンチのようなもので、一発でノックアウトするために繰りだされ、かわすことも可能だった。ところがラッセルの静かな言葉は、肝臓を直撃するボディブローも同然だった。最初は打たれた場所だけの痛みでも、やがて神経を伝達して脳まで届き、身体全体に衝撃が広がり、倒れるほかなくなる。あまりのダメージの大きさに、苦痛すら感じないのだ。

数分後にラッセルが戻ってきて、ボビーとアーロンに店を出るように告げる。アーロンは黙って従った。

ボビーはエプロンを外し、勘定書をミシェルに差しだした。ミシェルは茫然自失の体《てい》で、機械的に手をのばしてきた。

「初出勤なのに、散々だったな」力なく笑って言うと、ミシェルはさっと顔をあげる。目を細めてこちらを睨みつけ、勘定書を受けとる。

「正直に言うけど、あなたって最低」カウンターに勘定書を放りだし、ミシェルはボビーに背を向けて、自分の席に戻っていった。その背中をしばらく見つめてから、ボビーはアーロンに続いて階段を降りていった。

店を出ると、雪は弱まっていたものの降りつづいていた。駐車場は除雪車が雪かきをすませていた。撒かれた塩を踏み鳴らしながら、アーロンは裏手の駐車スペースへと歩いていく。待ってくれと声をかけるが、足をとめる気配はない。ピックアップトラックのロックが開く音が鳴り、テールライトが明滅し、アーロンが助手席側にまわりこむ。ドアを開け、グローブボックスをひらき、昨夜コートから受けとった拳銃を取りだす。それを見て、ボビーは思わず息を呑む。

「アーロン、何をしている？」

トラックの脇を行きつ戻りつしながら、アーロンが言う。「偉そうな口をききやがって。全員許さねえ。ラッセルの奴、知ったようなことを言いやがって」指が引き金にかけられては離れる。「おれの本当の姿を知りたいなら、見せてやる」

「いいかげんにしろ！」

叫び声が駐車場に響きわたる。アーロンは足をとめた。両腕はおろしたままだった。ボビーは両手で顔をこすり、苛立ちにうめき声を漏らす。

「何やってるんだよ。あの黒人の次は、誰かを撃とうっていうのか？　店に入っていって、ラッセルだろうと誰だろうと殺すのか？　おまえ、どうしちまった？」

「どうしちまっただと？　おまえこそ、どうしちまったんだ」アーロンが顎に力を入れるたびに、こめかみに血管が浮きでる。「なんでおれの肩を持ってくれなかった。これだけ長い付きあいなのに、味方にもなってくれねえのか」拳銃を持ちあげ、銃口はそらしながらも、ボビーに向かって何度も振る。「あのクソアマに、ニガーの血が入ってるなんて言われて怒らないのかよ。情けねぇ奴だ」

　脇をすり抜けようとするアーロンを、ボビーは手で押しとどめた。アーロンは足をとめる。手のなかの拳銃を見ると、震えている。怯えのせいか、怒りのせいか。ボビーの手が胸で押しかえされたが、たいした力ではなかった。力では優にボビーを負かせるはずだし、押しのけることは容易《たやす》いはずだ。それでも、アーロンは足をとめた。まるで引きとめてほしいみたいに。

「アーロン、落ちついてくれ。お願いだから」そう言うと、押しかえす力が弱まる。ボビーは慎重に手をおろすが、身体じゅうの筋肉がいつでも動けるように構えている。何に対してそれほど構えているのかは、自分でもわからない。アーロンは荒く速い息をついている。そして最後に大きく息をつくと、ようやく落ちついたようだった。肩から力が抜け、こめかみに浮きでた血管も引いていった。

「おまえを守ろうとしただけだ。昨日のことは。いつもおまえがおれを守ってくれたように」

「いや、ちがう。それだけは言うな。おれのせいにするな」腹の底に怒りが湧きあがる。それは広がりながら、胸に感じていたこわばりや、喉がつかえるような感覚を消していき、怯えを融かしていく。アーロンから一歩離れる。「行きたいなら行け。店に戻って、ラッセルでも誰でも、好きに撃てばいい。おれにとめることはできない。ただ、絶対におれのせいにするな。撃ったなら、それはおまえが撃ちたかったからだ。おれを守ってるつもりかもしれないが、おまえのやっていることは底なし沼におれたちを引きずりこみ、永遠に出られなくさせているだけだ」

アーロンは拳銃を持った手を脇に垂らし、ボビーを見つめている。

「そんなもの、しまってこい。頼むから」

車に戻り、アーロンは拳銃をもとの場所に戻した。それからポケットに手を突っこみ、叱られた子どもみたいに歩いてくる。

「悪かったよ」アーロンが言う。

「何が悪かったんだ。わかってるのか」

「おれが訊いたことに答えてくれないのか」

「えっ？」

「おまえだって、奴らを散々嫌っていただろ、ボビー。あれはおまえがこれまで言いつづけてきたことだ。おまえは味方でいてくれたじゃないか。いつだって」

かえす言葉が出てこない。

「いまでも味方でいてくれるのか。教えてくれ」

「決まってるだろ。あたりまえだ」

それはイザベルの空約束と同じ響きだった。軽くうなずいたアーロンも、感じとったにちがいない。

「乗れよ。送っていくから」

アーロンはそう言って運転席にまわりこむ。ボビーは荷台の近くに立ったまま、動かずにいた。アーロンはドアを開け、首を傾げ、ボビーに乗るように合図する。

「なあ、今日はやめておく。もうすぐバスも来るし。ひとりになって考える時間がほしい。今夜のいざこざを頭から振りはらいたい。わかってくれるな」

ボビーがそう言うと、アーロンは目を細めたあと、うなずいた。

「もう落ちついたよな。まっすぐ帰るだろ？　だいじょうぶだよな」あらためて言う。

ふたたびアーロンがうなずく。ごく軽く。

「よかった」アーロンに歩み寄り、ぎこちない動きで肩を軽く叩いてから、バス停に続く坂を走っていく。

そして一度だけ、振りむいてみる。

車のドアを開けたまま、アーロンはその場に立ってこちらを見つめていた。

8

ロバートはベッドの端で目覚めた。これだけ大きなカリフォルニアキング・サイズのベッドだというのに、一年経っても端に寄って寝る癖が抜けない。ふたりで寝ていたときは、どうにかして真ん中で身を寄せあい、ロバートがタマラを後ろから包みこむようにして眠ろうとしたものだ。けれども、それだとどうしても欲情が邪魔をして眠れなくなるので、ふたりは身体を離して温もりのないほうへと動き、結局手だけをつないで眠ったりした。またあるときは、タマラを抱いているほうの腕の位置が気になってしまったり、やたらと代謝のいいタマラが発する暖炉のような熱が暑すぎたりして、どうやっても身を寄せあって眠ることができなかった。ふたりで呆れて笑いあったものだ。それでも、毎晩どうにかして寄り添って眠ろうとした。

　シャワーを浴びて着替え、ロバートは階下へと降りていく。裸足で歩きながら、ダイニングルームに続く両開きのドアを開けたところで、足をとめる。なかに入り、テーブルに載っている離婚手続きの書類を封じこめるように、ドアをぴしゃりと閉める。まるで壜に入ったキャンドルに蓋をして、酸素を遮り、火が消えるのを待つかのように。けれども書類は消えない。誰かに触れられることもなく、場所も動いていない。そこで待っている。

　ロバートは歩きだす。

　出勤すると、救急救命室はさほど忙しくなかった。雪での転倒事故がほとんどで、なかには寒さに耐えかねて逃げこんできたホームレスも混じっていた。外傷専門チームが集結するほどの重傷患者はいない。仕事が舞いこんでこないかと願うことに、かつては罪悪感を抱いていたが、いまはそれを切り捨て、ひとの不幸を喜ぶわけではないのだと割りきっている。そうすれば、みずからの技術を役立てたいという自然な欲求を、ありのままに受けいれられる。それでも今日は、いつもよりも一層個人的な理由で仕事を欲していた。何もしないでいると、思考がさまよいはじめ、テーブル上の書類のことを思いかえしてしまうからだ。どうして妻はサインをすませてしまったのか。話しあいは一切必要ないのか。なぜそこまで恨まれてしまったのか。こうした問いへの答えが得られないなら、いっそ仕事に忙殺されていたかった。

　夜になり、勤務時間の終わりが近づくと、ロバートは階段をのぼってＩＣＵに向かい、マーカス・アンダーソンの様子を見に行った。前の晩に搬送されてきた、傷害事件の被害者だ。医師やスタッフの総力を結集して治療にあたったのが見てとれる。砕けた眼窩の骨はチタンのプレートで補強されていたが、眼球の摘出は免れず、片目の上にガーゼが貼られ、サージカルテープで固定されていた。砕けていたために抜歯した歯も多く、顎はワイヤーで固定されている。頭蓋内に血腫ができて圧が高まりつづけたため、脳の一部も含めて切除が施された。マーカスの開頭手術を否応なく思いうかべてしまい、ロバートは唇を引き結ぶ。これではむしろ、神のもとに召されたほうが楽だろうに。

とはいえ、救命できるとは限らない。心電図を見てても、容態はあまり芳しくない。一命を取りとめたとしても、その先は苦難の道だ。今後何カ月も、食事はチューブを通してしか摂れないだろう。いずれ言葉が出るようになったとしても、元のように話すことは望めない。運転免許証には、明るい笑顔のハンサムな若者が写っていた。形成外科医が顔の損傷を治すのは、よほど高額の保険に入っている場合だが、この患者の家族はやはり入っていなかった。家族が訪ねてきたあと、看護師のロレインがそう報告してくれた。母親は息子に手をのばしたが、触れることはできず、手をかざすのが精いっぱいだった。傷だらけの腫れた顔面はいずれ瘢痕《はんこん》組織に覆われ、かつての面影はなくなる。はたして自分や仲間の医師たちは、この青年を救ったのか、それとも悲惨な人生を与えただけなのだろうか。

またタマラのことが頭に浮かぶ。自分たちがマーカスの親だったら、どうしていただろう。どんな母親になりたかったのか。どんな母親になっていたのか。あの喪失を経験した痛みを思うと、自分たちはマーカスの親と、何かしら通じるものがあるのかもしれなかった。

タマラは当初、子どもはいらないと言っていた。二度目に食事に行ったとき、生まれて初めて味わう極上のフィレ肉を食べていると、そう告げられた。ふたりはガスランプ・クォーターにある〈ドノヴァンズ〉という店で食事をしていて、費用はタマラの勧める製薬会社持ちだった。そのとき唐突に、自分のキャリアプランのなかに子育ては入っていないから、期待しないでくれと言われたのだ。ロバートは思わずワインをグラスのなかに噴きだした。タマラがにやりとして言う。

「あら、デートだとは思ってなかった?」

「少なくとも、ぼくが御社の製品に興味はないと伝えて、きみがまずは無料のサンプルで試してほしいっていう流れで出てくる話じゃない」

「一応そういう話もしたから、これはビジネス・ディナーということで費用は会社に請求するわ。でも、うちの製品を使ってもらえないなら、最初のディナーで見切っていると思わない?」

「いや、段階的に説得するつもりなのかなと思って。ひとりずつ、徐々にね」

「しないとは言ってないわよ」ウィンクしながら言う。

「明日はいちばん年長のドクターと一夜をともにしようかしら。朝になって、湿布の匂いで目覚めるのも素敵でしょ」ロバートが吐く真似をして、タマラが笑う。

「もしこれが、単なるしつこい営業だと思うのなら、どうしてあなたは来てくれたのかしらね」

「フィレ肉に釣られたんだ。奨学金の返済があって、贅沢はできないから」

「なるほど」グラスが持ちあげられ、ロバートはそれに応えて乾杯する。「子どもはつくらない」タマラが言う。

「ぼくがきみのことを好きだって前提なのかい」

「だって、好きでしょ」

　そのあと、何時間もふたりで話をした。初めて病院に営業の電話をかけてきたときから、ロバートはタマラに惹かれていた。その夜のディナーのあとも、何度も食事をともにした。タマラは学生時代に出会った黒人の女の子たちとも、ほかのどんな女性たちともまったくちがっていた。そんなに正しい文法で話していると白人みたいだ、などと言わなかったし、そもそもタマラも同じような話し方をしていた。肌の色はふたりともかなり明るく、ロバートが黄色みを帯びているのに対し、タマラは赤みがかっていた。父方のほうにオクラホマのチョクトー族の血が入っているそうで、そのためか肩まである黒髪はストレートだった。ふたりとも、子ども時代からマイノリティのなかのマイノリティとして生きてきたので、それがいかに酷なことだったかを存分に語りあった。黒人たちからは肌の色が薄すぎるせいで疎まれ、白人の友人たちからは人種差別をしていない証としてマスコット扱いされてきた。タマラの生まれ育ったカリフォルニアでさえも、同じような状況だったという。それにしても、あまりにも強く、そして急激にタマラに惹かれていくのが怖かった。ベッドをともにしたのは、その夜のディナーのあとだった。出会ってすぐに女性と寝るのは、そのころのロバートにとっては珍しいことではなかったが、翌朝目覚めたときの気持ちは初めて抱くものだった。このままずっと一緒にいたいと願い、その願いは叶えられた。三カ月後に一緒に暮らしはじめた。それから一年経たないうちに結婚した。

　自分も子どもはほしくない、と伝えたのは嘘だった。きっといずれタマラの気が変わるだろうと期待し、ただそれを待てばいいと思っていた。時々、ジョークを交えて話題に出してみたりもした。スーパーマーケットで騒いでいる子どもを見かけたら、自分たちが親だったらもっとうまく躾けられる、と言ってみたり。多くの女性は、子どもを持つことに前向きな男性を血眼で探しているらしい、と話してみたり。ただ、そこでタマラは自分が〝多くの女性〟には当てはまらないのだと釘を刺した。タマラは異例の早さで昇進し、一年も経たずに地区のセールス・マネージャーに就任していた。出張が多くて家をよく空《あ》けるので、戻ってきたときの週末は、ほとんどの時間を寝室で過ごして愛しあった。ことが終わると、ロバートはもどかしげなため息を大げさにつき、コンドームを外してゴミ箱に捨てた。汗まみれの胸に、タマラの手の甲が叩きつけられる。

「わたしにピルを服《の》ませて、脳卒中にさせたいの？」

「それを売ってるのはきみの会社じゃないか」そう言うと、タマラは目をみひらき、頬杖をついてこちらを向いた。

「週末はこればっかりね」ふうっと手に息を吹きかけてから、指を鳴らす。「歳を取って枯れるまでは、楽しんでおくべきなのかしら」タマラの胸の谷間に流れる一粒の汗を、ロバートが手で拭う。

「ぼくの性欲を甘く見ないでくれよ。八十になって前頭葉が壊れはじめても、下着を足首までおろしたまま追いかけまわすから」

　タマラはロバートの乳首をつねり、ベッドから出て、シャワーを浴びるためにバスルームに向かっていった。引き締まった丸い尻も、視線を感じてわざと左右に腰を振りながら歩く姿も、たまらなかった。妻が言うように、楽しめるうちに味わっておくべきだろう。ベッドから飛びでて、一緒にシャワーを浴びに行く。

　やがて、変化の兆しが時おりあらわれるようになった。タマラの姉が初めての子を出産して、ふたりで見舞いに行ったときのことだ。甥っ子ができたことに、タマラは興奮を抑えきれずにいた。生まれたばかりの赤ん坊に授乳を終え、抱かせようと姉がその子を差しだしてくると、タマラは手を振って拒み、ロバートを指さす。それでも姉は赤ん坊をそっと押しつけ、妹の腕に抱かせた。タマラの目には明らかに怯えが浮かんでいたが、赤ん坊がかすかな声をあげ、いまにも泣きだしそうにむずかりだすと、ゆっくりと揺らしてなだめようとした。とうとう泣きだしてしまい、タマラが姉に赤ん坊を突きかえすのではないかと思って見ていると、揺れが効いたのか赤ん坊はゲップを出した。タマラが笑っていると、赤ん坊は泣きやんだ。そして小さな目が開けられたとき、タマラはもう虜《とりこ》になっていた。帰る時間になるまで、赤ん坊を手放さなかった。そのあとエレベーターに乗って車まで戻るあいだ、タマラは延々と、二度と赤ん坊など抱きたくないと語りつづけていた。いまにも壊れてしまいそうなのに、どうして姉は無理やり抱かせたのだろうと。そう話しながら、タマラがちらちらとロバートの表情を横目で伺うのがわかった。聞いているかどうかを確かめていたのではない。タマラの言葉を真に受けているかどうか探っていたのだ。もちろん、真に受けていなかった。家に帰るまでのあいだ、ずっと微笑みを抑えられなかった。それはタマラも同じだったが、ロバートに見られないよう、ずっと顔をそむけていた。

すべてを変えたのは、美しいブロンドの髪と吸いこまれるような青い瞳を持つ、アビゲイルという子だった。その子のどこがそんなに特別なのか、ロバートにはよくわからなかった。三フィートの身長ながらも優美な立ち姿のせいなのか。ロバートの膝にのぼってきて、髭を引っぱる仕草のせいなのか。〝な〟がうまく言えなくて、〝や〟になってしまうしゃべり方のせいなのか。いずれにせよ、三歳のアビゲイルには言葉に尽くせない魅力があった。ふたりはそのとき、ロバートの仕事上のパートナーであるワイアットの自宅に招かれていた。妻のデニスはおもてなし料理として、ラムのモモ肉のローストにローズマリー風味のポテトを添えて出してくれた。ロバートはデニスがデザートを取りに席を外したとき、タマラに身を寄せて耳打ちした。

「彼女、白人なのに料理ができるんだね」そう言うと、タマラはワインを飲もうとしてむせかえった。

ワイアットがロバートに笑みを向ける。「そう、できるんだ」

タマラが目をみひらいて横目で夫を睨みつけると、ロバートは決まりの悪い思いで笑った。そのとき、ダイニングルームの引き戸がとつぜん開いて、アビゲイルが飛びこんできた。ベビーシッターが手をのばして追いかけてきて、失礼を詫びる。ワイン色のベルベットのワンピースに、腰に結ばれた大きすぎるサテンのリボン。リボンの先を床に引きずりながら、笑い声をあげてテーブルのまわりを走る。父親のワイアットがつかまえるそぶりを見せると、甲高い声ではしゃいで、テーブルの端までやってきた。それからロバートの隣にやって来て、スラックスを引っぱる。

「ねえ」息を切らしながら言う。

「やあ、こんにちは」

「だっこ」両手をのばしてくる。タマラはそれを見て微笑み、肩をすくめる。ワイアットは促すようにうなずく。アビゲイルはのばした手で空《くう》をつかみ、待たされることに不満げな顔をしている。ようやく抱きあげてもらい、膝の上にすわらされると、アビゲイルは身を乗りだし、父親に向かって舌を突きだした。ワイアットが注意するように指を振ると、身体を震わせて笑う。そのとき、デニスの声がキッチンから飛んできた。パイが多すぎて運びきれないし、コーヒーも入ったから、デザートはキッチンのカウンターで食べないかと言う。ロバートが降ろそうとすると、アビゲイルは首に抱きついてきた。

「一緒に来るかい」

「うん、いく」

「まあ、どうしましょ。わたしはやきもち焼きなの」

タマラがアビゲイルに言う。

ロバートの肩越しに、アビゲイルが舌を出した。タマラは歓声をあげて手を叩く。ワイアットが優しくたしなめると、「ごめんやさい」とアビゲイルが言う。タマラが許したあと、全員でキッチンに行く。焼いたリンゴとシナモン、香ばしいコーヒーの香りが混ざりあっている。デニスは三種類ものパイを焼いてカウンターに置いていた。ステンレス製のエスプレッソ・メーカーが、並べられた磁器のカップのひとつにコーヒーを注いでいる。柔らかい布製のストゥールが、大きなアイランド型キッチンのまわりに並んでいる。すわろうとすると、アビゲイルは身をよじらせて降りたがった。足をばたつかせるので、ロバートが床に立たせてやると、すぐさま駆けだして居間へ行ってしまった。

ほかの全員が腰をおろすと、ワイアットがワイングラスを持ちあげてうなずき、デニスも同じようにした。

「新たなパートナーに」

乾杯の言葉を繰りかえそうとしたとき、その言葉が含む意味に気づく。パートナーであるタマラに目を向ける。片手でグラスを持ち、もう片方の手で笑みを隠すように口もとを押さえている。それから手をのばしてきてロバートの顎を押し、口を閉じさせ、顔をワイアット夫妻のほうへ向けさせる。夫妻は微笑み、グラスをさらに高く上げる。

「新たなパートナーに」

四人でワインを飲む。それからワイアットはカウンターの角をまわり、ロバートに手を差しだしてきた。デニスは反対側からまわってタマラを抱きしめる。ワイアットと握手を交わしたとき、またスラックスが引っぱられた。見おろすと、やはりアビゲイルだった。木のパズルボードを頭に載せている。

「だっこ」と言われ、また膝に乗せてやる。パズルには牧場にいる家畜の絵が描かれ、体がばらばらに分かれるようになっている。アビゲイルがパズルをひっくりかえすと、派手な音を立ててピースが散らばった。それから振りむいてロバートの顔を見る。「てつだって」

「できるかなあ。手術は苦手なんだ」

「そのパズル、いままで全然やらなくてね。もし迷惑だったら、わたしが相手するよ」ワイアットが言う。

ロバートは首を振り、アビゲイルと一緒にパズルを始めた。ピースをどこに置くべきか、わざとわからないふりをする。するとアビゲイルが手を持って、正しい場所に導いてくれた。ぴたりとはまると、手を叩いて歓声をあげる。一緒になって笑ってから、ふとキッチンの向かいでデニスと話しこんでいるタマラに目をやる。胸に手を当てたタマラは、目を潤ませているようだった。

〝だいじょうぶかい〟目が合ったので、口だけ動かして言う。

唇を引き結び、タマラはうなずいた。〝愛してる〟と口を動かす。ロバートは投げキスを送る。

ワインボトルが四本空《から》になり、ワイアットが手配してくれた車でふたりは帰路についた。後部座席で、タマラがロバートの身体をまさぐりだす。バックミラーに映るのを気にして、ロバートは妻の手を脇に押しやりつづける。ふたりとも笑いがとまらなかった。拒まれて膨れっ面をしながら、タマラは二本の指を歩かせるようにして、座席からロバートの脚の上に動かしていった。ようやくアパートメントの入っているビルに着くと、入口のドアのところでタマラが襲いかかってきた。ふたりは激しく舌を絡みあわせる。ロバートがポケットの鍵を探るあいだに、タマラは夫の股間をまさぐる。よろめきながらドアを通り抜け、おかしな姿勢になりながらも唇を離さず、そのまま一緒に歯をぶつけあいながら、エレベーターに向かっていった。ドアが開いて乗りこむと、鏡張りの壁にロバートの身体が押しつけられる。タマラがロバートのベルトを外し、スラックスのなかに手を突っこんでくる。あまりの大胆さに笑いだすと、下唇を軽く噛まれた。三階に着いてエレベーターのドアがひらき、タマラに手を引かれて廊下を歩いていく。片手でスラックスがずり落ちないよう、腰のところで押さえながら。

やがて手を離し、タマラは廊下を先に歩いて自宅に入ってしまった。ドアは開け放たれたままで、戸口の先に脱ぎ捨てた服と靴が重なりあって落ちていた。廊下の角を曲がり、寝室へ向かう。タマラは一糸まとわぬ姿でベッドに横になり、肘をついて頭を支え、足首を交差させている。その姿勢だと乳房が横に流れ、それはロバートのお気に入りの眺めだった。指が招くように動いている。ロバートはスラックスをおろして脱ぎ捨てようと身体を揺すり、両手をのばして進もうとする。それはまるで、冗談めかして予言していた老齢の自分みたいだった。タマラは反りかえって笑いだし、口を押さえながら鼻を鳴らした。ロバートが残りの服を脱ぎ棄てる。タマラはベッドの上のほうへ移動し、ロバートが這いあがる。また唇を重ね、身体を押しつけてから、ロバートはふと動きをとめてため息をついた。タマラが引きもどそうとしたが、ナイトテーブルに手をのばし、コンドームを指にはさむ。それから袋を歯でくわえる。するとタマラが上に乗ってきて、コンドームを取りあげてテーブルに置いた。

「いらないわ」ロバートは抽斗《ひきだし》を開け、もうひとつ取りだした。「ねえ。いらないってば」タマラが言う。

「酔ってるだろ。ぼくもだ」

タマラが手からコンドームを奪いとり、床に放り投げる。それから両手でロバートの顔をはさみ、目を見据えると、自分のなかにロバートを導きいれた。

陽光がブラインドの端から差しこんできて、朝がやって来た。ふたりは裸で抱きあったまま眠りに落ちてしまっていた。ロバートの手がタマラの乳房を覆っている。瞼が蠅取り紙のように張りついていて、目を開けたくなかった。頭の隅のほうに二日酔いの頭痛が待ち構えていて、身体を起こした瞬間に襲いかかってきそうだ。タマラの後頭部に顔をうずめ、匂いを嗅ぐ。髪からハイビスカスの香りがした。尻を突きだしてロバートを押してから、タマラは手をのばしてロバートの首をつかんだ。いつも力が強すぎるので爪が食いこむのだが、べつに構わなかった。

「さて。昨日のことだけど」

「ちゃんと覚えてるわよ」

「本当にいいのかい。だってぼくたちみたいな肌の色だと、色素欠乏症《アルビノ》の子どもが生まれるかも」タマラは振りむいてロバートの胸を叩き、笑いだした。それから鼻をロバートの鼻にくっつけてきたので、口を閉じたまま言う。「息がクサいだろ」

「たしかにね」顔をゆがめて言う。

舌打ちをしてタマラの肩を押したあと、また背中から抱きしめる。「本当にそれでいいんだね？」

タマラが振りかえる。「じゃ、もう一回しましょうか。念には念をってことで」


　病室に夜勤の看護師が入ってきた。ロバートは我にかえり、咳払いをする。看護師が愛想よく笑顔を向けてきたので、ロバートはマーカスのベッドから離れて場所を空《あ》け、看護師がバイタルサインの記録と点滴の交換を行なえるようにする。腕時計を見てみると、病室に十五分は突っ立っていたようだ。マーカスの様子を見に来ることで気がまぎれると思っていた。なのに、それはまったくの思いちがいだった。もう勤務終了の時間を過ぎていたので、階段を降りて救急外来へ戻り、出入口から外へ出る。建物の外壁に公衆電話が据えつけられている。受話器を取り、硬貨を数枚入れる。自宅の留守番電話が応答したので、メッセージを聞くための番号を押す。ビーッという大きな音が二回鳴り、メッセージが一件もないことを知らせる。受話器を置く。硬貨が金属の受け口に落ちてくる音がしたが、無視して病院に戻っていく。

　更衣室に行き、術衣を脱いでスラックスと糊の効いたシャツに着替える。それからふたたび外に出て、煙草に火をつける。二度目の雪はすでに街のほうへと去っていったようだ。新たに積もった雪の層が街灯の光を反射するなか、たびたび風がうなり声をあげるので、まるで空が呼吸をしているように思えた。両手をコートのポケットに突っこむ。ピッツバーグの冬は好きだが、身を切るような風がなければもっといい。それでも散歩するには悪くない夜だ。ロバートは〈ルーズ〉に向かって歩きだした。昨日の支払いをするために。

9

イザベルはボビーに嘘をつきたくなかった。あまりにも下手なので、すぐに見抜かれてしまうからだ。あのときのボビーの声からも、叩きつけたドアの音からも、ダブルシフトに入ると言ったのが嘘だと見抜かれていたのがわかった。でも、半分は入るのだから完全な嘘でもない。朝食の時間帯のシフトを誰かと代わるのは問題ないが、遅い時間まで働いてしまうと、何時に支払いに来るかわからないロバートと会えなくなる可能性がある。支払いには絶対来る。そういうひとだ。一緒に過ごした時間のなかで、そんな生真面目なところがあるのを知った。支払いにやって来るのは間違いないし、多少の上乗せもしてくるだろう。絶対に来るとわかっているのだから、なんとしても会うつもりだった。〈ルーズ〉の近くにある病院は一軒しかないが、そこで待ち伏せしたりしたら、気味悪がられるのが落ちだろう。あくまでも偶然に、ばったり出会ったと思わせるのが大事であり、店に来るのもロバートの意思でなければならない。

　仕事をしているあいだずっと、なんと声をかけようかと考えていた。注文を取っているときに、〝スクランブルエッグ——久しぶりね〟とメモに書いてしまったりした。コーヒーのおかわりを注ぎ忘れたり、皿を割ってしまったり、熱いコーヒーを自分に引っかけてしまったり。とうとうポケッツに呼び出され、酔っているのかと問いただされる始末だった。

　酔っていられたらどんなにいいか。そうであれば、これほど不安に苛まれずにすむのに。

　一滴も飲んでいないと答えたけれど、思っていたより強い口調になってしまった。ポケッツは、ボビーが長年にわたって身につけてきた疑いの目とそっくりな視線を投げてきた。いつもなら横柄な態度を取られると腹が立つのだが、今日はちがう。期待と不安と恐れで胸がいっぱいで、腹を立てる余裕はなかった。少なくともポケッツには。

　六時まえに〈ルーズ〉に着き、車のエンジンを切った。古いフォルクスワーゲンは息も絶え絶えといった音を立てたあと、静かになる。日除けをおろし、鏡で歯に口紅がついていないかチェックする。白いブラウスは深いVネックで脇にシャーリングが入っていて、腹のまわりは少しきつかったが、裾をスカートに入れなければわからないだろう。裾を入れたり出したりしてみたが、ブラウスの古くささはどうにもならなかった。それでもこれがいちばんいい服だったのだ。やはり裾は出すことにして、ロバート相手にそこまで見た目を気にする必要はないと自分に言い聞かせる。思わず笑いが漏れる。

「ほんと、そのとおりよ」

口紅を塗りなおし、ドアに手をのばす。そして手をとめる。ふいに首の後ろを冷たい指が這いあがるような感じがして、それが肩から腕へとおりていく。

自分は二度と会わないと決めた相手に会おうとしている。過去の決断の理由はいくつもある。なぜ二十年もの歳月が流れたのか、そのきっかけを忘れてしまったというのか。

「忘れてなんかいない」イザベルはつぶやく。

ボビーにはもう飲まないと約束した。自分自身には、二度とロバートに会わないと約束したはず。あんな仕打ちを受けたからには。

「もう飲まない。カウンター席にすわって、おとなしくクラブソーダを飲んで、ただ待つの。行くのは理由があるから。なければ、こんなことはしない」

誰のために来たのか。ボビーのため？　自分のため？

「やっぱりここで待とう。できるだけ身を低くして、あのひとが店に来たら声をかける。それからボビーと会う約束を取りつけて、帰るだけ」

助手席側の窓を叩く音がして、飛びあがりそうになる。常連客のひとりが手を振って、店に行かないのかと訊いている。小声で毒づいたあと、手を振りかえす。あの客はニコに、自分が来ていたことを話してしまうだろう。ハンドルを握りしめる。

「クラブソーダだけ。だいじょうぶよ」

誰のために来たのか。

「そんなのわからない」

店に入っていくと、ニコがウォッカトニックを用意して待っていた。

「二晩連続で来てくれるとはな。嬉しい驚きじゃないか」イザベルはいつもの席につく。グラスの底に沈んでいた氷が浮かびあがり、泡をはじけさせる。きっとこれを飲んだら不安も収まるだろうし、気分も落ちつくのだろう。グラスを握り、イザベルはニコのほうへとそれを押しかえす。

「ありがたいんだけど、まだ昨日のお酒が残ってて」

「いいのか？　飲んだらむしろ調子がよくなるぜ」

「いいってば。クラブソーダをちょうだい」ジャケットを脱ぎ、椅子の背にかける。ニコが口笛を吹く。

「今日はずいぶんよそ行きの格好だな。おれのためか？」

「そうかもね」

クラブソーダが置かれる。「それにしても、どうしたんだ。こんな早い時間に、そんな気合いの入った服装で」

ニコへの言い訳は考えていなかった。「昨日は急に帰っちゃって、悪かったと思ったの。あなたのせいじゃないのよ」そう言うと、ニコは微笑んだ。信じてくれたようだ。「そういえば、昨日のあのひと、支払いには来てくれた？」

「いや。やっぱり来ないよ。腹が立つな」イザベルは息をつき、ソーダを一口飲んだ。胸をなでおろす思いで、腰を落ちつけて待つ。

店のドアが開くたびに、心臓が高鳴る。雪がやんだせいか、地元民や常連客が続々とやって来る。二時間ほど過ぎても、ロバートはあらわれない。客たちと話しながら過ごしていたが、誰もが酔うにつれて身を寄せてくる。ナッツや売れ残りのプレッツェル、それと甘酸っぱい酒の香りが混ざった息を吐きかけられ、飲まないという決意が揺らぎそうだった。最上段の棚に並んだ酒のボトルは下から照明が当たり、自分だけのためのディスプレイのように見える。頭痛がしてきた。時計を見てみる。ニコの言うとおりだ。ロバートは来ない。彼のことはわかっているつもりだったが、それは思いこみだったのだろう。ひどく情けなくなり、すべてが馬鹿馬鹿しく思えた。こめかみを指で揉む。

「だいじょうぶか。また気分が悪そうだけど」

「まあ、どうにかね」

「それにしても、冗談抜きで、その格好なかなかいいよ」

「そろそろ本気でお酒やめて、きちんとしたいの。でも、この場所は禁酒に向かないわね」

「おれの仕事は酒を勧めることだしなあ。おまえにとってよくない存在だ」

「そんなことない。ソーダはきちんとお代を払うわ」

ニコは手を振って拒否する。ソーダを飲み干したとき、隣に誰かがすわった。馴染みのある、いい香り。

「今日は混んでいるね」ロバートが言う。間近で見てみると、それなりに老けていた。昨夜よりも疲れた顔をしている。それでも彼に間違いないのだから、いま言うしかない。

「あなたを知っているの」声が割れてしまう。ロバートは椅子の上で身体をぐるりとこちらに向けた。そして目を細めたあとに微笑んだが、明らかにこちらの名前を思いだせないようで、どうやったら直接尋ねることなく聞きだせるかと思案しているのがわかる。昨日会った相手であることは覚えているが、イザベルが何者であるかには気づいていない。ロバートが口をひらくよりまえに、ニコがカウンターを手で軽く叩いた。

「お客さん、何かお忘れじゃないかな」そう言われると、ロバートは財布をひらいてクレジットカードを取りだした。そして昨日の分も含めて勘定につけるようニコに頼む。

「このひとにはグレンフィディックのストレートがいいと思うわ」イザベルが言う。ロバートは背筋をのばし、あらためてイザベルを見やった。「わたしにはクラブソーダのおかわりを」ニコはカウンターの上に置かれたクレジットカードを取ってから、イザベルのグラスにソーダをなみなみと注いだ。それからロバートに酒を注いでカウンターに乱暴に置くと、ふたりに鋭い視線を投げつけてから、カウンターの反対側へと歩いていった。

「どうやら、あまり好かれてないみたいだな」ロバートが言う。イザベルは慌ててソーダを一口飲んだ。そうでもしないと、〝わたしは好きよ〟などと馬鹿げたことを言ってしまい、すべてを台無しにしてしまいそうだから。とにかくいったん落ちついて、気持ちが先走るのを抑えなければ。

「今夜はきみ、なんだか素敵だね」ロバートが声をかけてくる。

「昨日はそうじゃなかったってこと？」

「いや。言い方が悪かった」

「あなたも素敵よ」

「ぼくの好きな酒をどうして知っているんだい」

わざわざいい服を着てきたのに、これだ。相手は自分のことを覚えてもいなかった。これまで一切連絡を取らなかったから、自業自得なのだろうか。

「わたしのこと、覚えてないの？」

「昨日会っただけじゃなくて？」イザベルはうなずく。

「ごめん。申しわけないけど、覚えていないんだ」

「そこまで謝らなくても。昔のことだから、無理もないわ」

笑みを浮かべてうなずき、ロバートは酒を一口飲む。そのあとイザベルを見やり、グラスをおろしてカウンターに置いた。ロバートが思いだそうとするそぶりを、これ以上待つのは耐えられそうもない。

「わたし、イザベルよ。ボビー」

「えっ。ボビーなんて呼ばれるの、いつ以来だろう」また酒を一口飲むと、目が大きくみひらかれた。「わかった、思いだした。イジー・サラチェーノだね？」

笑顔をこらえきれない。「イジーなんて呼ばれるの、いつ以来かしら」

「うわあ、驚いたな。名前すら、ずっと忘れていたよ。何年ぶりだろう、二十年かな」

「二十二年よ」

「よく覚えているね」そう言って首を振る。「名字は変わってないの？」そう訊かれると、イザベルは左手をあげて、指輪のない薬指を振ってみせる。「意外だな」ロバートが言う。

「どうしてそう思うの？」

「それ、本気で訊いてるのかい」

「ううん。どうせお世辞でしょ」

「なんだろう。すぐに思いだせなかったのが申しわけなくて、意外って言っておいたほうがいいかなと」

「何それ。お世辞のほうがましよ」

　ふたりは笑った。ロバートが身じろぎし、やがて酒に目を落とすのをイザベルは眺める。会話が途切れると、バーの客の控えめな話し声でさえ耳障りに感じられる。横目でイザベルをちらりと見てから、ロバートはまた視線を落とす。じろじろと見つめすぎなのは承知しているが、どうしても目が離せない。手をのばして彼に触れ、本物なのかどうか確かめたりしないよう、自分を戒めなくてはならなかった。ロバートはこの長い年月のあいだ、どこにいたのだろう。そしていま、なぜここにいるのだろう。それ以上に気になるのは、どうしてこんなに悲しげなのかということだった。

「ねえ、話してみる？」イザベルは声をかける。

　ロバートはグラスをカウンターに置いたが、視線はそこに落としたままだった。その顔に息子の面影が重なる。学校から帰ってきたボビー、夕食のときに食べ物で遊びだすボビー、女の子に〝付きあって〟というメモを渡して、イエスに丸をしてくれなかったと怒りだすボビー。そんなことを思いかえしていると、ロバートへの渇望も憤りも、次第に揺らいでいくのがわかった。

「話すって、何を？」

「この二十年について。なんだっていいわ」

「それじゃ、セラピーの料金を払わないとね」

　思わず笑みが浮かぶ。「話すだけでもちがうと思うわよ」

「気持ちはありがたいけど、遠慮しておくよ」首を反らせて酒を飲み干すと、ロバートは勘定書をくれとニコに言う。

「もう帰るの？」

「うん。もう遅いし、明日の出勤は早いから」

「まだそこまで遅くないでしょ」すがるような口調になってしまい、落ちつこうと深く息をつく。「もう一杯だけ。付きあってくれたら、わたしを忘れていたことも大目に見てあげるから」

「それは本当に悪かったと思ってるよ」そう言われると、イザベルはわざとらしく顔をしかめてうなずいた。ロバートが笑う。「じゃあ、一杯だけ」

　イザベルは立ちあがり、かかとに体重を乗せて揺れながら、大きな笑みを浮かべる。「奥にボックス席があるわよ」

　ロバートが酒のおかわりを頼み、イザベルはウォッカトニックを注文した。酒を運んでくるときにニコの視線を感じたが、イザベルは気づかないふりをして、ロバートを店の奥へと連れていった。ふたりが向かいあって腰をおろすと、赤い合成皮革のソファが甲高い音を立てる。ロバートはポケットベルを取りだし、テーブルの上に置く。ボタンを押すと、小さな画面が黄緑色に光った。

「誰かの連絡待ち？」そう訊くと、ロバートはまた悲しげな顔つきになる。

「いや。連絡があればいいんだけど、ないと思う」

　沈黙が流れたとき、ビリヤード台から球を打つ大きな音が響いた。ロバートは薬指に金色の指輪をはめているが、それを右手でしきりに前後にずらしている。いまにも外してしまいそうで、決して深くはめようとはしない。連絡を待っている相手も、同じ指輪をしているのだろうか。

「結婚してどれくらいなの」

「それは一言じゃあらわせない」

「というと？」

指輪をひねりながら上下させたあと、ロバートは掌を見つめる。「ぼくと相手では、きっと感じ方がちがう」

イザベルはウォッカトニックをストローから吸った。喉が温まると気持ちが落ちつき、憤りと渇望が混ざりあったロバートへの思いをなんとか鎮められた。

「話したくないのね。それでいいの？」

「そういうわけじゃない」ロバートは顔をあげ、イザベルの胸もとに一瞬だけ目をやってから、視線を合わせてきた。イザベルはわざと前のめりになって両肘をテーブルに置き、もう一度視線を引き寄せられるか試してみる。だめだった。ロバートが言う。「だけど、話すつもりはない」

「どうして？」

「失礼なことを言いたくはないんだけど、ぼくたちは二十年以上も会っていなかっただろ。あのころはあまりにも若すぎた。きみのことはよく知らないし、個人的なことを話すのにふさわしい相手じゃない」

耳と頬が熱くなり、ついさっきウォッカがもたらしてくれた落ちつきはどこかに吹き飛んだ。

「どういう意味？　ふさわしい相手じゃない？」

「言い方が悪かった。家庭のことを、かつて関係のあった女性に話すのはまずいって意味だ。それは妻に対して誠実じゃない」

信じられない思いで笑う。「誠実かどうかなんて気にするの？　わたしは関係を持っただけで、行きずりの相手ってこと？」

「もう少し声を抑えてくれないかな」

ロバートが店内に視線を走らせる。イザベルも肩越しに見まわしてみると、常連客が素知らぬ顔をして耳をそばだてているのがわかった。

「ほんと、変わってないのね、ボビー。これだけの年月が経っても、わたしと一緒にいるところを見られたくないってわけ。ほかの女ならいいけど、わたしはだめなんでしょ。よくも誠実かどうかなんて語れるわね」

「いったいなんの話だ?」

「いつだってそうだったでしょ、ボビー? 会うときはいつも、あなたの部屋。食事に行くのも、クラブに踊りに行くのも、ぜんぶだめ。夜遅くにピザや中華の出前を取って、テレビを観て、それからわたしをベッドに誘いこんで、ことをすませたら夜明けまえには出かけてしまう。それでも一緒にいたのは、長い時間を過ごせば、いつかは愛してもらえると思っていたから。堂々とわたしを連れだせるくらいにね。そうやって自分に言い聞かせていたのに……」

怒りをぶつけてはいけない。大きく息を吸い、目を閉じると、涙が頬を伝った。

「ある日の午後、キャンパスであなたを探していたの。話したいことがあったから。あなたは友達と一緒に娯楽室でビリヤードをやっていて、知らない女がずっとあなたにべたべたくっついていた。そのとき、わたしがあなたにとってどういう存在なのかすぐにわかった。あの女なら、一緒にいるところを見られてもよかったのね。ビリヤード台の上でいちゃついていたわ」顎を突きだし、首を振る。「わたしは都合のいい女だった、ボビー。そのことに気づくまではね。そんな関係は耐えられない。だから背を向けてあなたから離れ、二度とあなたのことは考えないと決めたの」徐々に声が割れてしまったが、いちばん最後の言葉が真実ではないことを悟られないよう祈った。

両手を組みあわせ、ロバートはうつむいている。図星だったのだろう。こちらを見ることすらできないでいる。呼吸が速まっていく。この思いをぶつけるのに、あまりにも長い年月を待ちすぎて、その機会はもう来ないものと思っていた。それでもこうしてぶつけることができて、たとえつかの間だとしても、大きな解放感が得られた。そう、つかの間でしかないのは、もっとも重要なことをまだ伝えていないからだ。

ロバートの両肩があがったかと思うと、深いため息とともに落ちる。顔をあげたとき、そこに自責の念はなかった。代わりに怒りがあった。

「なるほど、それが言いたかったわけか。言っちゃ悪いけど、そんな戯言《たわごと》を長年のあいだずっと抱えていたのか？」

「戯言ですって？」

「そうだよ。いまのは、きみに見えていた記憶だけの寄せ集めだ。頭のなかで勝手にドラマをつくりあげて、都合よくぼくを悪者に仕立てあげたのさ」

「ねえ、聞いて――」

「いや、きみが聞くんだ、イジー。ぼくはきみが好きだった」そこで間を置く。「きみが思っていたよりも、ずっとね。だけど一度も伝えられなかった。なぜなら、どうしてもきみに近づけなかったから。いや、あえて近づかなかったから」

「続きを言いましょうか。深入りするのが怖かった、でしょ？ 深入りして、傷つけあうのが怖かった。男のそういう言い訳には、もううんざりよ」

「ご名答だね、怖かったというのは。なぜだかわかるかい、イジー？」

身を乗りだし、顔をゆがめてみせる。「縛られたくなかったんでしょ。言い寄ってくるほかの女を捨てたくなかったのね」

「ちがう。理由はきみの父親だ」

イザベルは身を起こした。

「ぼくの部屋で過ごした夜が、そんなにいやな記憶なのかい。それじゃ言わせてもらうけど、なぜ出かけられなかったか、その理由をきみは都合よく忘れている。あのころ、きみは親と一緒に暮らしていた。父親がどんな人間か、話してくれたのを忘れたのか？」

頬が引きつる。落ちてきた巻き毛を耳にかける。

「いいえ、覚えているわ」

「ふたりでよく会うようになったころ。真面目に付きあいだしたころのことだ。きみは笑いながら言ったんだ、イジー。〝わたしが黒人の彼氏を連れて帰ったら、お父さんは銃を持って出迎えそうだわ〟ってね。まるでゲームか何かについて話すように。危険なことをするのは興奮するじゃない、とまで言った。他人事みたいにね。もちろん覚えているんだろう？　都合が悪いから忘れたとは言わせないよ」

唇を引き結び、イザベルはうなずいた。

「どうしてわからなかったんだ、イジー。きみの父親は元警察官だ。外へ連れださなかったのは、そう、怖かったからだ。どこにきみの知りあいがいるかわからないし、父親の知りあいだっているかもしれない。でもきみにとっては、ちょっとした冒険に過ぎなかった。禁断の果実といったところだろう。見つかったとしても、父親から大目玉をくらう程度だ。ぼくにとってはちがう。ぼくが恐れるものは、あまりにも大きすぎた。

それでもぼくは頑張った。全力で。一緒に過ごした夜はいつもぼくの部屋だったかもしれないけど、できる限りの時間をきみとともに過ごした。どんなに怖くても、なんとかして未来を切り拓きたいと思っていたから。だけどきみに会うたびに、この関係が行きつく先のことをどうしても考えてしまう自分がいた。やがて、その考えが頭から離れなくなってきた。ぼくたちには未来がない。切り拓くこともできない。だから諦めた」

酒を一口飲み、ロバートは顔をそむけた。イザベルは結露で溜まった水のなかでグラスをまわし、ロバートがこちらを見ているかどうか、伺うように視線をあげる。視線が合いそうになると、慌てて下を向く。

「きみにきちんと伝えるべきだったかもしれない。でも、どうしても恥ずかしさが先立ってしまった。男なのに、怖くてたまらないなんて。だから逃げるほうが楽だった。怯えるのも、会うたびに恐怖がつきまとう恋人を持つのも、嫌になってしまった。それでも心のどこかで、ぼくの抱いている恐怖がどんなものか、きみに気づいてほしいと願っていた。だけど気づいてもらえなくて、そのことに怒りを抱いていたんだろう。ほかの女の子に手を出したりしたのは、ぼくと同じようなつらい思いを、きみも少しはすればいいと思ったからかもしれない。それは間違っていたし、そのことは悪かったと思う。でも、謝るのはそのことだけだ」

　ロバートが深いため息をつく。イザベルは両手を脇におろし、瞬きをして涙をこらえながら、茫然として空《くう》を見つめる。それだけロバートの告白は衝撃だった。

　ロバートの言うとおりだ。すべてにおいて。

　自分のことしか見えていなかったせいで、ロバートが自身の力でどうにもならない状況に追いこまれているのに気づこうともせず、一方的に悪者だと決めつけてしまった。誠実さのかけらもない女たらしだと思いこみ、息子の存在など知らせてやるものかと意地になっていた。謝りたくて口をひらいてみたが、どんな言葉をかければいいというのか。ロバートがこちらの言葉を待つように視線を向けてきたが、何も言うことができず、ただ口を閉じる。

「そろそろ行くよ」ロバートは酒を飲み干し、立ちあがった。「いろいろ言ってしまったけど、それでも再会できてよかったよ、イジー。本当に」ロバートはコートを着ると、少し間を置いてから言った。「きみがいい人生を歩めるよう祈ってる」

　まだロバートと目を合わせることができず、イザベルはただ前を見据え、何も言えずにいた。

「帰るまえに支払いはしておくから。それじゃ、元気で」

　ロバートは歩いていき、カウンターのところでニコに声をかける。

どうしてこの街にいるのか、いつまでいるのか、それすらも訊いていない。いきなり突っかかっていって不満をぶつけ、結局は自分が悪いとわかっただけ。ふたたび彼が去ろうとしているのも、自分のせいだ。それでも、たとえ彼がもはや他人だとしても、これは自分だけの問題じゃない。立ちあがらなければ。

勢いよく立ったとき、テーブルに膝をぶつけてしまう。脚を引きずりながら急いで追いかけていき、戸口にいるロバートに手をのばして呼びかける。

「ロバート、待って」

声を聞いてロバートが振りかえる。膝を押さえながら、前かがみでぎこちなく歩み寄って来るイザベルを目にし、困惑顔になる。

「あの当時、伝えたかったことがあったの。それをいまも伝えたくて」

「イジー――」

「でも、ここでは話せない。こんなところでは」反論しようとロバートが口をひらく。「お願いだから」イザベルがそれを制すと、ロバートは口を閉じた。「あなたの言うとおりだった。ぜんぶ言うとおりよ。何もかもが、あまりにも的を射ている。そのうえで、伝えたいことがあるの。でも、ここでは話せない。明日、また会ってほしいの」ロバートは身じろぎし、首を振りながら、結婚指輪をいじりだした。「バーじゃないところで。昔懐かしい友達と会うのにふさわしい場所がいいわ。シェンリー・パークとか。雪も今夜で一段落すると思うし、明日なら少しは暖かいかもしれない。スケート場に昼の十二時でどうかしら」

口角が少しだけあがる。「ずいぶん長いこと行ってないな。でも、会うのはどうかと思うけど」

「お願い。どうしても話さなきゃいけないことがあるの。いろいろと事情があって」ロバートが首を傾げ、額に皺を寄せる。イザベルはたたみかける。「わかってる、おかしなこと言ってるわよね。でも、ぜんぶ説明するって約束する。明日になったら」

ロバートの視線は靴に落ち、両手はポケットに突っこまれている。青年のようなあどけなさがどこか残っていて、もういい歳の男だというのに、抱きしめてあげたくなってしまう。視線があがる。「十二時だね」

頬の内側を噛み、イザベルはうなずいた。

「じゃ、明日」うなずきかえすと、ロバートは後ずさりして戸口から出ていき、背を向けて去っていった。イザベルが口を覆い、涙を流すところは見られずにすんだ。ニコの視線に気づき、涙を拭いて腕組みをする。カウンターのいつもの席に戻る。

「あの黒人が払ってくれるなら酒を飲むのか。そもそも、あいつは何者だ？」ニコが言う。

肩越しに戸口を見てから、ニコに向きなおる。「昔、冷たくしてしまった相手だったのよ」

「なるほど。そういうこともあるよな」ニコは布巾を肩にかける。テレビからはまた〈スポーツセンター〉が流れていた。警察が撮ったO・J・シンプソンの顔写真が映ったあと、裁判の写真が何枚も映される。ニコは画面に向けて指を振り、イザベルに目を向けた。

「見たか？　奴らを怒らせると、しまいには殺される。ＰＥＺの容器みたいにされてな」喉を切り裂くように、指を真横に走らせる。

言いかえそうとしたが、ニコは不機嫌そうにカウンターの反対側へと行ってしまった。その場にすわったまま、空《から》になったクラブソーダのグラスを見つめていると、結露した水滴が流れ、とまり、また流れて、やがて下に敷いた紙ナプキンに吸いこまれていく。顔をあげるとニコが戻っていて、表情を和らげていた。

「だいじょうぶか。あいつに何を言われたんだ」

「言われて当然のことよ」

「あんまり気に病むなよ」

「やっぱりいつもの、くれる？」

笑みを浮かべ、ニコが酒をたっぷりと注ぐ。それからほかの客に歩み寄っておかわりを注ぎ、また裁判の話題に戻っていった。

そう。きっとニコだったら、なんの問題もなく父も受けいれてくれただろう。イザベルは酒を飲み干し、それからおかわりを頼んだ。

10

ボビーはそれ以上振りむくことをやめた。振りむいたら、まだこちらを見ているアーロンがいるのだろう。バスはいつになったら来るのか。踵を上下させてそわそわと待つ。アーロンを怒鳴りつけたとき、我ながら驚いた。銃を見て恐ろしくなり、ほかにどうすればいいかわからなかったのだ。これ以上アーロンが誰かに危害を加えるのをとめたかった。あの日何もしなかったから、こんな事態になったのだ。同じ過ちはもう犯さない。ただ、アーロンがとめてもらいたがっていたことが気になる。だったら、なぜあんなことをするのか。はったりを見せるのはなぜなのか。ボビーのことを怯えさせるのが目的なら、アーロンはあまりにも鈍感すぎる。こちらはもう充分すぎるほど怯えている。

バスが甲高いブレーキ音を響かせてとまった。ドアが音を立ててひらいたので、ボビーはごま塩頭の黒人の運転手に定期券を見せる。運転手の制服はどことなく警官に似ているので、近くにいてくれると心強かった。もちろん、実際に守ってくれるわけではない。もしもアーロンが放射線にも劣らないほどの怒りを放ちながらやって来て、太い指でドアを力づくで開け、運転手を座席から引きずりおろし、ネオナチさながらに逆上してフロントガラスに叩きつけたとしたら。ガラスは蜘蛛の巣状にひびが入って粉々に砕け散り、哀れな運転手にはなす術《すべ》もない。もちろん、ボビーにだってどうすることもできない。ただ、ありがたいことに、運転手はそんな事態を避ける唯一の手段を取ってくれた。バスを発車させ、駐車場の明かりの下に立つアーロンから離れていってくれたのだ。融けた雪が細い水の流れをつくり、バスがギアを入れかえて揺れるたびに、水は黒いゴムの床の上で前へ後ろへと流れを行き来させている。車内の明かりはちらちらと揺れ、薄暗かった。座席に腰をおろし、ため息をつく。

車内にいるのはボビーと、秋に冷えこみが強くなった日からずっと乗っている男だけだった。薄汚れたコートを着て座席に寝そべっていて、顔はのびすぎた髭のせいでよく見えないが、肌は煙草のフィルターを思わせるような茶色い汚れに覆われている。穿いているパンツは、あまり想像したくないものによる染みだらけだし、ニット帽はあちこちに穴が開いている。ワークブーツの片方はソールが剥がれていて、道路の穴によってバスが揺れると、ぱたぱたと音を立てた。これまで一度も、この男が動いたのを見たことがない。

「あのひと、生きてるのかな」運転手に訊いてみる。

「たしかめてくれるか？」バックミラー越しに運転手がこちらを見やる。ボビーが首を振ると、運転手は含み笑いを漏らした。

「なんていう名前か知ってる？」

「どうしてそんなことを訊くんだい」

　肩をすくめてみせたが、訊いた理由はわかっている。運転手に話しかけることで、気を紛らわせているだけだ。

「名前は知らないよ」運転手が言う。「定期券は持っている。いつも始発に乗ってきて、最終便まで乗ってるんだ。おれたちの休憩中には降りてるが、そのあいだに小便かクソでもしてるんだろ。家賃を払うよりも安く、寒さから逃れられるってわけだ」

「じゃあ、ホームレスか」

「だろうな。こんなひどい天気なのに、住む場所のない人間がいると思うとやりきれないよ。だから文句は言わないんだ。ほかの運転手もそうだ。彼らは家を失ったのかもしれない。家はあるけど帰れないのかもしれない。あえて帰らないのかもしれない。いずれにせよ、ああいう人間には何かしら、それなりの物語がある」

　アーロンが殴りつけて頭を砕いたあの青年は、雪のなかで発見されるまで、どれくらいの時間血を流して倒れていたのだろう。あの青年にも物語があったのだろうか。そして自分とアーロンは、それを終わらせてしまったのだろうか。罪を逃れようと逃れまいと、この事実を胸に抱えてどう生きていけばいいのか。

　運転席の後ろに新聞が挿してあった。事件のことが載っているかもしれない。ボビーは新聞を手に取る。

　一面に目を通す。載っていない。二面にも、それ以降にも載っていない。

　ありえない。

　社説にも取りあげられていない。地域面はどうか。急いでめくりすぎて、一面が破れてしまう。三ページめくったところで、ようやく見つける。右下の端に、ごく小さな記事が載っている。

〈学生が暴行被害、オリジナル・ホットドッグ・ショップ近くで〉被害を受けて間もなく、友人に発見された。一命は取りとめたが重体。目撃者なし。容疑者不明。警察が防犯カメラの映像を分析中。

わずか数行だった。

アーロンの言ったとおりだ。この程度の扱いなのだ。罪悪感よりも安堵が勝り、そのことに気分が悪くなる。ふと〝防犯カメラ〟という言葉が目にとまり、安堵が吹き飛んだ。新聞を運転席の後ろに戻し、窓に頭を寄りかからせる。録画された映像から手がかりが見つかるのは、時間の問題だろう。ただ、自分はあのとき車から降りなかったから、だいじょうぶかもしれない。

とはいえ、よく考えれば店に行くために降りていた。車で待っていると言ったのに、アーロンに連れだされた。

どうして忘れていたのか。あまりに怯えていたせいで、思考が濁った膜で覆われたようになり、重い罪をどうにか逃れようと、都合のいいことだけを記憶から抜きだしたのか。

そういうことなのだろう。

アーロンが映っていれば、自分も映っている。運転席に飛び乗るところも、アーロンが戻ってくるところも映っている。あの青年が瀕死で道端に倒れているとき、運転席のドアが開かなかったところも。ためらう様子もなく、車が急発進するところも、しばらく経ってから何事もなかったようにスピードを落とすところも。いかにも罪を逃れようとするように。あれだけスピードを落としたから、映像を一時停止しなくてもナンバープレートははっきりと映っているだろう。それが決定打だ。ゲームオーバー。時間の問題だ。考えるべきは、どれだけの時間が残されているのか、そのあいだに何をすればいいのかということだ。

バスは信号で時おりとまりながら、マクナイト・ロードを走っていく。エンジンの規則的な音に耳を傾けていると、眠気が忍び寄ってきた。昨夜の出来事をひとつひとつ反芻し、あんな事態を避けるためには、どの瞬間にどう振る舞うべきだったのかと考えていたが、やがてすべての根源は、ずっと昔につくられていたことに思い至った。

九年生になって初の登校日。ボビーはスクールバスに乗りこんでから、自分とは異なる色の顔がずらりと並ぶ座席と運転席を仕切る白い線のところで、立ち尽くしていた。さっさとすわれと運転手に怒鳴られ、生徒たちが笑う。運転席の後ろの空《あ》いている座席に、隠れるように身をかがめてすわる。エンジンがうなり、バスが出発する。

リュックから〈アベンジャーズ〉を取りだしたとき、バスが停車した。ドアが開いたが、顔はあげなかった。できることなら、誰ともこれ以上目を合わせたくない。

ところが、誰かが隣に腰をおろした。白人の男子生徒で、アディダスの黒いサテンのジャケットを身につけ、ピッツバーグ・パイレーツの帽子を横向きに被っている。ボビーが何を読んでいるのか覗きこもうとしてきたので、思わず身を引いた。

「マーベルかよ、だせえな。ヨォ」生徒が言う。

座席の端に寄り、本に没頭しているふりをしていると、その生徒はバッグから新品のマンガ本を取りだした。プラスティックのフィルムに包まれているが、折れ曲がりを防止するための白い板が後ろについていない。

まったく、素人が。

「なあ。後ろに板がついていないと、あとになって価値が下がるぜ」ボビーが言う。

「わかってねえな。質を保てるのはマイラー・バッグだけだっつうの。板なんて、中性の素材じゃなきゃ酸化しちまうぜぇ」そう言ってボビーの本に向かって顎をしゃくる。「どうせ、あの長いコレクター用段ボール箱に入れてんだろ。見ろよ。もう紙が黄ばんできてんじゃねえか、ヨォ」

「入れてない。あんなもんに入れるかよ」急いで本を閉じる。表紙の内側にテープを貼って、背から剥がれかけた箇所を補強しているのを見られたくなかったからだ。家に帰ったら、あの段ボール箱はすぐに捨てなければ。

「へっ、どうだろなぁ」

「それはそうと、なんだよ、そのしゃべり方」

「おう、何がぁ？」

「おまえ、白人だろうに」

「それがわかってねえんだなぁ」後ろから声が飛んでくる。ボビーが腰を浮かせて振りかえると、黒人の生徒が不快そうな顔つきで見ている。口をゆがめ、目を剝いて、前を向けとボビーに身振りで示す。ボビーはそのまま相手を見据える。

「あんたに話しかけたか？」ボビーが言う。

「うるせえ、おれがおまえに話しかけてんだ」

　運転手に前を向くよう注意され、ボビーは言われたとおりにする。隣の生徒がシャツを引っぱってきたので、身を寄せたものの、視線は後ろの生徒に据えたままにする。相手はもうこちらを見ていない。

「おまえら、イカれてんなぁ」

　隣の生徒はそう言うと、バッグから〈クライシス・オン・インフィニット・アース〉をおもむろに取りだした。その動きはまるで黄金の像を砂袋と入れ替え、そのあと巨岩に追われることになるインディ・ジョーンズみたいだった。ボビーは首を傾げ、死んだスーパーガールを抱くスーパーマンの絵を見つめる。「やっぱＤＣだな、ヨォ」

「無理だ。絵がひどすぎる」

「はあ？」のけぞって言う。「てめえ、マジでイカれてんなぁ。ストーリーだって全然面白《おもしれ》えのによ」

「何言ってんだ。スーパーガール？　ダサすぎだろ、そのキャラ」

　隣の生徒は表紙を見やり、目をみひらいた。「おう、よくも言ったな。たしかにこいつは弱《よえ》えよ。だから殺《や》られちまった。けどよ、アントマンに比べたら全然だろ。あれこそ超ダサのキャラだぜ」それを聞いてボビーは思わず笑ってしまい、相手も笑いだした。「おれ、アーロン」手が差しだされる。

「ボビーだ」

　手をのばしたが、アーロンが訳のわからない複雑な動きの握手をやろうとしたので、ボビーはついていけずに手を引っこめた。

「ほかにも持ってるのか？」ボビーが訊くと、アーロンはウィンクし、同じシリーズでフラッシュが表紙に描かれているべつの本を取りだした。「それ、フラッシュが死ぬんだろ？」

　訊いてもアーロンは肩をすくめただけで、当然ながら内容は知っているのだろう。ボビーは袖のところに隠していた本を、ついさっきのアーロンみたいに慎重に取りだす。それを見てアーロンがうなずき、ふたりは黙ったまま、学校に着くまでマンガを読みふけった。

　バスがとまったので、ふたりは立ちあがる。ほかの生徒たちがどんどん降りていき、ふたりを通してくれない。通りすがりにアーロンを押しのけていく生徒もいた。アーロンが肩越しにボビーを見る。

「ひどいな。そんなことされて、文句言わないのかよ」

「マジになることねえよ。ふざけてんだろ」そう言うものの、アーロンは明らかにこの状況を恥じている。ボビーは新たな友がいじめを受けていると知り、憤りを感じた。けれどもどういうわけか、同時にほっとしていた。もう自分は孤独ではないし、自分だけがはみ出し者というわけではないのだ。

最後の生徒に続いて、ふたりはバスを降りた。生徒たちはテーブルの上にぶちまけられた豆みたいに散らばっていき、走ったり大声をあげたりしながら、学校の昇降口へと入っていく。ボビーは笑みを浮かべていた。

友達ができた。なんだか信じられなくて、大声で言いたいくらいだった。

ちょっと変わった奴ではあるが、マンガ好きだし、向こうも自分のことを気に入ってくれている。顔を見なくたって、アーロンも笑顔になっているのがわかる。

アーロンはボビーを事務室に連れていき、一緒にホームルームとなる教室の場所を訊いてくれて、そのあとも各教科の教室の場所を教えてくれた。ふたりは同じ授業はひとつも取っていなかった。アーロンは、自分は特別な授業を取っているからだと言ったが、その顔にはバスで押しのけられたときと同じ表情が浮かんでいたので、あえて理由は訊かなかった。昼休みが同じ時間だと知るとアーロンは顔を輝かせ、一緒にランチを食べる約束をした。

昼になり、カフェテリアの入口から見まわしてみたが、アーロンの姿はどこにもない。ボビーはパニックに陥りつつあった。こちらをじろじろと見つめる生徒たちの視線をできるだけ無視しながら、人ごみのなかにアーロンを探す。誰ひとり、仲間に入れてくれそうなそぶりは見せない。白人の生徒が集まった数少ないテーブルも、黒人の生徒たちのテーブルも。カフェテリアの中央まで進み、あらゆる方向を見まわして空《あ》いている席とアーロンの姿を探したが、どちらも見つからない。どうせ腹など空《す》いていないと自分に言い聞かせたが、本当に食欲が失せてしまい、その場を去ろうと踵をかえす。食事は家に帰ってからとればいいし、持ってきたランチは明日食べよう。

アーロンはどこにいるのだろう。なぜ誰も彼もが自分を見ているのだろう。

カフェテリアの喧騒が一層大きく聞こえてきて、息苦しくなってくる。そのとき誰かに後ろからいきなり腕をつかまれ、心臓が口から飛びでそうになったかと思うと、腹の底に沈んだ。腕を引いて振りはらい、ランチを放りだし、拳を握りしめる。

「触るな！」

ボビーの叫びが響きわたり、あたりがしんと静まりかえった。振りかえった先にいたのはアーロンだったので、頬と耳が一気に熱くなる。どっと笑い声があがり、ボビーはアーロンも笑いだすものと思った。

ところがアーロンは笑わなかった。そしてボビーの肩を抱き、長いテーブルの端にある二脚の空《あ》いている椅子のところへと連れて行った。ふたりが腰をおろすと、同じテーブルにいた生徒たちが立ちあがり、離れたところにすわりなおした。アーロンは気づかないふりをしている。リュックからランチと、朝とはちがう二冊のマンガ本を取りだす。そして一冊をボビーに差しだす。速まっていた鼓動が落ちつき、食欲が戻ってきた。マンガを読みながら食事をとるふたりを、ほかのすべての生徒が無視している。けれどもボビーには気にならなかった。

アーロンはその話し方と服装のせいで、見事に全校生徒から爪弾きにされていた。ボビーですらやりすぎだと思うほどの黒人かぶれで、物真似されることに侮辱を感じた黒人の生徒たちから、際限のないいじめを受けていた。一緒にいるボビーも標的になったが、ふたりでいるといじめが分散されるせいか、少しだけましなようだった。白人の生徒たちは巻きこまれることを避けようと、ふたりがまるで社会の授業で習ったインドの不可触民であるかのように、寄りつこうともしなかった。

それでもアーロンの言動は一貫して変わらず、ボビーが感心してしまうほどだった。他人に見せびらかすのが目的ではないようで、ふたりきりのときでも振る舞いは変わらなかった。帽子をまっすぐ被ることはないし、音楽のジャンルも変えることはない。憧れている黒人たちが、なぜそこまで自分を忌み嫌うのかアーロンにはまったく理解できないようだ。アーロンが受けている仕打ちを見るにつれ、ボビーが黒人に抱く感情は恐れから憎しみに変わっていった。そして自分の父親の存在は意識の奥底に押しやり、父親が黒人であるという真実を認めることも放棄した。ボビーは真実を憎み、真実ゆえに黒人を憎み、いじめに対抗する気概も気力もないアーロンを守るため、たびたび廊下で乱闘騒ぎを起こして校長室に呼びだされた。

　黒人に憧れるアーロンの思いは変わらず、その言動がみずからを貶めているのだといくら伝えても、無駄だった。もっと自尊心を持てと諭しても聞き入れてくれない。アーロンのような友人がいるのを知ったら、祖父はなんと言うだろうかと思い、付きあいをやめようかと迷うこともあった。それでも、ボビーとアーロンはそれぞれ形はちがえど、はみ出し者という共通点を持つ友なのだ。

　毎日ランチをともにした。廊下を一緒に歩いていると、〝マンガオタクのホモ野郎〟と呼ばれたりしたが、気にもとめなかった。ふたりはいつも早めにランチをすませ、校舎を出て、渡り廊下の下で昼休みが終わるまでマンガを読みふけった。

　ある日、皆の前でキスして驚かせてやろうとアーロンが言いだした。ところがボビーは、いつもホモやオカマだのと罵っていた祖父の言葉を思い浮かべた。ああいった輩は病気を広め、社会をだめにしていると耳にタコができるほど聞かされ、その考えが刷りこまれていた。アーロンは笑っていたが、落ちつかなげだった。怒りがこみあげる。

「そんなの、面白くもなんともない」

「おう、そう怒んなよ。ユーモアってもんがねえなぁ」

「ホモは不愉快だ。そんな冗談はやめてくれ。二度と言うな」

アーロンはまた笑い、ボビーに落ちつけと言ってから、マンガに視線を戻した。昼休みが終わるまでアーロンは一言も話さず、その話題に触れることは二度となかった。

その日の午後、アーロンはトイレの床にすわりこんでいた。血まみれの鼻と切れた唇、泣き腫らした目。ボビーは手を貸して立ちあがらせ、濡れたペーパータオルを渡した。唇を拭くとき、アーロンは痛みにうめき声を漏らす。

「今度は何をされたんだ」

「何もされてない」

「どうして奴らの真似をやめないんだよ。こんな目に遭うのに。いつも言ってるだろ、あいつらは獣だ。おじいちゃんがずっとそう言ってたのに、おれは耳を貸さなかった。せめておまえは、おれの言うことを聞いてくれよ」

アーロンはボビーの身体を押しのける。「ほっといてくれよ。そもそもおれは、誰にやられたのか言ってないだろ」ボビーは壁際に立ちすくみ、その言葉に唖然とした。アーロンが言う。「くそ、痛えなぁ。教室に戻る。またあとでな」

たしかにそうだ。また黒人の生徒にやられたのだと決めつけていた。アーロンへの苛立ちと哀れみが混ざりあい、頭が混乱する。そのときふと、父親のことを話してしまおうかと思った。ふたりはいつも一緒にいるものの、自分が真実を隠しているせいで壁があるような気がしたし、いま一層孤独に見えるアーロンに、どうにか寄り添ってやりたかった。けれども話したら、傷つけることになるのかもしれない。アーロンが望んでいるものを自分は持っているわけで、真似などしなくても黒人の血が流れているという事実をアーロンに突きつけたら、自分は憎まれかねないだろう。たったひとりの友達を失うわけにはいかない。それにもうひとつ、直感的に気づいたことがある。アーロンを守るために対立している黒人の生徒たちがボビーの真実を知ったら、状況はよくなるどころか悪くなるだけだ。だからアーロンには何も伝えず、今後も絶対に話さないと心に決めた。

誰にも絶対に話さない。

大型のワイパーがきしみながら窓を掃き、バスはシェイディーサイドを抜けてホームウッドに近づきつつあった。わずかな客が時々乗り降りしていく。きっと彼らは家に帰れば心地よく退屈な日常が待っていて、やがて見慣れた顔に囲まれた馴染みの仕事にまた出かけていき、怯えや不安のない日々をあたりまえのように過ごすのだろう。ボビーが挨拶してみたところで、バスを降りた瞬間に忘れてしまうにちがいない。

いや、そうとも言いきれない。

もしかしたら、出会ったときのアーロンと自分のように、彼らにもどこか通じるものがあるのかもしれない。人生が永遠に変わってしまうような出来事がこれから起きるのかもしれない。いいほうに変わる可能性もあるが、最悪の事態になる可能性もある。日常は簡単に壊れるものだから。

化学の授業で聞いた話が、いつも頭から離れない。エントロピーという概念があり、自然界の秩序はすべて無秩序に向かっているという説だ。どうにも理解しがたい説だったが、教師の例え話でようやくわかった。部屋は放っておいても綺麗になることはなく、どんどん散らかっていく。宇宙でも同じことが起きている、というものだ。その話が忘れられず、ボビーはノートに悪役《ヴィラン》の絵を描いた。薬物依存症の母親から生まれたミュータントで、その身体に触れた人間はすべて、混沌に支配される。その名は〝エントロピー〟。絵をアーロンに見せたら、すでに同じ名前のキャラクターが

〈マーベル・ユニバース〉にいると指摘され、ボビーは肩を落とした。そこで類語辞典を引いて、今度は〝ベドラム〟というキャラクターを描いてみた。やはり同じことを指摘される。いずれにせよ馬鹿らしいキャラクターだとアーロンに言われ、ボビーは絵を捨てた。

　笑いがこみあげる。こんなことを思いだすのは何年ぶりだろう。

　狭い曲がり角を抜けるとき、バスのタイヤが縁石に当たったようだ。ホームレスの男の身体が揺れたが、少し動いただけで、起きる気配はなかった。この男はどうしてここにいるのか。自分の選択でここにいるのか、それともエントロピーに導かれてここにいるのか。やむにやまれぬ事情のある哀れむべき人間なのか、あるいは犯罪に及んだり、ともすれば殺人を犯したりしたのに、運よく罪を逃れてバスを寝床にしているのか。はたしてこの男は明日食べ物にありつけるのか、または、みずからよりもわずかに生きる気力がある者たちから、小銭を恵んでもらえるのか。何はともあれ、バスに乗る金は工面できたのだから、明日の居場所はわかっているはずだ。この先どうなるのか、ある程度は予想できるはずだ。一方ボビーと母親は、毎月の家賃を支払えるかどうかすら予想できない。ただ確実に言えるのは、ふたりともかなりの長時間働かねばならないこと、シフトに次ぐシフトに追われて暮らすこと、そして母親が約束を破れば尻拭いをするのはボビーであるということだ。気が滅入るような日々ではあるが、平凡な毎日には安心感がある。あんな毎日に戻りたいと願ったが、それを叶える方法はひとつしかない。

　バスがフランクスタウン通りに入っていく。降車のベルを鳴らそうとコードに手をのばしたが、ふと思いとどまる。「運転手さん、あとどれくらい乗ってる予定？」

「二時間くらいかな。どうしてだい」

「もう一周乗っていってもいいかな」

バックミラーを見あげ、運転手は肩をすくめてうなずいた。「きみにも物語があるのかな」

「うん。まだ書いている途中だけど」ボビーは言う。

バスは走りつづける。エントロピーのキャラクターがまた思いうかぶ。その名前は〝アーロン〟にすべきだろう。

11

バスは同じルートを一巡りし、フランクスタウン通りにまた入っていった。ボビーはコードを引く。バスが角のところでとまり、ボビーは降りていく。

「気楽にいきなよ、若いんだから」運転手が言った。

その言葉に振りかえる。気遣わしげな声と温かい笑顔にほっとする。もう一周乗っていきたいところだったが、どんなに聖域のように思えても、バスが永遠に守ってくれるわけではない。これからすべきことは、先のばしにすればするほど意気込みが薄れてしまう。運転手に会釈すると、同じ仕草がかえってきた。ドアが摩擦音とともに閉まり、エンジンがうなりをあげ、ブレーキランプが明滅しながら遠ざかっていく。手を振りながら見送ると、早くもあの運転手とホームレスが恋しいような気がしてきた。きっとホームレスは夜明けが来るか、べつの手厳しい運転手に追いだされるまで、眠りこけているだろうけれど。自分を守ってくれたバスが見えなくなってしまうと、また不安が襲ってきて、ボビーは自宅までの半ブロックの道のりを急いだ。フォルクスワーゲンがアパートメントの前にとまっていて、ボンネットにうっすらと雪が積もっている。とめられたばかりのようだ。イザベルが閉店までのシフトでまだ帰っていないことを願っていたが、そうでなくても、もう寝ているかもしれない。もう少し時間をかけて考えてから、イザベルにこれまでのことや今後のことなど、すべてを話すつもりだった。ただ、いまは疲れはてていた。少しでもいいから眠りたい。そのあとに、自分がしたことを母親に打ち明けるのだ。

　鍵を挿してみると、軽い力だけでドアが開いた。鍵はかかっていなかったのだ。男物のコロンと煙草の匂いが漂ってくる。廊下の先から喉にかかったような鼾が響いてくるが、イザベルのものにしては音が低すぎる。

　信じられない。

　どんなに酒を断とうとしても、イザベルはまるでトラックの荷台の端にいるみたいに不安定で、道路にわずかな轍《わだち》でもあればいつでも落ちてしまう。そこにあの憎らしいニコが毎度のようにやって来て、泥だらけの水たまりにイザベルを引きずりこむのだ。ドアを蹴りあけ、ニコの短い首をつかんで廊下に放りだし、ドアを閉めて鍵をかけるくらいの気概があったらどんなにいいだろう。服を抱えて、裸のまま廊下で震えているニコの姿を想像する。だが、それが現実となることはない。ニコと同様に、自分はとてもタフガイになれるタイプではない。なれたらどんなにいいか。そうだったら、いまごろこんな生活は送っていなかっただろうに。

少しも快適そうではないソファに、うつ伏せに倒れこんだ。バスが路線を巡るあいだ、ボビーの思考も巡りつづけていた。アーロンと自分のことを警察に通報しなくてはならない。アーロンに脅されたことにして、車を出さなければ殺すと言われ、ああするしかなかったと話そうか。あのとき銃はなかったが、いまはグローブボックスに入っている。警察が捕まえに来た場合でも、そう話せば理屈は通るので、自分はそれほど厳しく追及されず、もしかすると罪に問われずにすむのかもしれない。ただ、すでに防犯カメラの映像を見られていたら弁明はむずかしい。いくら説明したところで、すべて責任逃れにしか聞こえないだろう。それに、もしもアーロンが正当防衛を主張したり、なんらかの手を使ったりして罪を逃れたとしたら？　そうなったらどうなるのか。アーロンに報復されるのだろうか。

　アーロンが暴挙に出るのではないかと想像するのは、〈マーベル・ユニバース〉でウォッチャーのウアトゥが仮定のストーリーを語りだす〈もしも〉シリーズを思わせた。もしも親友がネオナチの残忍な殺人鬼だったら。もしもボビーが〝0〟になど行きたくないと言い、あんなまずいピザは食べたくないと言ったら。その場合、ふたりは〈タコベル〉のドライブスルーに行って、腹いっぱい食べていたかもしれない。アーロンは前後不覚になるくらい酔っぱらったのかもしれない。それから翌朝、アーロンがいなかった三年の空白を埋めるように語りあう。いい作家が次々にマーベルを去り、イメージ・コミックスを立ちあげたことを議論する。バットマンがマイケル・キートンによる二度目の実写化で注目されたことを喜び、ニンジャ・タートルズが子ども向けの路線に変わってラファエロのワイルドさだけしか残っていないことを嘆く。そうやって多くのことを語り尽くすなかで、きっとボビーはアーロンの傷ついた内面を癒す手助けをし、殺人鬼としてではなく、普通の人間としての人生を取りもどさせてやるのだ。

けれどもこれは、あくまで〝もしも〟の話だ。すべては仮定のなかの物語だった。

アーロンは刑務所に戻るべきだ。ただ、刑務所での経験がアーロンを変えたのも事実ではないか。髪をむしられ、歯を折られた。フェラチオを強要され、レイプされた。

もしも自分が入ったら、何をされるのか。カフェテリアでどこにすわればいいのか。

どんなにアパートメントが狭かろうと、粗末な家具にうんざりしていようと、いまの自分は囚人ではないし、ソファは監房の金属製のベッドではない。どの部屋にもドアがあるし、ドアには鍵がついていて自分で閉められるし、誰にも監視されずに排便もシャワーもできる。

通報しようという気持ちが徐々に萎えていく。

じゃあ逃げればいい。できるだけ遠くへ、できるだけ早く。ウェイターの仕事はどこでもできる。携帯電話もクレジットカードもないから、足はつかない。防犯カメラに映っていたって、あの車は自分のものではない。いなくなれば消えたも同然だ。幽霊のように。アーロンが捕まったとしても、きっと口を割らないでいてくれるはずだ。

アーロンは絶対に口を割らない。

アーロンは絶対に口を割らない。

疲労のせいで意識が遠のくにつれ、マンガの一ページが頭に浮かび、キャラクターが動きはじめる。アーロンがステロイドで筋骨隆々のレッドスカルとなり、雄叫びをあげなら突進してくるのに対し、ボビーはスパイダーマンに変身するまえのピーター・パーカーで、その正体を巨大な悪から隠すことに必死になっている。筋肉対頭脳の壮大なバトルが繰りひろげられるうちに、いつの間にか眠りが訪れていた。

数時間後、喘息の発作で目を覚ました。夢のなかで顔のない敵と戦っていたのだが、必死にパンチを繰りだしてもスローモーションにしかならず、ピーナッツバターの海でもがいているかのようだった。ようやくパンチが当たったものの、正体不明の敵には少しも効いていない。だから逃げることにした。ところがそれもうまくいかない。脳が前へ進めと脚にどれだけ命じても、思いどおりに動けず、見えない力に引っぱられたり押されたりする。それから場面が切りかわる。氷を突き破って水のなかに落ち、腐敗臭に満ちた凍てつくような汚水が口に流れこんできて、耐えきれずに嘔吐する。その瞬間に目覚め、ボビーは涎だらけのクッションの上で空気を求めて顔をあげた。ポケットのなかを探り、吸入器を取りだし、蛇が胸を締めつけるような息苦しさが和らぐまで薬を吸いつづけた。

　廊下の先で、イザベルの寝室のドアがきしみながら開いた。ささやき声が漏れてくる。ボビーは寝ているようだ、というニコの声。それを聞いてソファにまた横になり、ボビーは薄目を開けつつ寝たふりをして、偽の鼾をかいてみせる。蝶番がさらにきしみ、ドアが大きく開いて、足音が冷たい床板を覆う擦り切れたカーペットの上を進んでくる。わずかに開けた瞼の隙間から動く人影が見え、ニコのコロンの匂いがする。足音をひそめて歩くさまは、狩猟シーズンにバッグス・バニーを狙うエルマー・ファッドのようだ。思わず笑いをこらえる。一歩一歩慎重に歩くニコが近づいてくると、ボビーは目を開け、頭を起こした。ニコが小声で悪態をつくのがわかった。

「やあ、ボビー」

「くそったれ、また来たのかよ」

「ああ。元気そうでよかった。会えて嬉しいよ」コートを着てファスナーを顎のところまであげ、玄関に向かっていく。

「母さんに近づくな、ろくでなし」ニコの背中に向かって叫ぶ。首を振ったとき、イザベルが部屋の戸口に立っているのが見えた。身にまとっているのは古ぼけたバスローブで、ひどくダサい紫色の花柄だったが、それはボビーが働きはじめたばかりのころにお金を貯めてクリスマスにプレゼントしたものだった。何度捨てろと言っても、イザベルは着つづけている。

「あなたが思っているようなことじゃないの。本当はね。わたしを心配して家まで送ってきてくれて、そのまま寝ちゃったのよ」

「へえ、そりゃ感心だね」ボビーは両手をあげる。「二日連続だぜ、母さん。呆れたよ。本当に酒を断つ気はあるのか。進んで飲んでるとしか思えない」

イザベルは片手を擦り切れたポケットに突っこみ、うつむいたまま廊下を歩いてきて、髪を背中のほうに手で流した。ボビーの隣に腰をおろすと、膝に手を置いてきた。「どうか説明させてくれないかしら」

両手で顔を覆い、後ろにもたれかかって言う。「それって、いつもの言い訳と何がちがうんだよ。こんな毎日はもうやっていられない、母さん」

「そうよね。わかるわ」

「わかってないだろ。本当にもうやっていけないんだ。ひとりで生活できるようになってくれないと」

「努力はしてる」

「じゃあ、もっと努力しろよ！」

とつぜんの大声に驚き、イザベルはボビーの膝に置いた手を引っこめた。そしてバスローブの前を掻きあわせる。「ボビー、あなた何かあったの？」

「べつに」笑わずにいられない。「何もかもがうんざりだよ。どうだっていいだろ。いまは何時なんだ？ランチのシフトに入れるかどうか訊かないと。どうせ母さんはまた無理だろうし」

「昨日の夜は酔ってなかった。いつもみたいにはね。ニコが運転させてくれなかっただけ」

「そうじゃなくて〝昨日の夜は飲まなかった〟って言うべきじゃないか、母さん。そのちがい、わかってるのか？」

「そうね、そのとおり。あなたの言うとおり」

「じゃあ、なんで？　たった一杯だとしても、どうしてあの野郎の店に行ったんだよ」

　イザベルは深く息を吸い、少しずつ吐きだした。

「昨日、わたしのことを信じてくれるかって訊いたでしょ。覚えてる？」

「うん」

「いまここで、この二日間にあったことを説明したとしても、きっとただの言い訳に聞こえるだろうし、そう思われても仕方がない。いままでの馬鹿馬鹿しい弁解と似たり寄ったりに聞こえると思う。たしかにある程度は似ているし。でも、どうかわたしを信じてもらえるのなら、一緒に行ってほしい場所があるの。そう遠くない場所なんだけど、着くまでは何も訊かないで。もし行ってくれたなら、もう二度とお酒は飲まないと約束する。必要なら断酒会にも行くわ。何か賭けてもいいと思ったけど、大事なものといえばあなただけだし、ご存知のとおり金目のものもないってわけ」

　ふたりとも笑いだしたが、そこには疲れが滲んでいた。ボビーは家賃のためにシフトに入るから行けないと言おうとしたが、ふと尻ポケットに入っている百ドル札の束のことを思いだした。本当なら、店のロッカーでアーロンのバッグを探しだし、車の鍵を見つけて、気づかれないうちにグローブボックスに金を戻そうかと思っていた。そもそも受けとってしまったことを悔いていたが、もし自分が刑務所に入れられることになったら、きっとこの札束は証拠として警察に保管され、母親は路頭に迷うことになる。イザベルがこちらを見据える顔は、これまでに何かを約束してくれたときにも見せたような真摯なものだった。以前はそれでも信じることができなかったが、今日はその声と目に強く訴えかけるものを感じ、信じてみようかという気になった。

「わかった。行くよ」

イザベルはボビーの膝を叩き、大きな笑みを浮かべた。「よかった。シャワー浴びる？」

「先に浴びて」欠伸《あくび》が出る。「まだ眠いから」

イザベルは勢いよく立ちあがり、軽い足取りで廊下を歩いていった。シャワーの音が聞こえはじめると、ボビーはキッチンのシンクの上にある壜に歩み寄る。持っている札束を取りだして広げ、しばらくそれを見つめる。そして次の家賃に足りるだけの額を取って壜に入れると、残りはアーロンにかえそうと心に決め、ポケットに戻した。

これで充分なはずだ。

12

車が一時停止したり、信号でとまったりするたびに、イザベルはボビーの顔を見ずにはいられなかった。ロバートとはまるでちがう顔に思えるけれど、それでいてとても似ている気がして、特にいまは面影が強く感じられる。きっと会えば、お互いの顔が似ていることにすぐ気づくだろう。そうに決まっている。イザベルの視線に気づくたびにボビーは笑みを向けるが、だんだん困惑顔になっていく。とはいってもさほど深刻ではなく、いい大人だというのに幼子を扱うように接してくる親に息子が見せるような顔つきだ。

「何？」

「いつからそんなにハンサムになったの」

「どうかしてるんじゃない、母さん」窓を少しだけ開ける。「ボディスプレーに酒でも混ぜた？」

まったくだ。今日はどうかしている。ただ、服はかなり慎重に選んできた。センスのよさが感じられるもの。品のいいボタンダウンのシャツを着て、胸もとを開けるのは少しだけにしておき、折り目が下までしっかり入った黒いスラックスを穿いている。髪はおろして片側に流してある。メイクは濃すぎず、薄すぎず、でもしっかりと。ただ、どれもロバートのためではない。これから何がどうなるかはわからないが、今日は生涯忘れられない日になるはずだ。結婚式でも葬式でも、大切な日には誰だって、身なりをできる限り整えるものだ。

「約束したわよね、質問は一切しないって。そこは了解ずみよね」

　ボビーは両手をあげ、窓の外に目をやった。こんなふうに、ぶっきらぼうながらも穏やかなやり取りをするのは久しぶりだ。笑顔を見せてくれるのも、いつ以来だろう。間違いなく現実なのに、信じられない思いだった。そのとき、いきなりクラクションが鳴り響いて、交差点の一時停止標識を見落としていたことに気づく。慌ててブレーキを踏んで急停車させ、ボビーがダッシュボードに手をつく。

「母さん、危ないだろ」

　イザベルは息子に詫びながら、一層速まった鼓動を感じていた。数マイル先に待ち受けている運命を思い、家を出たときから気持ちは昂っていた。二十二年まえにも同じ気持ちを抱きながら、同じ事実をロバートに伝えようとしていた。今日はあの日とまったくちがう終わり方になることを願わずにいられない。

　その朝、なぜ吐いたのかわからなかった。少なくとも、すぐに思いあたることはなかった。たしかに昨夜は遅くまで外で飲んでいたし、何杯飲んだかわからなくなったけれど、タクシー会社の電話番号はきちんと覚えていた。二日酔いの吐き気なら慣れている。でも、これはちがう。いままでにない感覚に、不安が湧きあがる。

　お互いにコンドームは好きじゃなかった。

「きみを感じたい」と言われた。

　自分もそうしたいと言い、実際に彼を感じた。抜いたときのタイミングは間に合ったはずだけれど、もしかしたら遅かったかもしれない。だからトイレに駆けこんで、できる限り出してみた。失敗したとしても一度きりだし、ほとんど出せたはずだ。確率はどれくらいなのだろう。そんなに簡単に妊娠してしまうものなのか。だいたい、あれからそんなに日が経っただろうか。頭のなかでかぞえてみて日数がわかったとき、ふたたびこみあげてくる吐き気を必死にこらえた。

　午前中は食べ物を見ることすらできなかった。朝の一服でも吐き気をもよおして煙草をすぐに揉み消し、当然ながら迎え酒などする気にもなれなかった。きっとお腹の風邪にちがいない。そう自分に言い聞かせることが限界になったとき、無料の診療所に駆けこんだ。

　妊娠を告げられたあと、医者の話は何も頭に入ってこなかった。まるで海中でヘルメットを被っているみたいに、くぐもった声が遠くに響くだけだった。身体は軽くなると同時に重くなり、浮いて流れてしまうような感覚が襲ってきて、診察台に張りついた腿の裏に冷や汗がじっとりと滲んできた。

　子どもなんて育てられない。自分ひとりの生活すら精いっぱいなのに。

　毎晩のように子どもに泣き叫ばれ、その子を生かすための責任を持ち、そのうえ愛するなんて、残酷なジョークとしか思えなかった。

　それなのに、自分のなかで何かが芽生えるのは否定できない。とてつもない恐怖と馴染みのある自責の念に揺れるなかで、小さな喜びの萌芽がちらついている。

この感情は神が人間に与えたものであり、いま自分は試練を前にしている。これはまともな人生を歩むための道しるべなのだ。子どもがいれば否が応でも酒を断ち、頭をきちんと働かせなければいけないだろう。

　きっと、日中は母親に子どもを預ければ定職に就けるはずだし、借金も完済して一人前の人間になれば、子どもの手本にすらなれるかもしれない。

　そんな新しい人生を一瞬思い描き、かすかに喜びがこみあげてくる。

　だが、いまの生活を捨てるのも惜しい。誰にも何も強要されない自由がある。勉強は嫌いだったが、パーティばかりの華やかな大学生活に憧れていたところ、キャンパス内のウェイトレスになれば、学業という重荷を負わずに学生たちと交流できることを知った。そしてウェイトレスのひとりとルームメイトになり、気ままな生活とすぐに手に入る現金を得るようになった。そこへいきなり親となることの責任を突きつけられ、途方に暮れる思いだったが、何もひとりですべてを背負うことはない。そう思えたのは、現実を目の当たりにするまでだった。

　ロバートは学生会館の娯楽室にいた。ガラス張りのドアに手をのばしたとき、姿が見えた。そして、女も。ショートパンツからすらりとのびた脚は濃い褐色で、ロバートよりずっと暗い色だった。ビリヤードのキューの先にチョークを塗る彼の肩に、女はもたれかかっていた。ショットを打とうと彼が前のめりになると、女は彼の背中を手でさすり、長い脚を上から下まで眺めまわしていたが、そのうち顔をあげ、戸口に立っているイザベルに気づいた。思わず横に飛びのき、両開きのドアから離れて壁にぴたりと背をつける。

　妊娠したと告げれば、彼は自分のものになる。否応なく。でも、きっと一生わたしのことを恨むだろう。恨む？　いったい彼は何様だというの。ほかに女がいるのに、それを面と向かってわたしに知らせることもできない。あんなひとが父親になれるわけがないし、かといってひとりで育てるのも無理だ。子どもが不幸になる。

壁から身を離すと、強い吐き気が襲ってきた。

どうすべきかはわかっている。この子をどうすべきかは。

涙が溢れる。手で口を覆い、会館の出口に向かって駆けだしていき、ドアを開けて外へ出る。陽は翳《かげ》りつつあった。分厚く重苦しい雲が流れている。稲妻が雲を照らし、遠くからボウリングのボールがゆっくり転がるような雷鳴が響いてきた。また吐き気がこみあげてきて、熱い胃液を飲みくだす。もはや酒も禁忌ではないだろうし、煙草だって喫ったっていい。尻のポケットでつぶれた煙草のパックを取りだし、一本を手に取って火をつけ、深々と喫った。これからどうするかは決めたのだから、もう構わないだろう。


クリニックに着いて車をとめたが、エンジンは切らずにいた。ハンドルの横のドリンクホルダーに、コーヒーの染みがついた紙ナプキンがあったので、それを手に取る。一部は破れてホルダーに張りついたままだ。紙ナプキンを無心にちぎっていくと、腿の上は紙吹雪さながらの茶色い紙片に覆われた。大きな雨粒がフロントガラスに叩きつけられ、それがどんどん増えて滝のような雨となり、窓を覆っていた花粉が洗われて黄緑色の流れとなっていく。屋根を叩く雨音があまりにも大きいので、ラジオの音も掻き消されそうだった。音量をあげてジム・クロウチの〈タイム・イン・ア・ボトル〉を聴き、曲が終わるとすぐにラジオを消した。

シートベルトを外し、シャツとタンクトップを引っぱりあげて、まだほとんど平らなお腹をあらわにする。わずかな膨らみに人差し指で触れ、円を描いていく。

運転席から身を起こし、シャツをおろす。

雨が激しく窓に打ちつけている。それに合わせて、ハンドルを指でせわしなく叩く。割れるような雷鳴だけが雨音をしのいで、時おり響きわたっていく。

知らせないまま産むのは間違っている。男の子には父親が必要なのに。

でも、自分の父親みたいだったら？　あんな父親だとしても必要なのか。自分ならもっと、ましな育て方ができるのではないか。

助手席には、紙袋に入った五分の三ガロンのウォッカがある。ロバートに会いに行くまえに買ったものだ。最後に一度だけ彼と祝杯をあげて、それからベッドに入り、お腹にキスしてもらったあと、もっと下へ行ってもらう。彼の愛撫の素晴らしさを思いだし、それを忘れたくて、痛みに置き換えようと腕をつねる。今日、女と一緒にいる彼を見て平手打ちをくらったような痛みを感じたが、いまはその痛みが必要だった。女の手は、かつて自分が触れた彼の背中をさすっていた。自分のものだったはずの背中を。イザベルは笑い、それから泣き、叫んだ。いったいこれはなんの冗談なのか。わけがわからない。こんな自分が、息子の母親になれるはずがない。

息子。赤ん坊が男の子だと思ったのはこれで二度目だ。なぜかはわからない。でも、そうだと知っている。それに気づいたとき、産まない言い訳はどうでもよくなった。自分のなかにいるのは豆粒なんかじゃない、〝男の子〟なのだ。顔が緩み、笑いがこみあげ、とまらなくなった。

ギアをドライブに入れ、車を出してクリニックから離れる。

それでも帰り道はずっと、信号が変わるたびに気持ちが揺れた。

青。これは人生最高の出来事で、この子は素晴らしい授かりもの。

黄色。いまは産むべきじゃない。自分が子どもを望んでいることはよくわかったから、もっと自立できるまで待つべきだ。いまはだめ。そもそも男の子かどうかも定かでない。産みたいのは、そうすればロバートを取りもどせると思っているから。そんなのはよくない。頭を冷やして考えなおさなければ。

赤。産むなんて正気じゃない。ロバートに電話してみればいい。きっと子どもなんかほしくないと言われるし、自分だって本当はそうだ。おそらくは中絶のための費用も出してくれる。堕ろしてしまって、いままでどおりの人生を楽しめばいい。一晩じゅう眠れずに子どもをあやすなんて。パーティにも一切出られないなんて。そんな生活ができるのか。現実を見るべき。

　家に着くまでのあいだ、何度も赤信号に引っかかった。

　それから月日が流れ、ある晩母親と夕食の片づけをしているときに、破水した。皿がタイルの床に落ちて割れ、破片が飛び散った。母親は呼吸法をイザベルに教えながら、キッチンタイマーで陣痛の間隔をはかった。床に落ちている三日月形の破片が揺れているように見え、それが揺りかごを思わせた。居間から父親の大声が聞こえてきて、遠のいた意識が戻る。

　お腹を押さえ、どうかこんな激しい痛みを与えないでくれと赤ん坊に願いながら、流れる羊水にまみれて立ち尽くす。

　あと一週間待ってほしかった。まだ心の準備ができていない。

　そのとき、やって来るのは赤ん坊だけでないことに気づき、心の準備などできるはずもないことを悟った。眠れない夜、たるんだお腹、ひとりでは何もできない子の世話をひたすら続ける日々。そんな生活を喜び、自分よりもわが子を愛するなんて、本当にできるのだろうか。カウンターに寄りかかってリノリウムの上に羊水を垂らしながら、母親のやっている呼吸法を真似てみるものの、痛みは少しも治まらず、パニックを抑えるためだけにやっているようなものだった。いずれにせよ、まったく効かない。

父親の運転する車で病院に着き、母親が救急搬送口まで車椅子を押してくれた。そこで看護師が応対し、産科までイザベルを連れていった。麻酔をしてくれと泣きわめくイザベルの声に、看護師は目を丸くしている。陣痛が高波のように押し寄せては叩きつける。胃が引っくりかえり、反吐まみれになった。イザベルが働いていた食堂の客たちからは、子どもを授かるのは幸運だとか出産は素晴らしいとか言われたけれど、その客を全員ここに連れてきて、ガラス窓に顔を叩きつけてやりたい。どうしてあの日、クリニックに行って中絶手術の予約を取らなかったのだろう。とにかくこの状況から逃れないと、赤ん坊に身体をばらばらにされてしまいそうだ。もうこれ以上は耐えられない。

無痛分娩のための麻酔をするには遅すぎた。ベッドごと分娩室に運ばれ、台に載せられ、踵が金属の冷たい足置きに触れる。陣痛の合間に、この赤ん坊のせいでどれだけ傷が残るのか、もう男に相手にされないのではないかと不安がよぎる。激痛が走り、さっさと出してくれと叫んでしまう。パニックで過呼吸を起こしかけている。

どうやったら逃れられる? 誰にこの子を託せる? 誰になら安心して任せられる?

〝いきんで〟と言われて力を入れると、便の臭いが漂ってきて、涙が溢れた。

頭が見えてきたと医者が嬉しそうに言っているが、少しも嬉しいと思えなかった。

男の子だと言われたとき、それまでの荒んだ気持ちがキャンドルの炎のごとく、一瞬で消え去った。息を吸っても、あれほどの痛みは襲ってこない。とつぜん訪れた異様なほどの平穏に驚いたが、さっきまでの恐ろしい考えはすべて頭のなかで打ち消した。

抱かせてほしいと言ったのに、医者は背を向けて、赤ん坊を診察台に載せた。ふたりの看護師がそこに駆けつけ、べつの看護師がイザベルのところに来て手を握った。部屋はやたらと静かだ。看護師たちのマスク越しの呼吸音が耳障りに思えるくらいに。

「どうして泣かないの？」

　看護師がイザベルの髪を撫でる。

　静けさが掻き消される。水を吸いあげるような、歯科の吸引装置に似た音が響いてきたが、泣き声はまだ聞こえない。

「この子、だいじょうぶなの？」

　手を看護師に強く握りしめられ、涙が頬を伝った。いけないと知りながら酒を飲んだことを悔やみ、これで最後にしようと思いながら煙草を喫ったことを悔やみ、夜更かしした自分を恨んだ。ただ泣いてくれさえすれば。医者が何かをつぶやき、ひとりの看護師がその場を離れ、電話をかけようと受話器を取る。吸いあげる音がまだ響くなか、看護師は受話器に向かって話そうとマスクを引きおろす。

　そのとき、子猫のような弱々しい声が聞こえた。近くにいた看護師のマスクのまわりの顔色が赤らんでいき、目が細められた。イザベルの手を両手ではさみ、手の甲をさすってくれた。温かさが腕に広がり、胸に届いた。診察台から医者が振りかえると、布にくるまれた赤ん坊が腕に抱かれていた。医者の掌に載ってしまいそうな小ささだ。わが子を差しだされると、一度も赤ん坊を抱いたことのないイザベルでも、自然と腕に抱くことができた。皺くちゃの顔は、まるで押しつぶされたみたいだ。髪はまっすぐで黒く、イザベルは思わず安堵に息をつく。少なくともいまのところ、彼の面影はほとんどなく、イザベルの父親に気づかれる心配もなさそうだ。赤ん坊は大きな欠伸をしたあと、仔豚みたいに鼻を鳴らし、小さな手を握ったりひらいたりしている。それを見て笑わずにはいられない。

「なんてかわいい子なのかしら」看護師が言う。

「いやだ、全然よ」イザベルは笑みを浮かべて言う。

「お世辞を言うのも大変ね」看護師が肩を叩いてくる。

「不細工だけど、わたしの子だわ」電話をかけようとしていた看護師がこちらにやって来て、赤ん坊を引きとろうとした。

イザベルは身を引いた。放したくないと言って。

医者が立ちあがって歩み寄り、もうひとりの看護師も加わった。イザベルはわが子をさらに抱き寄せる。なぜ奪おうとするのだろう。近くにいる看護師を見あげ、どうか連れていかないでほしいと頼みこむ。医者がイザベルの前に立ち、赤ん坊は新生児室に連れていって必要な計測をしなければならないこと、鼻や口に入った羊水を自力で吐きだせなかったので呼吸器科の診察も依頼してあることを告げた。鼾のような音、弱々しい泣き声、体重、呼吸など、気になる点が多いという。赤ん坊を手放したくはなかったが、看護師は優しい目をしていた。だから両手を差しだされたとき、信じて託そうと決めた。

「心配いりませんよ。きちんとお世話しますから。そのあとお母さんにおかえしします」

小さな首が呼吸をするたびに引きつれ、息を吸いこむと喘鳴が聞こえる。赤ん坊は空気を求めて苦しんでいる。もう絶対に煙草は捨てて二度と喫わないと誓った。医者と看護師らの目をのぞきこんだが、そこに非難の色は見えなかった。少しだけ揺らしてあげてから、看護師にわが子を預ける。受けとった看護師が礼を言い、赤ん坊はべつの看護師に引き渡され、キャスター付きの新生児用ベッドに載せられて、分娩室の両開きのドアから運びだされていった。

「名前は決めました？」近くにいる看護師が言う。

ドアが閉まると、わが子に会いたくてたまらなくなり、ロバートを失ったときと同じ痛みを感じた。でも、あの子は去ったわけじゃない。戻ってくる。そして一生愛してくれるはず。

「ボビーよ」イザベルは分娩台にもたれて目を閉じる。

やがて眠りに落ち、病室に運ばれていった。

　時計が十二時十分を指すころ、車はシェンリー・パークのスケート場近くの駐車場に入り、隅のほうにとまった。イザベルは鏡で顔をチェックしながら、息子の視線を感じていた。髪を後ろに掻きあげ、おろし、また前に流す。それから困惑顔で見ている息子に目を向ける。

「何よ？」

「こっちの台詞だよ。何してんの」

「あとちょっとだけ待って。すぐだから」

　スケート場は雪と氷を楽しむ親子連れで賑わっていた。人ごみを見わたすと、彼の姿があった。折り目のしっかり入った淡いグレーのスラックスに、黒いピーコート。まったく、なんて素敵なんだろう。リンクを囲む壁に肘をついて立っている。その近くで父親と幼い娘が手を取りあい、なかば歩き、なかば滑りながら、リンクの端を進んでいく。娘が反対方向に行きたがりだした。ふたりがまわって向きを変えようとしたとき、父親がバランスを崩し、目をみひらいて足をばたつかせ、壁に手をのばした。ロバートは助けようと手を差しだしたが、娘が父親の腕を先につかんだ。娘は笑っていたが、ロバートには気づいていない。父親を助けたことで得意満面になっている。去っていくふたりをロバートは笑顔で見送り、そんなロバートをイザベルは見つめた。昨日の夜と同じ悲しみが、彼の顔にあらわれている。声をかけるなら、いまだ。振りかえり、ボビーの前で足をとめる。

「そこで待っていてほしいの」近くのベンチを指さして言う。

「母さん、いったいなんなの？　スケートなんてやったことないし、いまさらやりたくもないよ。今日は店に行って、遅番に入れるかどうか訊いてきたいんだけど」

「いいから。すわってて」

ため息をつき、ボビーは腰をおろした。イザベルは祈るように顔の前で両手を組みあわせる。

「ありがとう。十分だけ。十分だけ待っていて。すぐ戻ってくるから」ボビーはうなずいて後ろにもたれ、ベンチの背に両腕を広げた。そんな息子を見つめながら数歩後ずさりして、それから踵をかえし、ロバートのもとへ向かう。

　こちらに気づくとロバートは笑顔になった。満面の笑みではないものの、温かく、安堵したような笑み。それを見ると、足と唇が痺れて感覚がなくなるような気がした。もしかして心臓発作の予兆なのかと思い、ぞっとした。彼がこちらを見た瞬間、とてつもない恐怖が襲ってきたからだ。こんな気持ちになるとは思わなかった。心のどこかで、彼と握手して天気の話でもしてから、大人になった息子がいるのだと簡単に告げられるものと思いこんでいた。

〝この子はあなたが死んだと思っていたのよね、わたしがそう話したから。だって、ひどい振られ方をしたと思いこんでいたから。そうよね、悪かったのはわたし。でも本当のことをあのときは知らなかったんだもの。参っちゃうわ。ところで、この子にはあなたと同じ名前をつけたの。少しでもあなたの存在を身近に感じられるかと思って。まずかったかしら？〟

　ああ、自分はどれだけ愚かだったのか。

　ロバートが歩み寄ってくる。イザベルはパンツで手の汗を拭いて握手しようと差しだしたが、彼は両腕を広げた。なんてこと。抱きしめようとしているんだ。どうすればいいのか。慌ててこちらも両腕を広げたが、そのときにはロバートは握手に応えようと片手を差しだしていて、ふたりともそのポーズのまま固まってしまい、ついに笑いだした。まるでバルブが開けられて圧力が抜かれたみたいに、心地いい笑い。あらためてロバートが抱きしめてくれた。涙が溢れそうになるが、ぐっとこらえる。両腕を彼の腰にまわし、胸に顔をうずめて息を吸いこんだ。彼が身体を離そうとしていることに気づき、背中を強く三回叩いてから、両腕を解いた。

「来ないから、忘れてるのかと思ったよ」

「ごめんなさい。ちょっと用事があって」そう言うと、ロバートが微笑む。「なんてね。ただ遅れただけなの、ごめん」リンクのほうへ首を傾げる。「さっそく滑る？」

「黒人《ブラザー》は氷が苦手でね。それに、転んだらプライドが傷つく」

「ああ、よかった。もし滑るって言われたら、どうしようかと思った」

　ロバートがまた笑う。

「それじゃ、散歩でもどうかしら」

　ロバートが腕を差しだしてくれたら、そこに自分の腕を絡ませ、肩に頭をもたれて歩きたかった。でも、笑顔で挨拶を交わし、たったいま笑いあったばかりだけれど、親密な関係はもはや過去のものだ。この場を設けたのは、自分のためではないのだと今一度みずからを戒める。ロバートが両手をポケットに入れ、イザベルもそれにならった。喉にテニスボールが詰まったような思いで唾を飲みこみ、リンクから離れて遊歩道へ向かい、ボビーの待つ公園へと向かう。そのとき、ロバートのポケットベルが鳴った。

イザベルがこちらにぶつけてきた長年の怒りと同じくらい、自分も怒りをあらわにしたい気分だったが、思ったとおり最低な男だったとイザベルを満足させるのもどうかと思ってしまう。

　それでも、言いたいことは言った。ずっと昔に伝えたかったことはすべて伝えた。自分でも、この二十年間抱えていた感情の重苦しさに驚いた。いまでもこんなにつらいものだとは思わなかった。彼女のことを思いだした瞬間に感情が湧きあがったわけではないが、それでもすぐに過去の思いがよみがえり、自分にとってイザベルがどんな存在だったのかを伝えた。かつての彼女はこちらの怯えを認めようともしてくれず、それが意図的であろうとなかろうと、どれだけつらかったことか。だから傷ついた気持ちを吐露した彼女に、こちらの傷を突きつけたのだ。そうすることで、背負っていた重荷がどこかへ消えていった。解放感を得られたような気分になり、足取りも軽くなる。

13

　その朝目を覚ましたとき、ロバートは約束をキャンセルしようと思った。イザベルの電話番号を知っていたら、そうしただろう。昔を懐かしむような心境ではなかったし、そういう類の思い出ではないのだ。彼女の顔を見るのはつらい。関係が父親にバレたらどうしようという怯えがよみがえってしまう。父親からどんな仕打ちを受けるのか。怯えないようにどれだけ自分を奮い立たせたことか。イザベルに、これはゲームではないのだとどれだけ理解してほしかったことか。いっそ彼女を嫌いになれれば、ためらいなく別れられたのに。向こうは棄てられたと思っているようだが、実際はちがう。もうあのころの気持ちを味わいたくない。

シャワーを浴びて着替え、階段を降り、ダイニングルームに続く両開きのドアの前に立つ。離婚手続きの書類はテーブルに置かれたままで、どんなに願っても消えることはない。ドアを開け、椅子に腰かける。書類の端を指で叩き、折り目を手でのばしてから、近くに置いてあるペンを手に取る。それから書類を引き寄せ、身を乗りだしてサインする。

　ページをめくり、すべての箇所にサインをすませ、ダイニングルームを出て書斎に行き、タマラの弁護士に書類をファックスした。一枚ずつ書類が吸いこまれていくにつれ、先ほどとはまたちがった気持ちの軽さを胸に感じる。すべて送りおえると、ロバートは書類を折りたたみ、クローゼット内の金庫を開ける。そこには空《から》のファイルがあり、その隣に通院の記録が綴じられたファイルも置かれている。最後に産婦人科に行ったときに受けとった診療明細もそこに入っている。空のほうのファイルに書類を綴じ、金庫の扉を閉める。

「ごめん」とつぶやく。

　玄関に向かっていく。イザベルが新たな扉を開け、過去の扉を閉じるチャンスがやって来たのだから、くぐり抜けるべきは新たな扉のほうだ。

　シェンリー・パークのメイン駐車場は、平日にしては車が多かった。前日の雪はすっかり除《の》けられていて、まぶしい昼の陽射しが、土手のように積まれた雪を気温の低さにもかかわらず融かしはじめている。濡れた路面からは蒸気が立ちのぼっている。雪の反射光を遮ろうと額に手をかざし、ロバートは半分ほど埋まった駐車場を見わたす。イザベルの姿は見あたらなかったので、スケート場に続く遊歩道を歩いていく。

　幼い少女が兄に追いかけられながら、けらけらと笑って駆け抜けていく。タマラが恋しくなった。まさにあんな笑い方をしていたのだ。ベッドの上で後ろから抱きつき、宿ったばかりの子がいるお腹をくすぐったときのことだ。タマラは手をのばし、ロバートの頭の後ろをさすって、顔を首に引き寄せた。だから自分は鼻を押しつけ、手をお腹の下のほうに当てて、赤ん坊の動きを感じようとした。タマラはその手をさらに下へ、自分のなかへと導き、ため息を漏らした。ふたりはベッドの真んなかで、これ以上ないほど強く抱きしめあった。その真んなかに、決して越えることのできない境界線ができるなどとは夢にも思わずに。あんな書類にサインするなんて、何かの間違いではないだろうか。

遊歩道の脇に生えた木々は、アイシングをかけられたように雪に覆われ、重みでたわんでいた。頭上に広がる枝のあいだから、高くのぼった太陽の光が射しこんでくる。融けた雪が雨のようにアスファルトに降りそそぐ。太い枝を覆っていた雪の塊が落ちてきて、びしゃりと路面に叩きつけられる。その枝はまるで手を振るように揺れていた。先へ進めと促すようにも、追い払っているようにも見える。ロバートは歩きつづけた。

子どもの甲高い笑い声が、スケート場に近づくにつれて聞こえてくる。まだ路面は雪に覆われているところもあり、ラジオによればまたしても大雪の予報が出ているので、学校の休校は半日から終日に変更されたらしい。仕事が休みになった親が、子どもたちとホッケーを楽しんでいる。数人の子どもたちは訓練された滑らかなスケーティングを披露し、付き添っている親は誇りに顔を輝かせている。ほかの子どもたちは生まれたての仔馬が初めて歩きだすように、ぎこちなくスケート靴の刃で氷を刻んでいる。母親や父親がその後ろで両腕を広げ、転んだらいつでも受けとめられるように構えている。ロバートは腰までの高さの壁に両肘をつき、人々を眺めた。

誰かの手が壁を力強くつかんだ。転びそうになったひとりの男が、氷から身体を起こす。その男の娘だと思われる、十歳にもならない少女がやって来て、すぐ近くでとまった。そして男は少女の手を借りて立ちあがったが、スケート靴を前後に動かして大げさな演技をして、娘を笑わせた。男はロバートにウィンクを送る。くすくすと笑う少女を見て、男とロバートは目配せを交わして微笑む。それから男は娘に助けてくれた礼を何度も言い、壁際を滑る人々の流れに戻っていった。

腕時計に目をやる。この分だとイザベルは来ないようだったので、胸を撫でおろした。そして遊歩道に戻ろうとしたとき、姿が見えた。笑顔で手を振っている。近づいていくと、イザベルが手を差しだしてきたのにロバートは両腕を広げてしまった。とっさに手を差しだすと、イザベルが両腕を広げ、ようやく抱きあうことに落ちついた。なんだか気持ちが和んだ。イザベルは男物のコロンと、饐えたような酒のにおいを肌から漂わせていた。しばらく抱きあったあと、背中を何度か叩かれて、ようやく離れてくれた。

ふたりは歩いた。イザベルは自分の足もととロバートの顔を交互に見やり、何かを切りだそうとしているのか、こわばった顔つきをしている。ようやく口をひらこうとしたとき、ポケットベルが鳴った。見てみると、カリフォルニアの市外局番だったので、思わず目をみひらく。公衆電話を探してあたりを見まわすと、すぐ後ろにあった。

「すまない。少しだけ待っててくれるかい。すぐ戻ってくるから」イザベルの返事を待たずに、ロバートは公衆電話に駆け寄った。呼出音が一度鳴っただけで、すぐに応答があった。

「早いのね」タマラが言う。

「ああ、まあね。いや、慌てたわけじゃない。待っていたとかじゃなくて、ただ……」目を泳がせ、ろくなことを言えない自分に首を振る。イザベルのほうに目をやる。目が合うとイザベルは顔をそらし、両足に交互に体重をかけて身体を揺らしはじめた。落ちつかない様子を目にして、少しだけ気持ちがそれた。

「ありがとう」タマラが言う。

ロバートはすかさずに言った。「ごめん。でも、何に謝っているんだろう」

タマラは押し黙っている。

「そうだな。きみが言ってくれるわけないか」

沈黙が流れる。タマラの呼吸の音がとまり、また戻る。口をひらき、何かを言おうとしたのに、開けた口のなかで言葉が消えてしまったのだろう。いつも自分が何かを言うと、いまのようにちょっとした間ができるので、タマラが沈黙を破るまで自分も口を閉じることにしている。

「身体に気をつけてね、ロバート」

いやだ。また連絡してくれ。時々電話で話そう。街に戻ってきたら、一緒に夕食でもどうだろう。

だが、タマラの言葉の意味はわかっている。抗う気持ちが引いていく。

「きみもね、タマラ。どんなことであろうと、悪かったと思ってる」

ため息が聞こえる。「あまりにも大きすぎることなの」またため息。「さよなら」ぷつりと音がして、通話が切れた。

付きあいはじめたころ、タマラの出張で離れているときには、夜中まで電話で話しこんだものだった。かけたほうから切らないと通話を終えられないのに、相手に先に切ってくれとお互いに言いあった。それで一方が受話器を置いても、すぐにまた取ってしまうので通話は終わらない。そんなことを何度も繰りかえし、とうとうどちらかが根負けして、溜まった疲労と迫りくる翌日の長時間労働のために、渋々受話器を置くのだ。

あのときのようにタマラが受話器を取るのを待ったが、何も聞こえてこない。しばらくして、ロバートも受話器を置いた。

　振りかえって歩きだすと、イザベルが笑みを浮かべた。

「だいじょうぶなの？」

「ああ。いや、だめだけど。でも、いいんだ」

「わかった。ならよかった。そう思っていい？」

「イザベル、もう帰るよ」

「えっ、どうして？　わたし、何か悪いこと言った？」

「いや、言ってない。きみのせいじゃないよ。いまの電話なんだ。予想外だったというか――」そこでいったん言葉を切る。「なあ、ぼくたちはお互いに、言いたいことを昨日すべて言いきったと思わないかい。これ以上話しあうべきことはないだろう。ふたりとも、お互いに悪いところがあった。それをいまさら蒸しかえさなくてもいいと思う」

「でも、ここで会うのは問題ないって言ってくれたじゃない」イザベルの声が震える。

「言ったけど、やっぱり間違っていた。ごめん。最近いろいろ大変なことがあったから、きみの話がなんであろうと、聞かせてもらえたら気も晴れると思ったんだ。過去のすべてに区切りがつけられるんじゃないかと」そこで公衆電話にちらりと目をやる。「でもたったいま、充分すぎるほどの区切りがついた」

「行かないで」

「イジー、またぼくを悪者にするのはやめてくれ。この期に及んで。ここを去る理由は説明したくないし、する必要もない。ぼくは帰る。どうかわかってくれ」

「そうよね、当然だわ。あなた自身のことについても、いまの電話についても、どうして長年経ってからこの街に戻ってきたのかも、わたしには訊く権利なんてない。一切ね。でも、わたしには伝えたいことがあるの。いいえ、どうしても伝えなきゃならないことがある。聞いてもらえたら、どうしてわたしが殻に閉じこもり、あなたにしてしまったことに気づけなかったのか、きっとわかってもらえる。どうして傷つけてしまったのかを」

ロバートが腕時計を見る。「そうか。でも正直に言うと、ぼくたちはもうそれぞれの人生を歩むべきだと思う。お互いに許しあったことにして、前に進もう」そこで言葉を切り、イザベルの両肩に手を置いて頰にキスする。「元気で」

「お願い、行かないで」身を引くロバートを、小さな声が追う。その声の痛々しさに、最後に抱きしめてあげたい衝動を抑えこまねばならなかった。冷たくするのは心苦しいが、こうするしかない。いちばん避けたいのは、イザベルに希望を与えてしまうことだ。

「さよなら」脇をすり抜け、歩み去ろうとする。そのとき、ベンチにすわっている若い男の姿が目に入る。どこかで見覚えがあるような気がするが、どうしてそう思ったのか見当がつかない。後ろから、打ちひしがれたようなイザベルの声が飛んでくる。

「ボビー！」

ロバートの足がとまる。振りかえると同時に、すぐ近くにいたベンチの男が立ちあがる。

「えっ？」同時に声をあげる。

ふたりは互いを見つめあい、それから駆け寄ってくるイザベルに目をやった。

14

イザベルが振りむいてこちらを見てくると、ボビーは目をそらした。そして前を向いたのがわかると、じっと目をこらして見つめた。母親はリンクの外にいる、中年の黒人男性に近づいていく。ふたりはぎこちない様子で抱きあったあと、ボビーのいるほうに向かってきたが、腕も組んでいないし、手もつないでいない。

あの男は何者なのか。自分となんの関係があるのか。

眉をひそめ、近づいてくるふたりを見つめる。男の顔は、遊歩道の上に屋根のように広がる枝が投げかける影に時おり隠される。初めて見る顔だったが、どういうわけか見覚えがあるような気がした。あと数ヤードというところで、男はイザベルから離れて電話をかけに行った。残されたイザベルは踵に体重をかけ、身体を揺らしながら待っている。またこちらを見てきたので、さっと顔をそらして遠くを見た。なぜ見ていることに気づかれたくないのか、自分でも不思議だったが、なんとなく覗き見をしているような気がしてしまう。イザベルが見られたくない姿を見ているような後ろめたさを感じるのだ。だから顔をそらして様子を伺い、こちらを見ていないと確信できてから見るようにしていた。

男が戻ってくると、ふたりの様子が一変した。短く言葉を交わしたあと、男がイザベルのもとを離れようとする。母親の計画がなんであろうと、失敗に終わったようだ。途方に暮れた様子で、イザベルは両手をなかば広げて立ち尽くしている。近づいてくる男を見つめていると、目が合った。どういうわけか、その男もボビーと同じように、こちらの顔に見覚えがあると感じているのがわかった。

そのとき、母親が自分の名前を叫んだ。

　ベンチから立ちあがる。

男が足をとめる。

　ふたりで同時に、イザベルの呼びかけに応える。

すぐにイザベルが駆けつけてきた。ボビーは困惑しながら男と視線を交わし、それからイザベルを見る。その顔には怯えが浮かんでいる。

「母さん、どういうことなの」

「母さん？」男が言う。「きみには息子がいるのか」

「そうよ」

「母さん、いったいなんなの。このひとは誰？」

　イザベルの頬を涙が伝う。「言いたかったけど、言えなかったの」

「イジー、何がどうなってるんだい。何を言えなかったんだ」

「ああ、どうか許して。ロバート、あなたの息子なのよ。あなたはこの子の父親なの。本当にごめんなさい」

　ボビーは眉根を寄せ、それから目をみひらいた。あの顔に見覚えがあるのは、会ったことがあるからではなく、自分に似ていたからなのか。まさか、そんな。後ずさりすると、膝の裏がベンチに当たり、そのままそこに腰をおろした。自分の足を見つめ、その下にある泥まみれの融けかけた雪を踏みにじる。生まれて初めてパンチをくらったとき、まるで頭を水中に沈めたみたいに耳が圧迫されて音が聞こえにくくなり、急流のような血の流れだけが大きく響いて聞こえた。あのときと同じ感覚が耳を圧迫している。

　死んだんだ。そう聞いていたじゃないか。自分が生まれるまえに死んだって。

　死んだ、死んだ、死んだ。

　あの青年は死んだのか。血を流して苦しんでいたのに、自分たちが置き去りにした青年。見捨ててきた。車を出したのは自分だ。

耳への圧迫がどんどん強まり、目の奥にまで広がってきて、視界が霞んできた。頬が痺れている。両手に顔をうずめ、目を閉じる。そしてただ、耳をそばだてる。

「いま、なんて言った？」

「わたしたちの息子なの」

「わたしたちの息子？」

「わたしたちの息子よ」そう言うと、ロバートが苛立ちのこもった笑い声をあげる。そしてイザベルに近づき、低い声で話しだした。

「ふたりとも、二度とぼくの前にあらわれるな。わかったか」脅すような口調が聞こえてきて、ボビーの耳を圧迫していた感覚が引いていく。頭に血がのぼり、頬がうずいた。顔をあげ、目をこらしてふたりを見つめながら、とても現実とは思えない光景をなんとか理解しようと努める。

「怒るのも無理はないわ。とんでもない話よね」

「名札を見たのか？」声が荒らげられる。通りすぎていく人々が、好奇心を隠し切れない様子で三人をちらちらと見ている。「そうなんだろ？　バーに行くまえに外しておくべきだったな」

「何を言っているの」

「名札に〝ドクター〟と書いてあったから、カネを持ってると思ったんだろ」

「えっ？　ちがうわ。ねえ、いったい何が言いたいの」

「とぼけるのはやめてくれ」通りすがりの人々は、もはやあからさまに視線を向けていた。「気の毒だとは思うよ、心から。その子の父親と連絡が取れなくなったんだろう。それには同情する。だけど、どうしてきみみたいなひとたちはなんの苦労もせずに、無計画に子どもを産めるんだろうな。ぼくのように教育を受け、子どもを育てる経済力も充分あり、大きな家で愛情深い子育てができたはずの者が、赤ん坊の心拍をやっと聞いた直後に死なれてしまうなんて」

イザベルの顔が凍りつく。「赤ちゃんを亡くしたの？」一歩近づこうとすると、ロバートはさっと身を引いた。

「近づくな」親指で目もとを拭う。イザベルは両手をあげて一歩下がった。ロバートがボビーを指したが、視線はそらしたままだ。「その子の父親なんて、誰だかわかったものじゃない。よくも自分の子どもを利用してカネをたかれるな。人間としてどうなんだよ。昨日あれだけぼくが言ったのに、懲りてないのか。またしてもぼくのことを傷つけるのか」

「死んだはずだった」ボビーがうつむいたままささやく。

「なんだって？」ロバートが鋭い視線を向ける。

「あなたの話は聞いてたよ、母さんから。でも、死んだってことだった。ぼくが生まれるまえに別れて、死んだって」

驚きに目をみはり、ロバートはイザベルを見据えた。

「だってわたし、すごく怒っていたから」イザベルの声が割れる。「だから、この子に一緒に怒ってほしかった。でも、怒ってくれなかった。大きくなるにつれて、あなたのことを知りたがったわ。あなたが……こういうひとだと、この子は知る由もなかった。だって、この子の見た目はこうだし、それにわたしの父も同居していたし……」顔が真っ赤になり、視線が落ちる。「嘘をつくほうが楽だったの。どうしても教えてほしいと言われて、仕方なく、死んだことにした。本当のことを話して、わたしの父の前でまずいことを言われても困るし。この子の肌が白くて本当にほっとしたし、そのまま嘘を信じこませておけばいいと思った。わざわざ事態をややこしくすることはないって。でも、そうじゃなかった。長い目で見たら、間違っていたわ。この子はあるとき知ってしまったの。あなたが……」

「黒人だってことをだろ、イザベル」ロバートが言葉を引きとる。「呆れたな。持ってまわった言い方をするなよ。忌み言葉みたいに」

「ごめんなさい。ほんとにそうね。この子が事実を知ったときには、すでに思想が偏りはじめてしまっていて、考えを変えさせるにはもう遅すぎたの」

「なんなんだ、その思想って。どうして変えられないんだ」

イザベルはまた視線を落とす。「なんなのかはわかるでしょ。そうなった理由も。この子には、わたしの父の考えがすっかり刷りこまれてしまったのよ」

一歩下がり、ロバートはボビーの隣に腰をおろして言った。「どうしてそんなひどいことを。嘘を信じこませるなんて。ぼくに何も知らせないなんて」

ボビーが顔をあげる。「何も知らせない？」ひとしきりロバートを見つめ、それからイザベルを見やる。母親は空を仰ぎ、口を手で覆って背を向けた。ロバートに視線を戻す。「待って。母さんが妊娠したから棄てたんじゃないの？」

ロバートがイザベルを睨みつけながら言う。「棄てただって？　きみの存在はついさっきまで知らなかった。今日、このときまでね」

ボビーは両手に顔をうずめ、両肘を膝についた。そして首を振る。

「ボビー」イザベルが声をかける。

「ふざけるなよ！」顔を覆ったままボビーが叫ぶ。

ふたりがびくりとすると同時に、たまたま通りかかった家族連れも驚き、父親が子どもたちを急かした。

ロバートが立ちあがったので、ボビーも立ちあがる。自分の目で確かめなければ。ロバートの顔を見つめると、鼻の曲線や顎の形、赤褐色の瞳の色など、自分と似ている点が多く、なぜひと目で見覚えがあると思ったのか腑に落ちた。ちがうのは肌の色だけだ。まるでもうひとりの自分がそこに立っているみたいで、ロバートも同じように感じているのか、戸惑いを目に浮かべている。耳と目の奥を圧迫していた感覚は消え、血流が手足に戻り、さっきとは逆に、地に縛りつけられるような重さを感じた。ロバートの声にはどこにも偽りがなく、悲しみの混じった怒りと少なからぬ後悔に満ちていた。本当に知らなかったのだ。それでもこうしてここにいる。ほかのどんなときよりも、ボビーが父親を、自分の本当の父親を欲しているこのときに。

　それにしても、このひとが。

　ボビーはどさりと腰をおろし、両手に顔をうずめた。

「ねえ、ボビー……」

　顔をあげ、怒りに燃える目でイザベルを見据える。

「それ以上話しかけてきたら承知しない」

　一歩下がったイザベルの目に、涙が溢れだす。ロバートはふたりを交互に見やる。

「なあ、落ちついたらどうだ」ロバートがボビーに声をかける。

「いいの。悪いのはわたしだから。わたし……もう帰るわ」

「そうしてくれ」ボビーは言う。言葉の刺々しさはどうにもできなかった。ロバートがボビーに背を向けたとき、イザベルが〝話をして〟と口を動かすのが見えた。それからイザベルは遊歩道を歩き去っていく。引きとめようとロバートが両腕を広げるが、イザベルの姿は遠ざかって見えなくなり、力なく腕が落ちる。そしてボビーの隣に腰をおろす。

「ちょっときつく当たりすぎたとは思わないかい」ロバートが声をかける。

「うん。でも、そっちも相当だったと思うけど」

　ロバートが笑う。「たしかに」

「まったく、わけがわからないよ」

「本当に。その言葉がぴったりだ」

　ふたりとも、一緒になって途方に暮れたような笑いを漏らし、前に身を乗りだして両手をこすりあわせた。まったく同じ仕草をしていることに気づき、ボビーは身体を起こしてベンチにもたれる。

「いつ知ったんだい」

　ロバートの問いかけに、ボビーが首を傾げる。

「自分が黒人だってことを」

「おれは黒人じゃない」

「世間の大多数の人々は、異を唱えると思うけどな」

「そうだとしても、訊かれなければわからない。それに、おれは絶対に言わない」立ちあがり、ボビーは歩きだした。

　ロバートはあとからついていく。

「訊いているだろ。教えてくれよ。いつ知ったのかを」

15

　ボビーは当時十一歳。母親のイザベルとともに、生まれたときから祖父の家で暮らしていた。祖父は祖母ニーナに先立たれ、独り身で暮らしている。イザベルが不在のときは、ボビーをバス停まで迎えに行ったり、寝かしつけたりしてくれていた。そのころのイザベルはよく働き、いずれはお金を貯めて自立し、まともなアパートメントを借りて、いい公立学校のある地域に引っ越そうと努力していた。ただ、時々帰りが遅くなることがあった。仕事のあとに一杯だけ飲んで、疲れを癒しているらしい。祖父はイザベルに、この家に住みつづけたいなら定職に就き、住宅ローンの支払いにも協力し、酒をやめなければいけないと言っていた。

祖父が警察官として長年、中南米系ギャング団同士の絶え間ない抗争と戦いつづけたのは、年金を酒飲みの娘と洟垂れ小僧にむしり取られるためじゃない、とぼやいていた。そんなふうに疎ましそうなそぶりを見せてはいたものの、一緒に暮らせることを喜んでいたのはボビーにもわかった。

夏になると人工芝を敷きつめたポーチで、錆びついた白いスチール製の椅子にすわって祖父と過ごした。小さなテーブルに置かれた灰皿は吸い殻で溢れかえっている。祖父は世界情勢について話しながら、アイアンシティ・ビールの缶をボビーのソーダの缶と合わせ、乾杯した。そしてひとしきり飲んでから、一緒にゲップをする。祖父はボビーにビールを一口飲ませてくれた。吐きだしそうになったが、気づかれないようにこらえる。美味しいと感じているふりをして、祖父が缶を取りかえそうとしても拒否すると、嬉しそうな笑みが祖父の顔に広がる。そうやって祖父の顔の皺が一層深くなるのを見ると、守られているような、愛されているような気がした。なぜそう感じるのかはわからなかったが、その感覚がもっとほしくなって、祖父の話を理解しているように振る舞い、どんな意見でも常に、かならず同意するようになった。そうすれば、祖父は髪をくしゃくしゃにしながら頭を撫でてくれて、いい子だと言ってくれるから。そして、お前は男らしさをわかっている、もう一人前の男だと言ってくれるから。

サリー・ライドがアメリカ人女性初の宇宙飛行に発つとき、道を尋ねるだろうから宇宙に出るのが遅れるんじゃないか、というジョークに一緒に笑った。

レーガンはベイルートの大使館が爆破されたとき、ターバン野郎どもにすぐに報復すべきだったという話にうなずいた。

そしてニガーのミス・アメリカが称号を辞退するのは当然のことだ、という話に賛同した。

祖父の話を聞けば聞くほど、賢くなれる気がした。

知らないことなど何もないような気分になれたし、口を閉じて耳を傾けるだけで知識が得られるなんて、ラッキーだと思った。そのお蔭で、祖父の言う一人前の男に近づけているのだから。

そうに決まっている。何しろ、あの祖父がそう言うのだ。

暑さの厳しいある日の午後、ふたりは一日じゅう家にこもっていた。スパイダーマンの再放送も観飽きて祖父に目をやったところ、ビールを手からいまにも落としそうになりながら安楽椅子でうたた寝していたので、ボビーはこっそりと外に出てみた。すぐに湿気で息苦しさを感じ、短パンのポケットに手をのばしたが、何も入っていなかった。吸入器は家のなかだ。でも、戻ったら祖父を起こしてしまうかもしれない。ひとりでは外に出ないように言われていたし、特に裏道に出ることは禁じられていた。

通りの先に住んでいる、柄の悪いガキどもに捕まったらまずいから、ということだった。

祖父の言葉に従順にうなずいたものの、この言いつけだけは素直に聞く気がしなかった。

〝柄の悪いガキども〟というのは、数軒先に住む黒人の老夫婦の家に、夏休みのあいだだけ来ている孫たちのことだった。その子たちは教会に行くときはシャツとネクタイを身につけ、祖母が食料品の買い物に出るときには一緒に行って荷物を持っていた。よくサッカーボールを蹴って遊んでいたが、ボールが祖父の庭のわずかな芝生の上に落ちてしまうと、いつもきちんと謝りに来た。ポーチの階段にすわり、マンガを読んでいることもあった。その日はたまたま、裏道にその子たちがいて、楽しそうに遊んでいた。

けたたましい笑い声に、三人で交わされるハイタッチ。長男で十四歳のダリアスが、誰かの尻をつかむ振りをして、腰を振る真似をして見せる。メッシュのタンクトップ姿で、額は汗で光っている。弟のマイルズとケヴィンはボビーと同じくらいの年ごろで、兄の動きを見て、息もつけないほど笑いころげている。ケヴィンが顔をあげて涙を拭ったとき、ボビーと目が合い、手を振ってきた。そして全員が、いまのは秘密だと言わんばかりに唇に指を当てる。

家のほうを振りかえる。さっき見たとき、祖父の手にあったビールの缶はいまにも滑り落ちそうで、マンガに出てくるダイナマイトの導火線を思わせた。いまのところ、祖父は玄関から飛びでてこない。缶はもう落ちているだろうけれど、目を覚ましてボビーを探しには来ていない。一緒に遊んではいけないとわかっていても、祖父の忠告を守ること以上に、何か心惹かれるものがあった。ボビーの姿を見て、三人ともあんなに嬉しそうにしている。近所にはひとりも友達がいなかったし、少しぐらい楽しんだっていいだろう。

三人のところへ行ってみると、雑誌の〈ペントハウス〉を持っていた。表紙のヴァネッサ・ウィリアムズは、ミス・アメリカを辞退した際のテレビの記者会見で見覚えがあった。マイルズとケヴィンはボビーの腕をつかみ、興奮した様子で振りまわしながら、女の裸を見たことがあるかと訊いてきた。その言葉にボビーは思わず股間を疼かせたが、きっとこの兄弟は見たことがあるから訊いてきたのだろうと思い、軽くうなずいて、どうってことはないと言うように顎を突きだした。マイルズとケヴィンはハイタッチしようと手を高くあげる。ボビーは一瞬ためらってから、笑顔で応じた。

祖父の家がある界隈は高齢者が多く、教会の礼拝に行くと、むっつりとした顔の湿布臭い老人に囲まれる。子どもはほとんど見あたらず、いたとしてもボビーが一緒に遊ぶことを許されるような子ではなかった。祖父からは、そうした子たちの悪口ばかりを聞かされていたが、たったいま、その子たちがずっと昔からの友達のように思えてきた。

祖父がいつでも正しいわけじゃないのかもしれない。

「なんでこれを持ってるの。これって、ぼくたちが見ていいものなのかな」ボビーが訊くと、三人は笑うのをやめ、目を見あわせてから、こちらを向いた。

「いいに決まってる！」声を揃えて言う。ダリアスによれば、ゴミを回収に出そうとして袋を出したときに、下のほうが破れて雑誌が出てきたとのことだった。おそらく兄弟の祖父が買ったものだと言い、ダリアスはまた腰を突きだす。マイルズとケヴィンは噴きだし、げらげらと笑ってから、大声を出しすぎたと言うように唇に指を当てた。ボビーも一緒になって笑い、また家のほうを振りかえった。

ページをめくってヴァネッサ・ウィリアムズの写真を眺め、最後まで見ると、また最初に戻る。マイルズとケヴィンは、絶対自分の彼女にしてやると得意顔で言いあっていたが、ダリアスが口をはさみ、どうせ実際に会ってもおろおろするだけで何もできないだろうと言い放つ。ふたりは、そっちこそ彼女もいないくせに何がわかるんだと反論する。ボビーも話に加わり、マイルズとケヴィンが甲高い声で囃したてる。ダリアスもそれに続いたあと、ふと真面目な口調になって言う。

「でも、あんな仕打ちは間違ってる」ダリアスの言葉に、ふたりの弟たちも舌打ちをして首を振り、顔を曇らせて同意した。

「どういうこと？」ボビーが訊く。

「ミス・アメリカにさせないなんてさ。間違ってるよ。おばあちゃんは、あの子は信心深さが足りないからだって言ってたけど、もし白人だったら絶対あんな仕打ちは受けてなかった」

何を言っているのだろう。この兄弟は世の中をわかっていないのだろうか。祖父からいつも聞かされていることなのに。

「仕方ないだろ、白人じゃないから。ニガーはミス・

アメリカになれないよ」ボビーは言う。

ダリアスが両手を振りおろす。手に持った雑誌は皺くちゃになり、ページが破れかけている。ボビーは陽射しの暑さと、刈られた草の匂いと、数軒先から聞こえてくる芝刈り機の音を一斉に感じた。汗が耳に流れこんできたが、ダリアスに睨みつけられているので、凍りついたように動けない。

いったいどうしたのか。何か悪いことでも言っただろうか。なぜダリアスはこんなに怒っているのか。

ケヴィンとマイルズに目をやる。ダリアスほど怒ってはいないようだ。怯えたような目で、ボビーとダリアスを交互に見ている。ボビーも怯えていた。どうして祖父の言いつけを守らなかったのか。これまでに聞かされた言葉が頭のなかに響く。

〝堂々としていろ〟

〝奴らは背後から襲ってくる〟

〝逃げるな。目をそらすな〟

ボビーは目をそらさず、ダリアスを睨みかえした。雑誌のページがとうとう破れ、地面に落ちる。振りあげた手は見えなかった。

目の奥で火花が散った。口のなかで唾液と血が混ざり、熱い鉄の味がした。激しい痛みが鼻を襲う。殴られたのは初めてだったが、絶対に泣きたくなかった。マイルズとケヴィンは啞然として見ている。それから兄をなだめ、家に帰ろうと声をかけている。ダリアスはボビーの前に立ったまま、拳を固め、肩で息をしながら、反撃を待っていた。また何か言いだすのを待っていた。

ボビーは背を向け、大声で祖父を呼んだ。網戸が開き、祖父が裏道のほうに顔を出したのを見て駆け寄っていく。祖父はいったん身をかがめ、すぐに立ちあがると、ボビーを迎えるために裏口の階段をよろつきながら降りてきた。その手にあるものが陽射しを受けて光る。涙を拭いながら走っていくと、祖父の手にあるのが警察時代から使っている古いリボルバーだとわかり、砂利の上で足をとめる。

三人の兄弟もそれを目にとめ、悲鳴をあげて家に戻っていった。祖父はボビーの肩を抱き、家へ連れて帰った。

戻ると、キッチンにイザベルがいた。ボビーの顔を見て悲鳴をあげる。祖父はボビーを椅子にすわらせ、鼻をつまんで頭を後ろに反らすように言った。喉の奥を血が流れていく。イザベルは息子に顔を近づけ、腫れた鼻に手を触れる。痛みにうめくとさっと手を引いたが、もう一度触れ、とても現実とは思えないとでもいうように、その手で確かめている。祖父は布巾で包んだ氷をボビーに渡した。

「騒ぎたてないで、放っておけ。男なんだから」

「お父さんがついていながら、この有様なの？」イザベルが氷を鼻に強く押しつけ、ボビーは泣きだした。「ああ、なんてかわいそうなの」

「こんな時間になんで帰ってきた？　放っておけと言ったろ。氷は自分で持てる。どうってことない」

「仕事が暇だったから、早あがりしてもいいと言われたの。だから帰ってきて、この子と一緒にいようと思ったのよ。いったい何があったの？　きちんと見ててあげてよ。それに息子の世話をどうやろうと、口出ししないでちょうだい」

「ピーピーわめくな。それに、飛んで帰ってきたみたいな嘘はつくな」

「えっ？」

「臭ってるぞ。まったく」

そのとおりだった。鼻血のせいで詰まった鼻でも、母親から漂ってくる酒の臭いは嗅ぎ慣れているからわかる。顔を引いてイザベルの手を振りはらう。それでも母親は首を傾げ、また手をのばしてきたので、いっそう身を引く。イザベルはますます困惑顔になる。氷を鼻に押しあてながら、頭を反らす。脈打つようにずきずきと痛んだ。

「たしかに帰り道に少しだけ飲んだわ。でも一杯よ」

イザベルが祖父に言う。

「真っ昼間だぞ」

「よく言うわ、お父さんは何杯飲んだのよ。どうせ寝てたんじゃないの。いつもみたいに。この子はどこにいたのよ。誰にやられたの」

頭がひどく痛む。殴られたせいで。ふたりが怒鳴りあうせいで。いまでもひどく怯えを感じていることに怒りを覚え、その怒りの強さに怯えていた。あの子たちに近づくなという言いつけを守らなかった自分や、母親に代わって守ってくれた祖父に罵声を浴びせるイザベルに対する怒り。たとえ出てくるのが遅れたとしても、祖父はその場にいてくれた。イザベルがいた場所はバーではないか。そう考えると憤りがこみあげ、母親の問いへの答えが口をついて出ていた。

「通り沿いに住んでるニガーにやられたんだよ！」

　イザベルがボビーの頬をひっぱたき、驚いたように手を引っこめて口を覆った。それから両手をボビーの顔に差しだしながら謝ってきた。ボビーは声を張りあげ、あばらが痛くなるほど泣き叫んだ。顔を殴られたことだけではない。ひとりでベッドに入らなければならなかった幾多もの夜と、母親がいないまま迎えた幾多もの朝。しゃくりあげ、身体を震わせる。いくら母親になだめられても無駄だった。やっと声に出せたのは「なんで」という言葉だけ。

　なんで叩いたの。なんで家にいてくれないの。なんでそんなに飲まないといけないの。何度も何度も、〝なんで〟という言葉が、道の真んなかで開けられた消火栓のように噴きだしてくる。祖父がイザベルの腕をつかみ、立ちあがらせる。

「どうしてひっぱたいたりする？」祖父が怒鳴る。

「あれがお父さんの教えなの？　だったらあの子は殴られて当然よ」

「ヒッピーかぶれもたいがいにしろ、イザベル」祖父はボビーの顎に手を添え、顔をあげさせる。「だいじょうぶだ、もう泣くな」すすりあげ、鼻を拭ったが、涙はとまらない。「さあ、自信を持て。男らしく殴られたんだからな。褒めてやらなきゃいかん。おまえの母さんの言うことは気にするな。何も悪いことはしてないんだから」

「してるわよ、悪いことを」イザベルが声を張りあげる。「あんな物言いや考えをよしとするのは許せない。まるでお父さんみたい」

祖父が振りかえって歩み寄り、イザベルは後ずさりしてコンロまで追いつめられる。「おれはおまえに屋根のある家を与え、この子を食わせ、男らしさを教えてやっている。それが必要なことだとわからんのか。おまえはこの子に何をしている？　一日の半分も家にいないうえに、いたとしても酔っぱらってる」

イザベルはボビーに目をやってから祖父に視線を戻し、子どもの前でそんな話をするなと目で訴えた。祖父はボビーを見てからイザベルを見やり、笑いだした。「おまえがなぜ家を空《あ》けてばかりなのか、この子が知らないとでも思っているのか。ぜんぶ仕事だと信じているとでも？　だったら訊いてみろ。この子がどう思っているのか。聞きたいだろう？」

イザベルは足もとを見おろしている。祖父はかがみこんで目を合わせようとしたが、イザベルは頑なに目をそらす。

「ほれ、図星だろうが」顎に手を添えて上を向かせる。「この子の人生には男が必要だ。世の道理を教える男がな。この子が多少なりともおれに似たとして、何が悪い。まさにおれの孫じゃないか」

その言葉に、イザベルの顔色が変わった。自責の念が消えた。

「お父さんに似るのがどうして恐ろしいことなのか、教えてあげるわよ」追いつめられた狼のように、イザベルは歯をむき出して言う。「だって、この子の父親は〝ニガー〟なんだもの」

その言葉に、ボビーは氷を顔から離して泣きやんだ。祖父は一歩後ずさりし、まるで叫びのような笑い声をあげた。

「馬鹿なことを。おれと同じように白い肌なのに」

イザベルは一歩前に出て、涙を拭った。「わたしを見てちょうだい」顔を指さす。「これが嘘をついている顔に見えるならね」

祖父の笑みが消える。イザベルはその向こうにいるボビーの凍りついた顔に目をとめ、口を動かした。

〝ごめんなさい〟

激しい耳鳴りに襲われ、歯を食いしばりすぎて顎に痛みが走る。

祖父が手の甲でイザベルを殴りつけた。あまりにも大きな音がしたので、どちらかの骨が折れたのではないかと思った。コンロの上に倒れこみ、イザベルは頬を手で押さえた。ボビーは祖父に飛びかかり、その広い背中を叩きはじめた。祖父は大きな手を後ろにのばし、掌でボビーの顔を押しのける。触らないでとイザベルが叫び、祖父を押しやった。そしてボビーに抱きついて、床に一緒に倒れこむ。ボビーは身をよじり、イザベルをひっぱたいた。祖父に殴られて赤くなった頬に手が当たり、イザベルは仰向けに倒れ、また頬を押さえる。ボビーは立ちあがり、拳を握りしめる。肩で息をしながら、胸が締めつけられるような感覚に耐える。

ふいにガタガタという物音が戸口から聞こえ、三人とも振りかえった。ポーチにひとりの警官が立っていて、ドアを叩いている。その後ろにはダリアスの祖母が立っている。ボビーの祖父は小声で毒づいた。そして拳銃をケースに入れ、食品庫の棚のいちばん上に置く。それから人差し指をイザベルに突きつける。

「この続きはあとだ。しばらく待ってろ」低い声で言う。顔にかかったわずかな白髪を掻きあげ、祖父は戸口に立っている警官をファーストネームで呼ぶ。ボビーはキッチンから走りでていき、階段をのぼっていく。イザベルがつぶやくのが聞こえる。

「ロバート」

16

「うちに来た警官はおじいちゃんと知りあいだった。それで、その子のおばあちゃんがヒステリーを起こして作り話をしてる、って感じの言い訳をしてた。むしろ逆ギレした感じで、孫が殴られたんだから通報したいのはこっちだって言ってた」

「それで、通報したのかい」ロバートが訊く。

「ううん」なかば微笑みながら言う。「それどころじゃなかったみたい」

「だろうね」

　ボビーは煙草に火をつけ、ロバートにも勧めた。いったんは手を振って断られたが、ボビーがしまおうとすると手がのびてきた。ボビーはジッポの火をつけて差しだし、風で消えないように手で覆う。ふたりで同時に一服し、煙を吐きだす。「で、どうなったんだい」ロバートが訊く。

「おれたちは出ていった。母さんが、もうここにはいられないって。おれの服とマンガをスポーツバッグに詰めこんで、出ていった」誰にともなく笑う。

「そうだったのか」

「おじいちゃんは引きとめるそぶりも見せなかったよ。育ての親も同然だったのに。出ていくとき、なんて言ったかわかる？」ロバートは黙って首を振った。「何も言わなかった。一言も」

「それできみは頭に来た？」

「頭に来たのはそのことじゃなかったんだ。車で出発したあとは、もう母さんの顔も見たくなかったし、話をするのも嫌だった。だから荷物を探って、気に入っているマンガを取りだしたんだ。〈X-MEN〉の年刊本で、ホードとかいうダサい悪役が出てくるやつ。でも、ウルヴァリンの出番が多いから好きでさ。わかる？」

ロバートが肩をすくめる。「ローガンを好きじゃない奴なんていない」

ボビーが驚きに身を引く。「マンガ、好きだったの？」

「〝だった〟じゃない。いまでも好きさ」

「へえ、そうなんだ。でさ、読んでいたら、いままで少しも気にならなかったページが目についた。ウルヴァリンがストームにキスしてるところ。それを見たあと、その本は座席に放り投げて二度と読まなかったよ。それがいちばん頭に来たこと。おじいちゃんが引きとめてくれなかったことじゃない。母さんがしてきたことや、おじいちゃんを騙していたことでもない」

「オロロとローガンのキスシーンを見て怒ったのか。きみのお母さんとぼくのことを思い起こさせるからだね。きみがおじいさんを失うきっかけになった出来事を。だから、それ以来白人として生きてきたのかな」

「当然だよ、でしょ？」

「ボビー」ロバートはそう言ってから、ふと口をつぐんで笑いだした。

「なんか変だよね」ボビーが言う。

うなずき、ロバートが口をひらく。「ぼくは医者なんだ。この仕事に就くまで、血の滲むような努力をしてきたよ。それなのに、毎日鏡を見ると、医者であるまえに黒人である自分を意識してしまう。なぜなら、意識せざるを得ないから。生きのびるために。医者にまでなったのに、そうしなければ生きのびられない。自分の身を守るためには、世間にきみのおじいさんのような人間がたくさんいて、ぼくたちを一括りに見ていると意識しなければいけない。黒人は黒人。それを忘れたら命取りになる。きみだって、そのことには気づいていると思う。なぜだかわかるかい」

ボビーは首を振る。

「きっときみも、毎日同じことをしているはずだから。鏡を見て、自分は白人なんだと言い聞かせ、そうすることで生きのびている。そうすれば幸せになれるはずだし、安心して生きられると信じているから」

ボビーは顔をそむけた。

「訊きたいことがあるんだけど、いいかな」

顔をそむけたままうなずく。

「それで幸せになれたかい」

首を振る。

「それで安心して生きられたかい」

首を振る。

涙が一粒、ボビーの頬を伝う。それからもう一粒。首を振り、袖で頬を拭う。そのときブザー音が鳴り、ロバートは身を起こして腰からポケットベルを外した。画面に目をやり、うなだれてため息をつく。「ああ、だめだったか」

「どうしたの」

「一昨日の夜に男の子が搬送されてきたんだ。レンガで頭を殴られていた。一命は取りとめたけど、かなり危険な状態だった。そしてたったいま、亡くなったそうだ。残念だよ、昨日の夜診たばかりだったのに」

　頭に血がのぼり、熱くなる。額に汗が滲まないよう願い、胃のなかのものが逆流して嘔吐しそうな感覚を必死にこらえる。舌はまるで上顎に糊で張りついてしまったようだ。

「それって、犯人はわかっているの？」

　ロバートが首を振る。「ぼくは聞いてないけど、捜査中じゃないかな。今後はもっと捜査に力が入るだろうね」そう言って目を細める。「どうかした？」

「えっ？　何が」

「いや、なんとなく。動揺してるっていうか」

「そりゃ、動揺してるよ」無理やり笑ったが、声が大きすぎた。ロバートもなんとなく気づいている。

「そうだろうね。さて、ぼくは病院に行かないと。その子の家族が来るだろうから」ふたりは立ちあがる。

　ボビーは手足の感覚が薄れていくのを感じ、膝の裏をベンチにくっつけて身体を支える。「よかったら、送っていってもいいけど……」ロバートが言う。

「ううん、いい。バスに乗るから」ふたりはぎこちない様子で、ポケットから手を出し、腕組みをし、身体を左右に揺らした。ボビーは口をひらく。「あのさ、おれにはやらなきゃいけないことがあるんだ。どうしてもやり遂げなくちゃいけないことで、その結果がどうなるのかは、自分でもまったくわからない。わけわかんないこと言ってると思うだろうけど。でもさ、おれたち」ボビーは自分とロバートのことを指さして言った。「また会えるかな。話せるかな」

「ああ」ロバートは答え、口もとを緩めた。「また話そう」

　ボビーはブックマッチを取りだし、住所を書いてロバートに渡した。「明日のお昼近くとかはどうかな」

うなずき、ロバートはマッチを受けとった。ボビーが手を差しだす。ロバートはその手を見つめると、払いのけて近づいてきた。そしてボビーの身体に両腕をまわし、きつく抱きしめる。ボビーは両手を浮かせたままだったが、ロバートは抱きしめつづける。やがてボビーも腕をまわすと、ロバートの手が頭の後ろにのびてきて、顔を胸に引き寄せられた。一瞬戸惑い、身をこわばらせたものの、ふっと力を緩め、ボビーは泣きだした。身体を震わせてしゃくりあげ、息が荒くなる。ロバートはシーッとささやき、ボビーを抱きしめつづけた。

「呼吸して」

　泣きながら息を吐くたびに、身体を毒していた怯えや怒り、恨み、やるせなさが流れでていく。そして息を吸うたびに、新たなものが入ってくる。守られているという安心感。ボビー自身ももう大人ではあるものの、ロバートの腕は力強く、頼りがいのあるものに感じられた。ずっと望んでいた、守ってくれる父親という存在。ずっと母親に望んでいたのに、決して得られなかった感覚。これから向きあうべき現実を思うと怖くて仕方がなかったが、自分には父親がいてくれる。

　ようやくボビーが落ちつき、ふたりは身体を離した。ロバートも涙を拭っている。唇を引き結び、うなずき合ってから、それぞれが逆の方向に歩きだす。ふとボビーが振りかえる。

「あのさ、赤ちゃんのこと、つらかったよね。男の子か女の子か、わかってたの？」

　ロバートは首を振って言う。「ありがとう。今夜お母さんに会ったら、もう怒らないでくれよ。きちんと話してくれ」

　ボビーはうなずき、軽く手を振ってから、バス停へ向かって歩いていった。

「いつも、早すぎるか遅すぎるかのどっちかなのね」

案内係のひとりがドアを開けながらボビーに言う。ランチタイムのシフトに入るには遅すぎたが、次のシフトに入るにはまだ時間があるので、喫煙席で時間をつぶすことにした。腹が鳴る。この数時間に起きたことのせいで頭がいっぱいになり、朝から何も食べていないのをすっかり忘れていた。従業員割引を使って何か食べつつ、夕方からのシフトを誰かに交代してもらって入れるまで待とうと決めた。今日アーロンは来るのだろうか。

階段の上までのぼったとき、ミシェルの姿が見えた。ソーダを飲みながら教科書を読んでいる。ボビーに気づくと目をみひらいたが、また教科書を読みだした。ボビーはミシェルから二席ほど離れたところで、背を向けて腰をおろした。煙草を取りだしたが、ジッポが見あたらず、ブックマッチもロバートに渡してしまっていた。

「ねえ」声をかけると、ミシェルは顔をあげずに腕をのばし、〈ミスフィッツ〉の骸骨のロゴが入った黒いジッポを差しだしてきた。受けとって火をつけると、ミシェルはまた腕をのばしてきて、早くかえせというように手を握ったりひらいたりする。ボビーはその手にジッポを落とした。

「どうも」と言うと、ふん、という返事。頭上のスピーカーから〈フロック・オブ・シーガルズ〉の曲が流れてくる。〝おれは遠くへ逃げた〟という歌詞に、笑いがこみあげる。それも悪くないのかもしれない。

「八〇年代専門チャンネルだ」ミシェルの背中に話しかける。「ラッセルが出勤しているにちがいないよ。ほかにこんなのが好きな奴はいないから」ミシェルは教科書のページをめくり、苛立ったようなため息をつく。沈黙が流れるなか、ウェイターがミシェルの料理を運んできて置いたあと、ボビーの注文を取った。

「訊きたいことがあるんだけど」ボビーが言う。

「勉強中なの」

「わかった。ごめん」

曲がフェードアウトし、〈テイク・オン・ミー〉が流れだす。

「ラッセルに、今夜のトレーナーはほかのひとにしてほしいって頼んであるの」

さっきとはべつのウェイターがやって来て、ボビーの前にチキン・フィンガーとフレンチフライを置いていった。あまりに腹が減っていたので、一気に食べ物を口に詰めこむ。「今夜シフトが入っているわけじゃないんだ」いっぱいになった口のまま言う。「空《あ》きがあるかどうか、見に来たところ。でも、べつにいいよ。おれは構わない」

「あれでよかったの？」

「何が？」

「昨日、あなたとアーロンが起こした騒ぎよ。あなたの言ったことって、本心だったわけ？」

ボビーは口の動きをとめ、店内を見まわし、プラスティックの装飾品や古い映画のポスターのどこかに正しい答えを探すかのように、目を泳がせた。だが、どこにも正しい答えはない。存在しないのだ。

「この数時間にいろいろあって、自分でも本心がなんなのかわからなくなってる。正直に言うと、それ以前もわからなかったけど」ボビーは言う。

ミシェルは皿を持って立ちあがり、ボビーの向かいの椅子に腰をおろした。まっすぐな黒髪が右目にかかっている。それを耳にかけたが、すぐに落ちてきてまた顔にかかり、何度も耳にかけなければいけないようだ。どうしてそんな面倒な髪形にしたのかと訊きたくなったが、機嫌を損ねて去られても困るので黙っておく。今夜は青いストーンの鼻ピアスに、リングピアスを鼻の中央につけている。

ボビーは舌で歯を探り、何もついていないことを確かめる。

ミシェルはまたしても髪を耳にかけた。

「知らないわけじゃないよね？　そうなのか、そうでないのか」ミシェルが言う。

「そうでないって？　なんのことだよ」

「ああ、やっぱりそうだ」

「わかりやすく言えよ。なんの話をしているのかさっぱりだ」

身を乗りだしてミシェルが言う。「わたしの勘、当たってたでしょ。あなたやっぱり、黒人の血が入ってる」

　ボビーは身体を起こし、誰かに聞かれていないかと店内を見まわした。ロバートと出会ったあとであっても、誰にも知られたくない気持ちは変わらない。いまはまだ。黒人のテーブルを担当したくないのは、彼らの注文の内容や態度やチップの少なさが気に食わないからで、そのことは店員たちにも隠さずに伝えていた。それなのに自分が混血だという噂が流れたりしたら、どんなに否定したとしても物笑いの種にされるにちがいない。

　担当のウェイターはワゴンに寄りかかり、拳で鼻をこすりつつ、さりげなさを装って鼻くそを取ろうとしている。かなり離れているので、聞こえていないはずだ。

　ミシェルの向こうに見える階段の先には、メインのダイニングルームが広がっていて、さほど遠くはない。そこにウェイターの姿は見えない。ミシェルはボビーの視界に入ろうと首をのばしてきて、睨みつけるわけではないが、しっかりとこちらを見据えてきた。その目に敵意はなく、強い関心と、共感にも似た何かが浮かんでいる。

　この二日間、ボビーの人生はまるでフィルムの色が反転してしまったかのようだ。明るかったところが暗くなる。遠近感がおかしくなる。色が入れ替わる。アーロンと出会うまえなら、嘘をつく相手は自分だけだったから簡単だった。〈X‐MEN〉の第一号に出てきたビーストのように、一般人に紛れこみ、靴を脱いで足を見せない限りはミュータントだと気づかれないのと同じようなものだ。ただ、アーロンと出会い、しつこいほどに黒人の物真似を見せられていると、青いビーストの姿がおもてに出てきてしまうような気がして、慎重に振る舞わねばならなかった。母親のイザベルには絶対に会わせなかった。奴らの真似をするのがいかに愚かしいことかとアーロンを諭し、自分のなかに〝奴ら〟があることからは目をそむけてきた。

　返事を待ちつづけているミシェルに目をやる。その日の出来事で疲れきっていたが、少しだけ前向きな気分になり、警戒はしているものの、いったん認めてみようかという気になった。

　そして、うなずいた。

「やっぱりね！」ミシェルがテーブルを平手で叩く。声が大きい、と身振りで伝えたとき、ボビーは手の震えに気づいたが、それは怯えのせいではない。身体が軽くなり、朝から何も食べていないのに煙草を喫ったときのように、頭がくらくらするのを感じた。なんとも言えない解放感。ミシェルは椅子にもたれかかり、腹の上で腕組みをして満足そうな顔をしていたが、まだ物問いたげだった。「じゃ、なんで演技してたの」

「どういう意味だ？」

「黒人はチップをくれないとか言って。それにアーロンが昨日言ってたようなことも」

「あれは演技じゃない」

「そりゃ、アーロンはね。わかってるわ」

「おれだってそうだ」

　ミシェルはふうっと息を吐きだして言った。「嘘ばっかり」辛辣なトーンの言葉を聞くと、気球のように膨らんでいたボビーの気持ちが急にしぼんでいった。その場を去ろうと席を立つ。「待って、どうしたの。どこへ行くの？」ミシェルが言う。

「こんな話はやめよう。すっかり信じたようだな。きみの言うことを認めれば、ファックできるかと思って嘘をついたのさ。馬鹿だなあ、冗談もわからないのか。ぜんぶ忘れてくれ」

ミシェルはボビーの手首をつかみ、すわるように手まねきした。その顔つきが、さっきまでと変わらず穏やかなのを見て、ボビーは腰をおろす。

「誰にも話したことはないんだ。一度も。思うに、そう単純な話じゃない。だからいまみたいに、決めつけるような言い方をするのは待ってくれ」人差し指と親指で隙間をつくる。「少しでいいから」

「そうね。ごめんなさい」

ボビーは吸入薬を一吸いした。肺は楽になったが、薬のせいで不安が増したようにも思えて、また煙草を一本取りだして喫いはじめた。ミシェルは頬杖をついてこちらを見ている。

「なんだよ」

「聞かせて」

「何を？」

「単純な話じゃないって言ってたこと。ぜんぶ聞かせて」

ボビーは口をひらいた。話しだしたらとまらなかった。母親イザベルの飲酒。祖父との同居。裏道での喧嘩と、初めて父親の真実を聞かされた日。祖父の家を出ていった夜のこと。まだ幼いころから、イザベルの鼾の音がおかしいときは、反吐を喉に詰まらせないように横を向かせると学んでいた記憶。アーロンと出会い、やっとできたかけがえのない友人が刑務所行きとなったこと。まだ十代のころから毎日働く日々が続き、母親の持ち帰るチップと合わせてようやく家賃が支払えるような状況で、それでもたびたび期限に遅れるという暮らし。そして二十二年の時を経たいま、自分を棄ててこの世を去ったと思っていた父親と、たった数時間まえに初めて会ったこと。

ミシェルは黙って耳を傾けていた。一言一句逃すまいと。

　ようやく言葉を切り、ボビーは椅子の背にもたれかかった。まるでスポーツジムで初めて一マイル走ったあとのように、疲れはてると同時に爽快な気分だった。腕時計を見てみると、驚いたことに一時間以上も話していた。ミシェルは目もとを拭い、指についたマスカラを紙ナプキンにこすりつける。ひたすらボビーの話を聞いてくれて、何ひとつ批判しようとしてこない。ボビーは肩に積みあげられていたレンガをおろし、テーブルの上に並べたような気分になっていた。ただ、いちばん下にあるひとつは残っていて、網に絡まったようにそこにとどまっている。それをおろさない限りは完全に解放されないのだろうが、おろしてしまったら、自分自身が拘束されて自由が奪われることになるのだろう。話しおえたとき、ふたりで同時に大きなため息をつき、笑ってしまった。そして同時に話しだそうとして、また笑った。

「あなたが先に話して」ミシェルが言う。

　すべて話してしまおう。事件以外のことは何もかも話したのだから。ぜんぶ話すんだ。聞いてくれているじゃないか。

「もう充分話したよ」

「いいから」

「これまで、一度も口に出したことがない話だったんだ。それなのに、昨日と今日で二回も話してしまった。まるで遠くから、自分に似た誰かが話してるのを眺めてる気分だ」

「ねえ、どうしてわたしに話したの。お父さんに話すのはわかるけど。なんで信頼してくれたのかな」

「聞かせてって言ったのはきみだろ」

「真面目に訊いてるの」

「真面目に言ってるさ」自分でも、理由はわからなかった。昨日の出来事を思えば、こんな話を聞いたミシェルが立ちあがってボビーを指さし、嘲笑し、罵ってもおかしくない。ところが混血であることを認めても、ミシェルは一切そういったそぶりを見せなかったので、自然に話がすらすらと出てきてしまった。一方のミシェルは、どうして自分にそこまで話すのかと疑問に思ったのだろう。そのときふと、気づいた。

「たぶん、ほかに話せるひとが誰もいなかったからだ」そう言うと、ミシェルが唇をすぼめたので、哀れまれたような気がした。「やめてくれ」

「何を？」

「おれのことを迷子の仔犬か何かみたいに見るのを」声が大きくなる。「同情はいらない」

「同情してるなんて言ってない」ミシェルの声は相変わらず落ちついている。ボビーは煙草のパックを振ってみたが、細かい葉の屑が掌に落ちてきただけだった。ミシェルが自分の煙草を二本取りだし、両方ともくわえて火をつけてから、一本を差しだしてくる。

「おれも訊きたいことがある」

「いいよ」

「どうやって決めたんだ？　そういう振る舞いをするってこと」

「そういう振る舞いって？」

「きみは白人じゃない。でも、話し方はまともだ」

「さあね。たまたまそういう話し方なのよ」

思わず目をみひらく。「そりゃないぜ。言いたいことはわかるだろ」

「よくわからないけど」

「だから、どうやって決めたんだよ。とぼけなくたっていいだろ。じゃあはっきり訊くけど、自分が黒人側か白人側か、どういうふうに決めたんだ？」

ミシェルは椅子の背にもたれ、笑いだした。「びっくり。あなたって混血なだけじゃなくて、頭のなかも混乱してるよ」

「じゃあ、おれにわかるように話してくれ」

「そうね。わたしは混血じゃない」

ボビーは身を乗りだし、小声で言った。「嘘だろ。白人なのか？」

「はあ？　ちがうよ」

「だったら、なんなんだよ」

「黒人よ、馬鹿ね。両親はどちらも黒人だってば」

ボビーはのけぞるように椅子に寄りかかった。「マジかよ」

「どうしてそんなに驚くの。肌の色が明るいから？　それとも、〝話し方がまとも〟だから？」両手で引用符をつくりながら言う。

「両方だな、正直。特に話し方は」

首を振り、ミシェルは煙草を揉み消した。「じゃ、裏道での一件があるまでは、あなたは自分を白人だと思っていたのね」ボビーはうなずく。「それでお父さんのことを知ったあと、あなたは話し方を変えたの？　いきなり口調を変えて、股間をつかんで、〝ヘイ、ヨォ、ダディ、オレとマミィは先にズラかってるぜ。シクヨロ〟とか言ったわけ？」

笑いをこらえ、ボビーは首を振る。「きみの口から聞くと、すごくヘンだ」

「言いたいことはわかるでしょ。その日から急に野球帽を横向きに被ったり、シェルトップのアディダスを履いたり、ラップを聴いたりしたわけじゃ――」

「わかった、わかったよ。言いたいことは充分わかるんだけど、おれにとってはそう単純なことじゃない。おれにとってはちがうんだ」

「ちがわない。あなたは黒人の血が入っていたことを知らずに生きてきたけど、知ってからも、黒人のような話し方じゃなくて〝まとも〟にしゃべってた」また両手で引用符をつくる。「黒人みたいな格好もしなかったし、黒人っぽい振る舞いは一切しなかった。なぜなら、おじいさんのような人々はそうしないのが正しいことだと思っているから。黒人に生まれた人間であれば、誰もが話し方も格好も態度も黒人らしくなるはずだと彼らは思っている。だけどあなたはそうならなかったし、いまもそうしていない。ボビー、〝白人らしい話し方〟だとか〝黒人っぽい振る舞い〟なんて考えそのものが、馬鹿らしいと思わない？　そうやって人種による偏見にとらわれて生きてきて、あなたにとっていいことがあった？　ぜんぶくだらないわ。馬鹿みたい。あなただって、気づいてるでしょ。これまでもずっと」

　ミシェルは椅子の背にもたれ、腿に掌をこすりつけながら、返事を待つようにボビーの顔を見つめた。何も言葉が出てこない。このわずか数分のあいだに、自分がこれまで与えられ、信じきっていた価値観がことごとく骨抜きにされてしまった。ミシェルの言葉は悪者を襲う鋼鉄の爪のように腹を引き裂き、内臓を引きずりだし、自分はそれを必死にとめようと腹を押さえ、無駄な抵抗をしている。ふたりで同時に大きなため息をつくと、ミシェルが立ちあがった。

「トイレに行ってくる。また話しましょ」ボビーの肩に手を触れ、しばらく間を置いてから歩き去っていく。ボビーは振りかえってミシェルの姿を見送った。

　何もせずに待つことはできなかった。手にできたマメを剥きながら考える。いまの自分のように肩の荷をおろし、軽くなった気持ちを得たいがために、イザベルは何度も酒に手を出すのだろうか。あまりにも長いこと秘密を抱えていたせいで、誰かに本音を話し、自分の真の姿を伝えることがどういう気分をもたらすのか、ずっと知らずに生きていた。しかも相手にどう思われるかとか、話した結果何が起きるかといったことを憂う必要もない。ミシェルのことは恐れていないし、自分の話を聞いてどんな態度を取ってくるのだろうかと怯える気持ちもない。いや、もしかすると怯えるべきなのかもしれない。けれどもあの目を見ていると、自分のことをどんどん話したくなってしまう。そう、ひとつ残らず。高まる気持ちに押されるように、目頭が熱くなる。

「まったく、今日はずっとメソメソして情けないな」

そうつぶやき、顔をあげてテーブルの奥にある紙ナプキンを取ろうとしたとき、階段の下にいるアーロンの姿が目に入った。こちらを見つめている。いつからそこに立っていたのか。

見られていたのか。

聞かれていたのか。

いや、聞こえるはずはない。目の前にミシェルがいたし、音楽もかかっているし、アーロンは階段の下にいたのだ。

絶対に聞こえていない。

それにしても、いつからいたのだろう。

まだこちらを見つめている。手を振ると、アーロンはふと我にかえったような顔で、厨房へと歩いていった。本来なら、今日はアーロンに出勤していてほしかった。予定では、渡された現金の残りをアーロンの車に戻し、それから自首するように説得し、ボビーには罪がないと警察に伝えてもらうことすら考えていた。そのほうがただ手をこまねいているよりも、ずっとましだと思っていた。けれどもアーロンが亡霊のように突っ立って、さっきの会話に聞き耳を立てていたのであれば事情は変わってくる。何もかもが計画倒れになってしまう。

とつぜん肩に手が置かれ、飛びあがりそうになる。

「なんなの。手はちゃんと洗ったってば」引きつった笑みを浮かべるボビーを見て、ミシェルは訝しげな顔つきで席につく。そしてまた話しはじめたが、ボビーの目にはミシェルの頭上にマンガの吹きだしがいくつも浮かんで見えて、ミミズが這うような解読不能の文字で埋められていった。自分の頭上には考え事をあらわす吹き出しが浮かび、そのなかでアーロンの顔がレッドスカルに変貌し、ボビーの頭に銃を突きつけてくるのだった。

17

　親指の爪を噛みながら、ボビーは待機場所のスタンドにもたれかかっている。ミシェルが飲み物の注文を取り、コンピューターに打ちこみに来た。

「アーロンには聞こえてなかったわよ」

「どうだろうな」吸入薬を一吸いする。

「ずっと言おうと思ってたんだけど、よく喘息なのに煙草を喫うわね」

「おれの特技なんだ。で、なんで聞こえてないって言いきれるんだ」

　ミシェルはため息をつき、注文を厨房に伝えてから、ボビーの隣に来て持ち場を見わたした。「言いきれないけど。でも、無理でしょ。音楽もかかってるし、階段の下にいたんだし。それに、いつからいたのかもわからない。だいじょうぶだって。気にしすぎよ。もっと楽しいことを考えたほうがいいわ。ね？　お父さんと会えたんでしょ。すごいことじゃない」

「そうだな。きっと問題ない」

　とはいえ、ミシェルは立ちすくんでいるアーロンの姿も、訝しげな目つきも見ていない。厨房にアーロンが入ったのを見届けてから、トレーナーを変える件はどうするのかとミシェルに訊くと、変えなくていいとの答えだった。自分は持ち場の監視をするから、ミシェルが料理を運ぶようにと勤務開始まえに指示しておいた。理由は訊かれなかったが、アーロンと顔を合わせるのを恐れていることはミシェルも察したようで、笑顔で応じてくれた。厨房からミシェルが戻ってくるたびに、ボビーは様子を尋ねた。アーロンは怒っていたか。何を話していたか。ミシェルに何か言ってきたか。それに対してミシェルが話したのは、ボビーが料理を運ばないのでラッセルが怒っていることと、ラッセルが怒るたびに、アーロンがおかしな目つきで見てきたということだ。

「おかしな目つき？　どういう目つきだよ」

「なんかおかしかったの」

「なんかおかしいって、〝どうしてあいつは料理を運ばないんだろうな〟って感じなのか、〝あの根性なしが隠れやがって、見つけたら殺してやる〟って感じなのか、どっちだよ」

「ちょっとボビー、そんなのわからないよ。そもそも彼のことよく知らないし。自分で見てきたらどうなの」

　首を振り、ボビーは反対側の親指の爪を噛んだ。ミシェルは忙しく動きまわっている。ボビーは寄りかかって爪を噛み、また噛んでは寄りかかる。

　ミシェルの言うとおりだ。落ちつけ。聞こえていたはずがない。聞こえる場所にいたら、もっと早く目に入っていたはずだ。絶対に。

　ただ、目に入らなかった可能性もある。アーロンが聞いていたかもしれないのに、知りあったばかりの相手に自分の人生をすべてさらけ出してしまったなんて。あと少しで、あの青年にやったことまで話してしまうところだった。

　もし話したら、それも聞かれてしまうところだった。そうなれば、アーロンが自分に何をするかは明白だ。疑いの余地はない。

　とにかく、アーロンがボビーの父親についての話を聞いたかどうかだけでも、なんとかして確かめたい。悶々と悩んでいるよりも、事実を突きとめたい。そうすべきだ。もしかしたら、まったく怒らない可能性だってある。いずれは知られることかもしれないし、そのときには話さざるを得ないのだ。

　問題は、知られていたとしても、自分から直接話したわけではないということだ。これまで隠してきたうえに、親友ではなく出会ったばかりの人間に話したと知れば、どう思われるか。

吸入薬をまた一吸いする。発作が起きそうなわけではないが、吸うと落ちつくのだ。けれどもこの一時間で五回も吸ってしまったので、手が震え、不安が増して、さらに吸いたくなってしまう。ミシェルが戻ってきた。

「あと少し、持ち場をまわってきてくれないか」

「もうここ一時間ずっとやってるわ。ねえ、べつに嫉妬して言うわけじゃないんだけど、彼に聞かれたかどうかを気にするのはもうやめたら？　あなたの親友なんでしょ」

ボビーは目を剝いた。「わかったようなことを言わないでくれ。それと、過去形だ。あいつは親友〝だった〟んだ」

「あなたたちのあいだに何があったのか、話してくれればいいのに」

「煙草が喫いたいな。少し行ってきていいか」

「裏口に出るなら、彼のいるところを通らなきゃいけないわよ」

「そっちには行かない」ふたりの持ち場は中庭に出るドアに近く、ボビーはそこを指さす。

「じゃ、行ってきて。でも、早く戻ってね。ラッセルが見に来たらまずいから。クビになりたくないし」

ボビーは気だるげに両手の親指を突きたて、腰でドアを押した。雪が数インチほど積もっていて、何度か強くドアを押さないと出られなかった。冷蔵庫を開けたみたいに冷たい外気が流れこんできて、近くの客たちが迷惑そうな顔で見てきたので、ミシェルが首を振り、早く行けと手を振った。外の低いフェンスをまたぎ、ボビーは店の裏手にまわった。

ミシェルからもらった煙草の一本に火をつけ、雪のなかに唾を吐く。ボビーの煙草ほど強くはないが味はまずく、それでも喘息の発作を引き起こさなかったので、喫いつづけた。イザベルのことを考える。酒に浸る気持ちが徐々にわかるようになってきたが、いま感じているのは、秘密を吐露したあとの爽快感とはべつのものだ。考えすぎて頭がおかしくなりそうだった。家に帰ってソファにいる母親の隣にすわり、ウォッカの壜を開けて、ロバートと会う翌朝を待ちながら、イザベルにこう言いたい。飲み方を教えてくれ、もうこれ以上耐えられないからと。

　荷降ろし場に続く金網のドアを開ける。厨房を通らないように出てきたので、上着を取ってくることができず、吸入薬を吸いながら鳥肌の立った腕をさする。厨房に続く裏口のドアが勢いよく開き、ボビーはびくりとした。動揺しながら目を向けてみると、明かりに照らされた人影が戸口に見え、ここにひとりで来たことをすぐに後悔した。鼓動が激しくなり、周囲の音が遠のいていく。

　ドアが閉められるころ、ようやくはっきりと見えた。ウェイターのひとりが、空《から》のビール壜でいっぱいになった背の高い缶のゴミ入れを二個引きずっている。ボビーはフェンスにもたれかかり、大きなため息をつきながら、ウェイターがドアの下にストッパーをはさむのを見ていた。揺れる断熱用のカーテンに抑えられ、厨房から聞こえる皿のぶつかり合う音や飛び交う怒声はくぐもっている。ウェイターがひとつ目の缶の中身を空《あ》ける。壜が落ちていき、砕ける音が響く。その光景に背を向け、フェンスの向こうにとめられた車を見つめる。金網に指をかけ、もしかしたら今後はこういったフェンス越しの眺めに慣れなければいけないのかと気づく。内側から外を見つめる生活。それはこれまでの自分の人生のようだった。ウェイターがふたつ目の缶を空け、壜の砕ける大きな音が響き、思わず身をすくめる。

　情けない。しっかりしろ。

　ウェイターは缶を積みかさね、それを抱えて店に戻っていったが、ドアが閉まって鍵がかかるまえに、誰かが押しあけた。

アーロンが荷降ろし場に出てくる。

ボビーの姿を見て驚いている。そして足もとにあったドアストッパーを閉じたドアのほうに押しやり、定位置に戻した。そのときアーロンが背を向けたので、ボビーは一瞬逃げだそうかと思ったが、どこにも逃げる場所はないし、匿ってくれる人間もいない。それに、ここで逃れられたとしてもそれはほんの一時《いっとき》のことで、問題を先送りするだけに過ぎない。もう怯えつづけることに疲れていたし、いっそここでけりをつけてしまったほうがいい。

アーロンが煙草に火をつけて喫う。ふたりはローガンとクリード、つまりウルヴァリンとセイバートゥースのようで、兄弟でありながら敵同士であり、弧を描いて歩きながら、相手が爪を出して襲ってくるのを待ち構えている。

ボビーはエプロンのポケットにワインオープナーが入っていないかと探ったが、そこにあったのはミシェルからもらった半分ほど入った煙草のパックだけだった。まだワインオープナーを持たされていないミシェルに、ボビーのものを貸したのだ。思わず目をみひらき、煙草を一本抜きとる。

煙草を喫うくらいしか、できることはない。これで煙幕を張れたらどんなにいいか。

アーロンはドアの脇の壁にもたれ、様子を伺うボビーを見つめている。

こちらが話を切りだすのを待っているのだろう。怯える気持ちに耐えきれず、恐怖に打ち負かされるようにボビーが真実を語りだせば、それを聞いてどんな行動に出ようとも正当化できると思っているのだろうか。口をひらこうと決めたとき、爪を出すときの鋭い音が頭のなかに響いた。

「何を聞いたのかは知らない。あるいは、聞いたと思いこんでるのかもしれない」ボビーがそう言うと、アーロンは片方の眉をあげ、マンガに出てくる牛みたいに鼻から煙を吐きだした。「だけど、おれにはすべてを打ち明けられる相手などいないし、おれたちがやったことや、おまえがあの黒人にしたことを考えると、頭がおかしくなりそうなんだ、アーロン」例の青年が死んだことを告げようかと思ったが、思いとどまった。なぜ知っているのかと訊かれたら、答えに窮してしまう。アーロンはこちらを見据えるばかりで何も言わないので、ボビーは話を続ける。「あれから眠れないし、食事も喉を通らないし、いつも喘息の発作を起こしているような感じだ。あのことは彼女には話してない。それだけは誓ってもいい」

　壁にもたれたまま、アーロンは煙草を喫っては煙を吐いている。ボビーを見ているというよりも、もっと遠くを見つめているような目をしている。目を閉じて、ボビーは深いため息をつく。

「でも、多くのことを話したのは事実だし、それをぜんぶおまえが聞いていたとして、おれを憎んでいるのなら憎めばいい。事実はどんなに変えたくても変わらないから」

　アーロンは煙草を雪のなかに投げ捨てると、ボビーの隣に来て、フェンスにもたれかかった。その瞬間、ボビーの全身の筋肉が警戒態勢に入り、アーロンがわずかでも動けば、すぐさま逃げるか戦えるように構えるのがわかった。力ではとても敵わないだろうが、戦わずして負けるわけにはいかない。ネコに弄ばれるネズミのおもちゃのように、叩きのめされるのはごめんだ。ところが荷降ろし場の明かりの下でアーロンの顔をじっくりと見てみると、そこには自分と同じ怯えが浮かんでいた。

「昨日おまえが言ってたことは間違ってる」アーロンの声は震えている。「おれが銃を持ちだしたときだ。自分のせいにするなと言っただろ。でも、おまえのためなんだ。いつだっておれは、おまえのために動いてる。知りあったときからずっと、おれのしてきたことは何もかも、おまえのためだった」そこで言葉を切り、全力で走ったあとのように大きく息をついてから、煙草を一本抜きとる。手のなかでライターが震えていて、火をつけて顔が照らされたとき、その目に浮かぶ涙が見えた。アーロンは心から怯えているのだ。「スクールバスで出会った日から、ずっとそうだ。絶対にいちばんの親友になれるとすぐにわかったし、一生の付きあいになるんだろうと思った。おれは学校が大嫌いだった。親があんな学校に行かせることが耐えられなかった。おれやおまえみたいな人間が爪弾きにされる場所に。どんなに馴染もうと努力しても、はねつけられた。そんなときにおまえがあらわれ、励ましてくれて、おれのために立ちあがり、戦ってくれた。そんなことしなくてもいいのに、おれのためにやってくれた。おまえはおれのヒーローだったんだ。たとえマンガの趣味が悪くてもな」

　そこでふたりは同時に笑う。

「アーロン」

　ボビーの言葉を遮るように手をあげてから、アーロンは目もとを手で拭った。「困ったことに、今度は学校のある日が終わってほしくないと思うようになった。週末なんかすっ飛ばして月曜が来れば、早くおまえに会えるのにと思った。あろうことか、マーベルのマンガを読むようにすらなった」そこでかすれた笑い声をあげる。

「おれの気持ちはわかってたはずだ。伝わらないはずがない。だってそうだろ。〝マンガオタクのホモ野郎〟と呼ばれても平気だったんだから」

　ボビーはうなずく。

「いつもおまえが戦ったあと、おれに話してくれたこと、覚えているか」

　ふたたびうなずいたが、みずからを恥じる思いに視線を落とす。

「そうか。おれもよく覚えているよ」

そして、ふたりがどうなったかも覚えている。アーロンとはその後、やや付きあいが減りはしたものの、それは友人関係によくあることで、特に仲たがいをしなくても距離ができることは珍しくない。だから自分がアーロンに言ったことも、ほどなくして忘れてしまった。ハイスクールに進学するとアーロンは麻薬の密売に手を出すようになり、その筋の友人とも付きあいはじめた。ボビーには相変わらずアーロンしか友人はいなかったが、イザベルの世話と家賃を支払うためのアルバイトに忙しくて、時間の余裕がまったくなくなった。それを気に病むこともなかった。ただ、自分にとっては簡単に忘れられることでも、アーロンにとってはそうではなかった。これだけの立派な体格をしているのに、フェンスにもたれかかったアーロンはひどく傷ついたように見える。手をのばし、引き寄せて抱きしめたかったが、この期に及んで、自分の考えをアーロンに知られることに怯え、怯えている自分を恥じていた。秘密を抱えているのは自分も一緒で、アーロンはひとりではないと言ってやりたかった。そういう姿勢を見せれば、アーロンも強がるふりをやめるかもしれない。

一方で、まったく聞く耳を持たない可能性もある。手近にある鈍器をつかみ、ボビーの頭に叩きつけてくる可能性もある。

「アーロン」

「ボビー、おれがなぜあんなことをしたか知りたいか？　ムショに入ってから同じ監房の奴に襲われたとき、そいつはおれの人格を奪い去った。おれ自身がすがっていたわずかな自尊心が、監房の壁に叩きつけられてレイプされることで消し去られてしまった。あとになってどんなに取りもどそうとしても、どんなに正気を失わないようにしても、奪われたものは戻らない」フェンスから離れ、アーロンは荷降ろし場を行きつ戻りつしはじめた。「奴らのようにはならないでくれと、おまえは言ったよな。奴らは獣なんだと、もっと自尊心を持つべきだと言ってくれたのに、おれは耳を貸さなかった。でも、医務室を出たあと、そいつらにカフェテリアで呼びつけられた。そのとき、おまえの言葉に従った。おまえの言葉が骨の髄まで染みわたった」

なんということだ。自分はいったい何をしてしまったのか。

アーロンの歩みが速まる。「だから、あのサルが〝O〟で追いかけてきたとき、怯えているおまえを捕まえようとしたとき、ためらう気持ちはなかった。おれのやったこと以外に選択肢はなかった」

「選択肢はなかっただと？」声が怒気をはらみ、アーロンが驚きをあらわにする。「車のエンジンはかかっていたんだ。何もせずに乗りこめば、走り去ることができた。アーロン、あいつをおびき寄せたのはおまえだ。追ってくるように仕向けた。それしか選択肢がなかったんじゃない。やりたくてやったんだ」

アーロンは歩み寄ってきて、またフェンスにもたれかかり、顔を数インチのところまで近づけてきた。「あいつは笑ってた、ボビー。おれが助けを求めて叫んだときも。やめてくれと懇願したときも。笑いながら犯されて、やっと終わったと思っても、また勃ったら犯されたんだ」アーロンの口角は笑うようにあがっていたが、顎には力が入り、頬を涙が伝った。「ああ、そのとおりだよ、やりたくてやった。本音を言ってやろうか？　あいつが死ななくて残念だったよ。あんな奴くたばればいい。同じ監房の奴もくたばれ。みんなくたばれ」アーロンは後ずさりしながら店のドアに向かい、ボビーを指さした。「おまえもくたばれよ、ボビー。おれのやったことはぜんぶ、おまえがやれと言いつづけてきたことだ」背を向け、ドアを押しあける。

「あいつは死んだよ！」

そう叫ぶと、アーロンは一瞬動きをとめたものの、背を向けたままだった。そして店内に入っていった。ドアが閉まり、鍵のかかる音が響く。

アーロンが近くに来てから、ずっと息をこらえていたことに気づく。大きく息を吐きだし、膝に手をついて身体を支える。何も自覚しないまま、自分はどれだけのことをめちゃくちゃにしたのだろう。イザベルが自分と祖父に父親の真実を告げたときは衝撃だったが、その余波は自分にしか及ばないと思っていた。白人として生きることは、自分以外の誰にも影響を及ぼさないはずだった。少なくとも、自分はそう思いこんでいた。アーロンとともにいじめられ、侮辱されるたびに、自分の血を否定する気持ちは一層強くなった。アーロンさえいてくれれば、もう孤独ではない。自分にとっては完璧に近い友人なのに、アーロンはボビー自身が憎んでいる血を持つ者になりたがっているのが玉に瑕《きず》だった。だから黒人の真似事を侮辱しつづけたのだが、そのボビーの行ないがアーロンのなかに根付き、ミュータントの遺伝子さながらに悪の強大なパワーを発揮しようとしているなどとは想像もしなかった。

そして、これはマンガではなく現実なのだ。

アーロンがまた刑務所に入ることを考えるのはつらいが、刑務所で受ける仕打ちを想像するよりも、あの青年を殺してしまった事実や、アーロンがボビーを脅してくる可能性のほうがよほど恐ろしかった。通報すればボビー自身も刑務所行きかもしれないのに、そんなことよりも恐ろしいくらいだった。あのとき自分が意志をしっかり持ち、〝O〟に入っていかなければ、こんなことにはならなかった。あの青年を助けようと現場に残っていれば、アーロンは刑務所行きだが自分は捕まることはないはずだった。それだけではない。イザベルが反吐を喉に詰まらせないように横を向かせるのではなく、酒をすべて捨てておけば、親子ともにちがう人生を歩めたはずだ。いくつもの後悔が溜まった排泄物のように積みあがり、気づいたときには、悪臭にまみれているのが自分ひとりではすまなくなっていた。すべてを洗い流したい思いだったが、自分ひとりで頑張らなくてもいいのかもしれない。いまは父親がいるのだし、きっとなんらかの形で、進むべき方向を示してくれるのではないか。

ロバートが力になってくれる。

ボビーは店内に戻っていった。このまま店を出てバスに乗り、家に帰りたい。母親の酔いを醒まさせて、そのあと腰を落ちつけ、何があったのかをすべて話し、それをロバートにどう伝えるかをふたりで考える。そうしたかったが、家賃の支払い期限は迫りつつあり、働かなければアーロンからもらったカネを充てるしか手はなくなる。どうにかして全額かえさなくては。正面入口に行くと、案内係がボビーのために両開きのドアを押さえながら、さっきまで店内にいたのにどこから戻ってきたのかと訝しげな目を向けてきた。ミシェルは待機場所で伝票を整理しながら、現金をかぞえている。ボビーはそこへ歩み寄っていく。

「ねえ、ずいぶん遅かったじゃない。何をくつろいでたのよ？　もう忙しくてフラフラだし、ラッセルもご立腹よ」顔をあげると、ミシェルの手がとまった。

「ちょっと、だいじょうぶ？」

よほどひどい顔をしていたのだろう。「信じてもらえるかどうかはべつとして、だいじょうぶだ」そう言ってから、伝票の束を手に取る。「どこまでチェックした？」

それからの数時間、ボビーは仕事に没頭した。ミシェルとともにテーブルからテーブルを飛びまわり、客たちからチップを得るために愛想よく振る舞った。ほんのひとときではあるが、心から笑うこともできて、悩みを一瞬忘れることすらできた。料理を運ぶミシェルを手助けして厨房に行くこともあった。アーロンはフライヤーの監視だけでなく調理も手伝っている。提供口からアーロンの出す料理を受けとることがあっても、もう逃げなかった。目を合わせることすらした。正しい行ないをしようと決めたのだから、もうすぐ終わりは訪れ、自分は自由になれる。

　自首したあと、この身に振りかかることを思うと怖かった。法律のことなど何ひとつ知らないが、傷害事件の現場から逃走したとなれば、説教をくらったり、指を振って咎められたりするだけではすまないことくらいわかる。アーロンと同じように壁の向こう側に行き、アーロンと同じような一週間を過ごすと思うと、口のなかがひどく乾いた。先のことを思うと恐ろしかったが、この数日間で初めて、ボビーはアーロンに怯える気持ちを感じなくなり、ほんのわずかだが気持ちが明るくなった。

　ディナータイムの忙しさが落ちつき、一カ月分の家賃は稼げたものの、まだ充分とは言えない。ミシェルの了解を得て、早く帰りたいスタッフに声をかけ、ふたり分の持ち場を増やすことができた。厨房もスタッフを早帰りさせたようで、アーロンがバーカウンターでバドワイザーの壜とショットグラスを前にしてすわっている。ジッポの蓋を開けて火をつけ、閉じることを繰りかえしながら、ビールを飲んでいる。ミシェルとボビーは案内係にも声をかけて帰らせ、ふたりで交代しながら客を案内してテーブルにつかせた。客足はだいぶ落ちてきていたが、たとえテーブルひとつ分のチップであっても、ボビーが刑務所に入ってしまったらそれがイザベルの生活費になるのだ。一回でもダブルシフトを減らしてあげたい。そろそろ断酒会にも行ってほしい。いや、自分が刑務所に入ろうと入るまいと、絶対に行かせよう。

　案内のために戸口に立ったとき、アーロンの様子を伺った。わずか数分のあいだにビールを三本も空《あ》けていて、同じ数だけのショットグラスも空《から》になって並んでいる。ポールがそれを片づけ、また新たに注いでいる。ポールはアーロンを毛嫌いしているので、いくらでもカネを絞りとろうと思っているのだろう。車で来ていると知りながら酒を次々に出すなんて、どうかしている。あのまま運転したら、どこかの標識のポールに突っこむか、橋から転落してモノンガヒラ川に流されるのが落ちだ。たとえアーロンを刑務所に逆戻りさせることが死を意味するとしても、いま死んでほしくはなかった。それに、何か手立てはあるかもしれないのだ。アーロンが刑務所でどれだけ虐げられていたかをボビーが警察に話せば、罪を軽くしてもらえるかもしれない。そう、何かできるはずだ。そうやって思考を行きつ戻りつさせていると、張りつめた神経が少しだけ緩む気がした。自問自答しているうちに、店の外側のドアがひらいたので、ボビーは内側のドアを押しあけて新たな客を出迎えた。入ってきたのは、黒人の友人を連れたダリルだった。ボビーの顔を見ると、友人の胸を軽く叩いて笑いだした。

「早速ここにひとりいたぜ」ダリルが言う。友人は舌打ちし、ボビーが向ける視線を受けながら、品定めするようにこちらを見据える。ふたりはバーカウンターに向かっていった。そしてアーロンを指さして何かを話しているので、ボビーの心に怯えがふたたび湧きあがった。ダリルの従弟についてアーロンが言っていたことで報復をしに来たのなら、もはや衝突は避けられない状況だ。ただ、もしかするとダリルの従弟は、初日以降にアーロンを襲った者たちのひとりなのかもしれない。だからアーロンが復讐したとも考えられる。いずれにせよ状況が悪いことに変わりはない。

すべて今夜で終わりにしなければ。

閉店まであと一時間。

アーロンはダリルと友人に気づいていないか、気づいていても酩酊して頭が働いていないようだった。担当のテーブルにはすべて料理が出されたので、ボビーはミシェルのいる待機場所に戻った。ミシェルがダリルのほうに首を傾げる。

「まずいことになりそうね」

「ああ、そうだな」

「あなたとアーロンを目当てに来たと思う?」

「ダリルはもう厨房が閉まる時間だと知ってる。だから、夕食のために来たとは思えないな」

ミシェルがため息をつく。「もう注文は来ないわね。勘定書を置いてくる」ボビーが返事をするまえに、ミシェルは歩き去ってしまった。なかなか支払いをしない客に限って、ミシェルがお釣りやクレジットカードの控えを他の客に運びに行くときに、わざわざ呼びとめてくるのが見えた。やがて、すべてのテーブルの支払いが終わった。今夜の売上げはかなりいい。ふたりがかりで、ボビーがダブルシフトに入った日よりも多く稼げたようだ。自分の取り分から二十ドル札を抜き、ミシェルに差しだしたが、受け取ってくれなかった。

仕方なくそれを自分のポケットに入れ、ボビーはダリルと友人に目をやった。ふたりの視線の先にいるアーロンは、なかば居眠りしていて、まだダリルたちの存在には気づいていない。ミシェルはエプロンと帽子を外し、髪を指で梳いた。

「これからデート?」

「さっさとアーロンを連れて、帰るのよ」ミシェルがダリルのほうに向かおうとするので、ボビーはその腕をつかむ。ミシェルが足をとめる。

「どうしてなんだ。昨日、アーロンがひどいことを言ったのに。おれだってあんなことしか言えなかったのに。きみがここまですることないのに」

「そりゃ、正しいことをするのは簡単じゃない。だからやるの」

「ありがとう」

「また明日ね。わたしたち、なかなかいいコンビだった」

ミシェルは歩きだし、ダリルと友人に近づくと、ふたりの背中に手を置いた。それぞれが振りかえり、アーロンに背を向けるかたちになった。ボビーは急いでポールの取り分のチップをかぞえ、酒のおかわりを頼んでいるアーロンの隣の席についた。棚からテキーラのボトルを手に取っているポールに見えるよう、チップの取り分をカウンターに置いて、〝もう酒は終わりだ〟と手で合図を送る。ポールは肩をすくめ、ボトルを戻してから、ボビーの置いたチップを手に取り、ほかの客の相手をするために去っていった。

「帰るぞ、アーロン」

「いや、いい。酒は？」おぼつかない口調で言う。

「車の鍵はどこにある？」

アーロンはカウンターの端にいるダリルを指さす。

「あいつらがいるぞ」

「いるけど、気にするな。鍵はどこだよ。見つかるまえに行くぞ」

「あいつの従弟に何があったのかは知らねえよ」

「なんだって？」

「ダリルの従弟だよ。顔も知らねえ。名前は聞いたような気がするけどな。あんなことを言ったのは、奴を焦らせるためだ。効果はてきめんだったな」

「じゃあ、蜘蛛の巣のタトゥーを見せつけたのは？」

そう訊くと、アーロンはビールを飲み干し、おかわりをもらおうとポールに手を振ったので、ボビーがそれを遮った。

「べつに意味はねえ。そいつになんかあったのかもな。おれじゃない。知らない。本当に」

アーロンが立とうとしたときに椅子が傾いたので、床に倒れるまえにボビーがとっさに押さえる。気づかれないかとダリルの様子をずっと見ていたが、まだミシェルと話しこんでいてこちらを向いてはいない。アーロンはボビーを見据え、カウンターに手をついて身体を支える。ボビーは手をのばし、アーロンの頬に触れ、そっと二回叩いた。

アーロンが震える声で言う。「ああ言うしかなかった。信じてくれよ」

「さあ、もう帰るぞ」

唇をゆがめ、うなずいてから、アーロンはポケットを探って車の鍵をボビーに渡した。立ちあがったものの、膝が震えて心もとないので、ボビーは後ろからアーロンの両腕を支えて歩いていった。バーの奥にいるミシェルと目を合わせた瞬間、ダリルが振りむき、ミシェルの視線を追ってこちらを見た。ボビーはアーロンから手を離さずに階段を降りていき、振りむいてみると、ダリルが友人に声をかけていた。そのあとはもう振りむかず、アーロンを急かし、凍てつくような夜気のなかへと出ていった。

雪が降りだしていた。

エンジンをかけて車を出し、雪で横滑りしながら、マクナイト・ロードへと入っていく。夜も更けていたので、走っている車はまばらだ。ボビーの目は前方の道路とバックミラーを行きつ戻りつしていた。ミラーに映る坂の上に、暗闇を針でつついたようなヘッドライトの小さな光が見えてきて、ボビーの鼓動が速まる。制限速度までスピードを落とし、右車線に移る。アーロンの身体が揺れ、頭が助手席側の窓にもたれかかる。うめき声を漏らし、アーロンは座席を倒すと、寝ころんで口を開け、眠りに落ちた。背後のヘッドライトはどんどん大きく、明るくなり、その近づき方の速さは尋常でない気がした。もう十フィートのところに迫っている。アクセルを踏みこむ。本当は速度をあげずに追い越してもらいたいところだったが、怯えに負けてしまった。後ろの車を引き離すと、ハイビームの光が追ってくる。前方に見える信号が黄色に変わったが、怯えながらも一瞬思考がはっきりし、このままスピードをあげれば捕まる可能性が高いことに気づく。そうなったら、これからやろうとしていることは真実を打ち明けるというよりも、捕まった者の言い訳めいてしまうような気がした。ブレーキを踏みこみ、車をとめる。後続車が急ブレーキを踏み、重低音が響きわたる。

18

ロバートとボビーをその場に残して去り、イザベルは嗚咽をこらえながら車に戻ってドアをロックした。そして声を張りあげ、泣きじゃくった。それからふいに笑いだし、自分の肩を強く抱いて、すべてを吐きだすように叫びつづけた。腹筋が痛くなり、喉が枯れるまで。何もかも出しきったあと、ようやく車を出して帰路についた。

途中でラジオをつけた。いつもなら、電波が悪くて雑音が多いし、好みの局もないのでつけないのだが、徐々に気持ちが上向いてきてＢＧＭがほしくなったのだ。ジャズの専門局でマイルス・デイヴィスのアップビートの曲が流れていたので、耳障りにならない程度に音量をあげる。しばらくして、やっぱりジャズは苦手だとあらためて思った。ロバートと付きあっていたときも音楽の趣味は合わなかったのだが、これだけの年月が経ってもそれは変わらない。笑いながらラジオを消し、ハンドルを手で叩きながら、思いつくままにリズムを刻む。冷静になってみると、心から幸せな気分でいることに気づき、我ながら驚いた。とはいっても、自分自身のことで喜んでいるのではない。

　イザベルがそうであったように、ロバートはすぐにボビーの虜になるだろう。あの子の父親となることを望み、あの子もロバートが父親となることを望むはずだ。ふたりのあいだにはたくさんの、多すぎるほどの疑問があるだろうし、後悔も、怒りすらあるだろうけれど、そうしたしかるべき思いをすべて乗り越えたあと、ふたりは父と息子として歩みはじめる。家に着くまでのあいだ、もう自分はあの子に必要ないのだろうかと何度も思い、ずっとまえからそうだったのかもしれないと気づく。ボビーの刺々しい口調は、あの子が心の奥底で満たされていなかったことを思わせた。もしあの子が出ていくと決め、ロバートと暮らすことを選ぶのなら、仕方がない。それがふたりの歩むべき道なのだろう。きっとそのほうがいい。

　ボビーが帰るまでかなりの時間があるが、イザベルは荒れはてたアパートメントが急に気になりだした。これまでもずっと汚かったのだが、今夜はそれが一層目についてしまう。なぜだかわからないが、ボビーが帰ってきたときに綺麗な部屋で迎えてあげたいという気持ちが湧いてくる。タイル用洗剤を手に取ってみると、長いこと使っていないせいで噴き出し口が固まっていた。窓のクリーナーは乾いてかさが減り、ボトルの底に青い膜を張っている。ボトルのキャップを外して、なんとか数滴だけ洗剤を垂らすと、蛇口の水漏れを抑えるために巻いていた黴だらけの雑巾でキッチンのカウンターを拭きはじめる。それからリノリウムの床を掃き、浴槽を洗い、冷蔵庫内の棚を拭き、ベッドを整え、ゴミ箱を空《から》にする。まるで汚物を磨いて、せめて臭いだけでも減らそうとするかのように。

冷蔵庫を開けてみたが、最後のウォッカの壜は初めてロバートと出くわした晩に飲み干してしまっていた。だからキャビネットに入っている壜を取りだして、三十ドルだけ抜きだした。それ以上は取らない。あと少しで家賃の金額に達するだろうし、ボビーは今晩仕事に出ている。少しくらいお祝いしてもいいだろう。あの子も一杯くらい付きあってくれるかもしれない。明日になったら三人で乾杯するのもいい。そう思って玄関に向かったが、ふと足をとめる。なんだか現金の額がおかしかった気がする。かぞえ間違えたのだろうか。戻って壜のなかの現金をあらためて確かめると、一カ月分の家賃よりも額が多かった。ボビーは自分に知らせることなく、シフトを多く入れたのだろうか。まさか、黙って副業を始めたとか？

何をやっているの、イジー。お祝いですって？　誰かのためにお酒を買うふりをして、結局は自分がほしいんでしょう。絶対にだめ。そんなことをすれば何もかもが台無しになる。わかっているならやめるべきだ。せめて今夜だけは。せめて明日までは。そうすれば自分にも、ボビーにも、ロバートと自分たちにも道が拓けるのだ。もし酔っぱらって呂律《ろれつ》もまわらないような体《てい》たらくになったら、あの子が許してくれると思う？　絶対にだめ。あの子のために、いまは我慢すること。だいたい、誰を祝うというの？

「あの子よ」イザベルはつぶやく。

キッチンに行ってお金を壜に戻してから、廊下を歩いて寝室に行き、ぴっちりと整えた上掛けの下にもぐりこむ。ボビーと一緒に写っている写真がナイトテーブルに飾ってあり、それを手に取って胸に抱いた。今日はほぼ丸一日、酒を飲まずに過ごせた。目を閉じて、脈打つ頭痛を意識しないように努める。

19

信号が赤から青に変わるたびにクラクションを鳴らされ、ロバートは我にかえる。どうしても集中できない。こんな状態では長時間の勤務どころか、一時間だって無理なのではないかと不安になる。ましてや息子を喪ったばかりのマーカスの両親と話すなど、できる気がしなかった。患者の家族がいちばん望まないのは、心ここにあらずの医者から話を聞くことにちがいない。自分はまさにその状態で、まともに考えることすらままならない。また青信号に気づけず、怒りをこめたクラクションを鳴らされたので、ロバートは五番通りで車を脇に寄せてとめた。そしてラジオを消し、この二十四時間に起きた出来事に思いを馳せる。

自分とのあいだに息子がいるとイザベルが告げたとき、憤りを抑えられなかった。妻の流産のあと、自分はすぐに仕事に戻ったが、そこまで急ぐ必要はなかったのだ。タマラと自分は経済的には不自由しておらず、ふたりがかりで育児に専念しても充分食べていけるくらいだったが、こうなってしまっては、広すぎる贅沢な自宅は苦痛を与えるものでしかなかった。タマラは自分の殻に閉じこもり、ロバートにはほかに話し相手すらいない。家に引きこもる妻のために食事をつくり、それを冷蔵庫に入れてから、逃げるように仕事に出ていく日々だった。

ふたりは子どもを授かるため、かぞえきれないほどの検査を受け、食生活や睡眠時間に気をつけて過ごした。ロバートは下着をトランクスに変え、シャワーを熱くしすぎないように気をつけた。タマラの排卵期が近づくと、セックスをするべき日にタイマーをかけておいて、適した体位を取り、絶対に二日連続ではしないように、そして飲酒したあとはしないように徹底した。あらゆる行動が妊娠を目的としたものになりすぎて、もはや男と女として愛しあえなくなっていた。流産で夫婦仲が壊れたのは当然の成りゆきだ。子どもを失ったとき、ふたりには何も残っていなかった。

ロバートは父親と言い争いばかりしていたのだが、その内容はいつもロバートの振る舞いが〝充分黒人らしくない〟ということだった。ロバートにとっては、父親の言う黒人像こそが偏見を助長するものにほかならないので、型にはまることを断固として拒否した。多くの黒人たちのように、大学ではみな同じ社交クラブに入り、同胞から兄弟だと歓声を浴びながらも、新人への〝しごき〟という名目で体罰用の大きな板《パドル》で叩きのめされ、命の危険にさらされるのはごめんだった。板を振りまわし、ステップを踏み、白い歯を見せて脅してくる上級生たち。踊れ、ニガー、踊れ。これが現実だ。そんなことを自分にさせたいのか、と父親に食ってかかった。

けれどもいま自分は、やはり黒人として生き、白人の女に自分の子を産ませていた。

父親は誇りに思うだろうか。

イザベルと息子に背を向け、去るべき理由を心のなかで探した。けれども、そうしてしまったら自分の忌み嫌う黒人像そのものだし、タマラと酒を飲みながら語りあったことも忘れたくない。彼らのように振る舞わない自分たちが、子ども時代も大人となってからも、どれだけ侮辱されてきたことか。そして白人たちが黒人がらみのジョークを言おうとするとき、まわりに黒人がいないかと確かめるが、自分はそのジョークにはいつも当てはまらなかったものだ。

マーカス・アンダーソンの両親は、脳神経外科医と主治医としか話をしなかった。訃報を伝える場に立ち会うのを逃れられたことに、罪悪感を覚える。何度も経験しているはずなのに、今回ばかりは冷静になれそうもなかったのだ。この事件はあまりにも身近すぎる。心の乱れを抑えられない。

それ以降、救急救命室は患者が少なく、無慈悲なほどに暇だった。風邪が治らないとか、原因不明の痛みがあるとか、排尿痛があるとかいった患者がまばらに訪れるだけで、空《あ》き時間があまりにも長すぎて、考え事をせざるを得ない。手もとにある文献の同じページの同じグラフを三十分以上も眺めながら、なんの情報を得るでもなく、疑問の答えを探しもとめていた。イザベルとの関係はどうなるのか。養育費を払うべきなのか。ボビーは自分と暮らしたがるだろうか。自分は一緒に暮らしたいと思っているのか。

文献を閉じ、新たにやって来た患者を迎えながら、明日には答えが見つかることを願った。

20

目覚めると、イザベルは真っ暗闇のなかにいた。こめかみの痛みが激しさを増している。酒が抜けたあとは、これが嫌なのだ。ナイトテーブルにあるライトをつけ、起きあがってベッドの縁にすわり、せめて二日酔いの頭痛だったらよかったのにと思う。そちらのほうがよほどましだ。時刻は午前二時を過ぎたところだった。日中の出来事のせいで興奮が醒めきらないので、それだけの時間眠れたことだけでも驚きだった。ボビーはきっとソファで寝ているだろう。そのまま休ませてあげるべきだけれど、ロバートとどんな話をしたのか聞きたくて、朝まで待てなかった。どうせ墓場に入ったらいくらでも眠れるからと、なかなか起きない子ども時代のボビーによく言ったことを思いだす。
廊下の明かりはついていない。居間の明かりもついておらず、街灯のオレンジ色の光が、コンクリートブロックの壁の天井近くにある明かり取りの窓から入ってきているだけだ。手探りで廊下を歩いていき、やがて目が暗闇に慣れると、ソファの肘掛けに腰をおろす。そしてボビーの脚に触れようと手をのばしたが、そこに脚はなかった。枕は畳んだ毛布の上に置かれたままだ。

あの子は酒を一滴も飲まない。イザベルから受け継いでいるのが髪のカールだけではないことを危惧し、酒を飲んで夜遊びすることは一度たりともなかった。お金の無駄遣いも絶対にせず、家賃の支払いが近いときはもちろん、そうでないときも徹底していた。部屋の明かりをつけようと立ちあがり、ボビーの働くビストロに電話を入れてみようかと思った。なんらかの事情で残っているのかもしれない。担当のテーブルの客が閉店後も帰ろうとせず、支払いを拒否しているとか。

でも、こんな時間まで？

キッチンで明かりのスイッチを押そうとしたとき、部屋に赤と青の光が入って来て、通りをパトロールカーがゆっくりと走ってくるのがわかった。この界隈に夜中に警察が来るのは珍しいことではなかったが、なぜだか胸が不安に押しつぶされそうになり、両腕が急に重く感じられて、受話器を手に取ることができない。

車はゆっくりと走りつづけ、窓を通りすぎていく。

それでも受話器を取ることはできない。赤と青の光が去るまで明かりをつける気にもなれないが、なかなか去らない。窓を通りすぎたので少しだけ光が弱まったものの、明滅は続き、ふいにとまった。

消されたのだ。去ったのではない。

車がとまった。

いやだ。

キッチンに立ち尽くし、暗闇のなかであらゆる音が爆発音のように耳のなかで響くのを感じる。隣家のテレビから流れてくる砂嵐の音、冷蔵庫のうなる音、車のドアが閉まる音。もう一度ドアが閉まる音。自分の呼吸音、激しい血流が耳を通る音、アパートメントの通路を進む足音。緊急時にしては遅すぎる歩み。通りすぎるだけにしては遅すぎる歩み。ドアを軽く叩く音。自分を捕らえに来たのではなく、何かを伝えに来たかのような。

いやだ。

21

ボビーがバックミラーに映った後続車のハロゲンのヘッドライトを見ていると、まぶしさに目が眩《くら》み、視線をそらしたあともオレンジ色の斑点が浮かんで見えた。くぐもったベースの重低音が車を震わせ、ボビーの胸にも音は届いていたが、心臓の音が高鳴りすぎて、どこか遠くで響いているように思える。後続車がエンジンをふかし、クラクションを鳴らす。アーロンが起きあがり、寝ぼけ眼で言う。「おい、青になってるぜ」

まったく気づかなかった。ボビーはブレーキから足を離し、アクセルを踏みこんで車をUターンさせ、マクナイト・ロードを猛スピードで、テールライトを暗闇に消えゆく流星にするかのように疾走した。やがてブレーキを踏みこみ、またいつでもUターンできるよう身構えつつ、ティントガラスの後部窓の向こうに、ダリルたちの車が見えるのを待つ。けれども追ってくる車は見あたらず、左側を一台の車がクラクションを鳴らしながら追い越していくだけだった。

「何やってんだよ」アーロンが眠たげな声で苛立ちをあらわにする。ボビーは手をあげて詫びると、黄色に変わった信号の下を抜け、道を走りつづける。ひとりで焦っていたことに笑いがこみあげた。

ミシェルに感謝しなくては。

アーロンは泥酔しつつも眠りが浅いらしく、寝たり目覚めたりを繰りかえしている。今日は互いに本音をぶつけあったので、自分は解放感を得たような気がしているが、アーロンはどうなのだろうか。前方の道とアーロンを交互に見やる。眠りについているその顔は穏やかで、肩の力は抜け、顎のこわばりもなく、怒りは一時的にせよ鎮まっているようだった。刑務所に入った最初の夜以来、たとえ一晩でもぐっすり眠れたことはあったのだろうか。そのときふと、アーロンが暮らすアパートメントへの行き方があやふやであることに気づいた。あの日はひどく怯えていたので無理もないが、なんとか感覚でたどり着けることを願った。今日の道のりは、あの日とこんなにもちがう。ダリルと友人が追ってくる恐れがなくなったいま、心は静謐そのもので、この道の先にはみずからの選択の結果が待っているように思えた。

今夜はきっと、あの夜とはちがう終わらせ方にできる。

オークランドの通りにはあの日と同様にほとんど車がなく、デジャヴを見ているような気がしたが、いまの自分は動揺もしていないし、理性的で、ここまでの記憶もはっきりしている。過去のおぼろげな記憶をたどっているわけではない。だが、あの日以来そんな感覚を抱いて過ごした時間がどれだけあったことだろう。〝O〟の前を通ったとき、アーロンが気づいているかどうか目をやってみたが、相変わらず頭をヘッドレストに載せたまま車の振動に揺られていた。通り沿いにある警察署の前を通ると、とまっていたパトロールカーの車内灯がついていて、ふたりの警官が乗っているのが見えた。アクセルを踏みこみたい衝動をこらえる。

　青信号の下を走りぬける。追ってくる車はない。

　数分後、アパートメント沿いの通りに入る曲がり角に近づき、一時停止の標識でスピードを落とす。右側を確認し、アクセルを踏みこもうとしたとき、左側に目をやってブレーキを慌てて踏む。アパートメントの前に二台のパトロールカーがとまっていて、警告灯が明滅している。ボビーは肘をこわばらせ、ハンドルを握りしめながら、四人の警官がアパートメントに向かうのを見つめる。アーロンを起こそうと隣を見やり、びくりとする。すでにアーロンは目覚めて身を起こし、目をみひらいてボビーを睨みつけていた。

「おまえ、何をした？」

「アーロン、おれじゃない、絶対に。新聞に載ってた。防犯カメラを調べるって。映ってたんだよ」

「まっすぐ進めよ。ゆっくりな」

「アーロン」

　グローブボックスを開け、アーロンは二十二口径の拳銃を手に取る。「進めと言っただろ」

「おい、勘弁してくれ。わかったから」ブレーキから足を離し、ゆっくりと交差点を進んでいき、警官たちが視界から消えていくのを見届ける。次の角まで来たが、サイレンも急発進するタイヤの音も聞こえてこない。

「そこで曲がれ」

　ハンドルをまわして角を曲がるとき、バックミラーに目をやると、先ほど見かけたパトロールカーの一台が交差点を過ぎて追ってくるのが見えた。

「くそっ、まずいぞ、これは」ボビーが言う。

アーロンは振りかえり、後部窓の向こうを見て毒づいた。前のめりになり、拳銃を持ったまま両手で頭を抱え、うめき声をあげる。それから銃床を額に打ちつける。

「どうしてだ。どうしてそんなことを」アーロンが言う。

「アーロン、神に誓ってもいい。おれは何もしてない。信じてくれ！」

パトロールカーはすぐ背後まで来ていて、警告灯をつけ、一度だけサイレンを鳴らした。それからスピーカーで呼びかけてくる。

「前の車、とまりなさい」

大きな音に驚いたボビーは、言われたとおりに車をとめた。警告灯の光が車内を照らす。ほんの数秒が何年にも感じられたあと、警官は車の窓を開けて両手を出すように命じてきた。ボビーは手をドアのほうにのばす。

「窓を開けたら承知しねえからな」アーロンがすかさず言う。

ボビーは両手をあげ、汗で濡れた掌をハンドルに置いた。アーロンは手のなかの拳銃を見つめながら、ささやきかけてくる。

「なんでだよ。なんでそんなことしたんだ。おれたち終わりだぞ。あそこに戻ったら、おれがどんな目に遭うかわかってるのか。奴らがおまえにどんな仕打ちをするか、考えてみたのか」

「アーロン、おれの話をよく聞いてくれ。警察には連絡してない。おれのせいじゃない」サイドミラーを見てみる。パトロールカーの両側のドアが開き、警官たちが降りてきて、両腕をあげて拳銃を構えている。

「まずいぞ、アーロン。警察が銃をこっちに向けてる。お願いだ、もう諦めてくれ」

アーロンはまたグローブボックスを開け、弾倉を取りだし、カチリと音を立ててはめこんだ。ボビーの喉は乾ききり、うまく言葉が出てこない。いまドアを開けたら、警官かアーロンに撃たれるだろう。

「アーロン、お願いだ。やめてくれ。頼む、本当に。おれたち撃たれちまう。死にたくない」

　堰《せき》を切ったようにアーロンが泣きはじめる。拳銃を両手のなかに持ったまま。涙が銃身に落ち、それを拭きとると、アーロンは深いため息をついた。ボビーがふたたびサイドミラーに目をやると、警官たちが近づいてくるのが見える。

「アーロン、そんなものしまってくれよ。おれたち殺されるぞ！」

「いや、そんなことはさせない。ごめん、ボビー。おまえを愛してる」

　銃口がボビーの目に当てられる。それは冷たかった。

　雷鳴が車内に轟く。白い閃光と甲高い響き。顔が濡れるのを感じ、拭こうとしても両手があがらない。すべての動きがとまる。閃光が弱まるとともに、車内のほかの明かりも弱まっていく。アーロンが口をひらき、喉の筋肉がこわばるのが見える。叫んでいるようだが、耳が圧迫されてくぐもった音しか聞こえない。

　視界に黒い影が広がるなか、アーロンが拳銃をくわえるのが見える。轟音がまた響き、アーロンの頭が後ろに弾かれる。

　暗闇が訪れた。

22

朝になっても答えは得られず、疑問はさらに増していく。ロバートの胸に押し寄せる不安は高波のようだった。信号に差しかかるたびに、角を曲がって逆方向に戻り、ホームウッドではなく自宅のあるセウィクリーに帰りたくなる。それでも進みつづける。イザベルが住んでいるという、フランクスタウン通りがどのあたりかは知っている。けれどもそこを走るのは初めてで、目にした光景に胸を痛めずにはいられない。車は隙間がないほどぎっしりとめられているが、家はどれも放置された空き家さながらに荒れている。ロバートが生まれ育った家からほんの数分の距離にあるのが信じられなかった。あんなふうに荒れた家にならないよう、母親が手を尽くして家庭を守りぬいてくれたのだろう。芝生はいつも、あたりまえのように綺麗に刈りこまれていたし、窓の外のプランターにはペチュニアが咲き乱れていた。歩道程度の広さしかない裏庭でもオクラを栽培して、それを揚げる匂いが家を満たしていたのを覚えている。学校から帰ってきたロバートの顔を包みこむ手のように、温かい記憶だった。それなのにロバートはすぐに家を離れ、大学に通いだし、戸口から数分のところに荒廃がはびこる地域へと、奮闘しつづける母親を置き去りにしてしまった。そしてその後、母の孫である幼い少年がこの地域で生きのびようともがき、ほんの数ブロックのところに守ってくれる世界があることも知らず、懸命に暮らしてきたのだ。ロバートは車をとめる。

イザベルの住むアパートメントの通路は、廃墟さながらの臭いに満ちていて、壁や床もひどい状態だった。テレビの大音量が隣の部屋から流れてくる。イザベルの部屋の前に立ち、ドアをノックする。シャツの前を手で撫でおろし、口もとを手で拭う。どうしようもない不安に襲われる。こんなときにどんな挨拶を息子と交わせば、二十年の空白を埋められるのか。ドアスコープから漏れる光が遮られないので、もう一度強くノックする。なんだか馬鹿らしくなり、だんだん腹が立ってきた。

どうやら不在のようだ。

やはり騙されたのだろうか。巧妙な嘘を信じこまされ、記憶の底に必死で埋めたはずの過去を無理やり掘りかえされただけなのか。

ドアを平手で何度も叩いて叫ぶ。「イザベル！」

背後のドアが開く。脂っぽい髪にスウェットパンツを穿き、小さすぎるTシャツの腋にくすんだ茶色の汗染みを滲ませた白人の男が出てきた。男は訝しげな目をこちらに向ける。

「静かにしてくれねえか。その部屋は昨日から騒がしくてしょうがねえ」

「騒がしい？　どういうことですか」

「昨日の夜中か、明け方か、どっちかわからんが。やかましい悲鳴で起きちまった」

「イザベルの悲鳴ですか？」

「名前までは知らないけど、そうなんじゃないのか。ドアを開けて見てみたら、警察がいたよ」

ロバートは戸惑い、鼻筋をつまんだ。思ったとおり、詐欺だったということか。「逮捕されていたんですか」

「そこまでは知らないが。ともかく、救急隊員がやって来て、その女をストレッチャーに載せて運んでいったんだよ。ひどく錯乱して、わめき散らしてた」

ふいに胸がずしりと重くなる。男は話を続ける。

「だいじょうぶだといいけどな。ずっと、〝いや〟って叫んでるばかりだった」

詐欺ではない。計画がばれて捕まったわけではない。

だったら、いったい何が起きたのだろう。

「息子がいるはずなんですが」

「その女しか見てないぜ」

男に礼を言い、ロバートは通路を駆けだした。そして車に戻り、急いでフランクスタウン通りへ出て、イザベルの居場所を知るであろう唯一の人物のもとへ、車を飛ばしていった。


〈ルーズ〉は準備中だったが、ドアのガラス越しに、カウンターの奥でレモンを切っているニコの姿が見えた。ガラスを平手で叩くと、ニコが顔をあげた。その顔つきは先日と比べて変わっていた。こちらを見たときの蔑むような目つきは同じだが、何かべつの感情が浮かんでいるように見える。鍵を開けてくれたので、ロバートは店内に入る。そしてカウンター席につくと、ニコは腕組みをして、奥のカウンターに寄りかかって立った。

「どうやらぼくは好かれてないようだね」ロバートが言う。「どうしてかは知らないけど、なんとなくわかるよ。イジーが何を話したのか、それとも話さなかったのかは知らない。あなたが昨晩までにイジーから何も聞いていないのであれば、まず伝えておきたいのは、ぼくはあなたが思っているような人間じゃないということだ。だから、頼みを聞いてほしい。イジーの居場所を知っているなら、何があったのか教えてほしい」

ニコは組んだ腕を腹のあたりまでおろし、引き結んだ唇のあいだから息を吐きだした。

「昨日会ったんだ。ぼくとイジーとボビーで」ロバートは続ける。「今日も会って話す予定だった。それでアパートメントに行ったんだけど、ふたりともいなかった。ボビーはぼくに、何かやらなきゃいけないことがあると言っていた。そのことと関係しているんだろうか」

ニコはカウンターの上からロックグラスを取りだし、

ロバートの前に置いた。ロバートは断ったものの、ニコは棚からグレンフィデックの壜を手に取り、なみなみと注いだ。

「これだけは言える。酒がほしくなる話だ」

　ロバートが酒を一口飲むと、ニコはカウンターに両腕を置き、これから話すのは警察から聞いたことだと前置きした。

　ロバートはニコの背後にある、壁一面に張られている汚れた鏡に映った自分の姿を見つめながら聞いた。

「二日まえの晩に、襲撃事件があったそうだ。犯人はボビーの友人で、ピックアップトラックに乗ったタトゥーだらけでガタイのいい男だってことだ。オークランドの〈オリジナル・ホットドッグ・ショップ〉の近くで、レンガで相手の頭を殴りつけたらしい」

　まさか、そんな。ＩＣＵにいたマーカスのことだ。

「一部始終は防犯カメラに映っていたそうだ。警察によれば、現場にはもうひとりいたらしい。なぜなら、その筋肉男は赤いピックアップの助手席に乗りこんで、車はあっという間に走り去ったからだそうだ。カメラの映像が粗いうえに、フロントガラスに光が反射していたから運転手の顔は見えなかったが、ナンバープレートの一部は映っていた。それで、警察は被害者の連れに話を聞こうとした。何しろ被害者はひどい有様で――」

「亡くなりましたよ」

「ああ、そうか。ひどい話だな。で、その連れのほうは警察に何も話さないそうだ。友人を助けようって気はなかったのか。いかにも奴らしいよな」

　思わずニコを睨みつけたが、気づいていないようだった。

「ナンバープレートからアーロンって男が浮上して、仮釈放中だってことがわかった。警察は保護観察官から、そいつのいまの住まいを聞きだして、車を二台向かわせた。そして降りて訪ねていこうとしたときに、なんと例の赤いピックアップがあらわれたのさ」ニコは自分にも酒を注ぎ、一口飲んだ。

「警察は事件の夜に運転していたのがボビーだと疑っているのか」ロバートが訊く。

「いまの時点では、すべて推測に過ぎない。でも、そうだろうな」

聞いた話を頭から振りはらうかのように、ロバートは首を振った。昨日抱きあったとき、心の優しい子だと感じたのに。そんな犯行に及ぶような人間だったのだろうか。心のなかに憎しみを抱えていたのだろうか。

「どうして逃げたんだろう。被害者を置き去りにしたら死んでしまうのに」

「ボビーはいい子だったよ。犯罪者だと決めつけないでくれ」

「そんなつもりはない」

「きっと怖かったんだろうな。たかだか二十いくつの歳だし、そんな事件を目の当たりにしたことなどなかった。恐ろしい場面に出くわすことを想像してみろよ。おれだってたぶん逃げていたよ」

ふたりは同時に深いため息をついた。

「イザベルはどこにいる？」ロバートが訊く。「向かいの部屋の住人によれば、錯乱状態で連れていかれたそうだが」

「あんた、医者なんだろ？　精神障害が疑われる人間を拘束できる条例は？」

「三〇二条だ」

ニコが指をぱちんと鳴らす。「それだよ。三〇二条を使って、奴らはイザベルを郡の精神病院に収容した。きっと、それが最善なんだと思う。現実と向きあうのなら、ずっと素面《しらふ》でいて頭を働かせなきゃならないから。イザベルにとっては、息子がすべてだった。おれはボビーに嫌われてたけど、あいつはずっとイザベルに寄り添って面倒を見ていたんだ」ニコの声が割れる。

ロバートの視線を感じ、ニコは咳払いをする。「いずれ退院したら、一緒に暮らそうと思う」

　ロバートは両手に顔をうずめた。「神は無慈悲だな」

　ニコはグラスを持ちあげ、ロバートに目で合図を送り、ふたりは乾杯した。

「アーメン。ところで、あんたに訊きたいことがある」ニコが言う。

　顔をあげ、ロバートはうなずく。

「病院で目覚めたあと、イザベルはボビーの父親について話しだしたんだ」

　ロバートはごくりと唾を飲みこみ、視線を落として、グラスをまわしながら氷を揺らした。

「ボビーがどうやって父親と対面したかをずっと語っていた。あのときは薬のせいで混乱してるんだろうと思ったし、ボビーの父親は死んだはずだったから、きっと妄想なんだろうとおれは考えた。やっと出会えた父と息子だったのにって。あまりにも悲しい話だが、そんな物語をでっちあげるのも無理がないと思っていた」酒を飲み干し、グラスをシンクで洗う。「でも、あんたが今日ここにあらわれた。二日ほどまえに、どこからともなく姿をあらわしたあとに」ニコはグラスをラックに置くと、ロバートの前に立ち、また腕を組んだ。「イザベルが話してたのは、あんたのことだったんだな」

　酒をまわしすぎて氷が融け、グラスの表面は水滴で覆われている。答えはもうわかっているという顔だったが、ニコはロバートの返事を待っている。

「ああ」

　イザベルの部屋の前で芽生えた恐怖が、ロバートの腹のなかで一気に膨らみだし、あらゆる内臓を圧迫する。心臓を肋骨に押しつけ、全身の骨に鼓動が響きわたっていく。そしてニコがボビーの死を告げたとき……

……

　どんな手を使ってでも、タマラに謝りたいと思った。

やっといま、わかった。子どもを失う気持ちを妻と分かちあえたつもりだったが、少しもわかっていなかった。妻がお腹で育んだ子を失ったときの思いなど、これまでの自分にわかるはずもなかった。赤ん坊と一体となり、気持ちを共有することがどんなものかわからず、嫉妬さえ覚えていた。けれどもいま、この瞬間、ロバートはわが子であるボビーと一体となっていた。ニコが死を告げた瞬間に、自分もこの世を去りたくなったから。

「あの子は狂おしいほどあんたにそっくりだった」ニコが言う。「肌が少しちがうだけだ。どうして会ってすぐにわからなかったんだろうな。よく見ていなかったってことだろうけど」

涙がロバートの頬を伝う。深いため息とともに涙を拭う。「ぼくに何ができるだろう」

ニコの肩から力が抜け、表情が和らいだ。両腕がカウンターに置かれる。

「イザベルには近づかないでくれ。あんたを見ると、あの子を思いだすから」

ロバートは目を閉じ、拳を握りしめた。ニコのシャツの襟をつかみ、カウンターから引きずりだし、イザベルを独占するつもりなのかと詰め寄りたかったが、ニコの言葉は当を得ている。ふたたびタマラに思いが及び、妻もそんな心境だったのだろうかと考える。自分の顔を見るたびに、失った子どものことを思いだしてしまったのだろうか。

握りしめた手をひらき、カウンターの上に置いて、立ちあがる。

「イジーに、すまなかったと伝えてくれ」上着に手をのばして財布を取ろうとしたが、ニコが手を振って遮り、店のおごりだと言うようにロバートの胸を軽く叩いた。ロバートは感謝を伝えるためにニコの胸を叩きかえし、戸口に向かい、一度だけ振りかえってから出ていった。ニコはうなずいてから、その日の仕込みの作業に戻った。

　外に出ると朝よりも暖かくなっていたが、通りに吹きつける風は冷たかった。灰色の空から大きな牡丹雪が舞いおちてきて、遠くに雷鳴が聞こえる。また暴風雪になるらしく、これから一荒れするようだ。朦朧とした頭で、ロバートは車に戻っていく。魂が身体から抜けていくような気がしたが、あたりを見わたして目に入るのは自分の姿だけではない。自分にかかわった者たちが、どこかべつの場所、べつの通りを同時に進んでいて、やがて一点で交わろうとしていくように思える。何台もの車が交差点の信号に向かって猛スピードで走ってきて衝突するように、車のドアを閉めたとき、すべての人生がぶつかりあう。

　ロバートは慟哭した。これまでにないほど激しく、あらゆる命のために涙を流し、それがとうとう枯れたとき、車を出して帰路についた。

訳者あとがき

五分の三。この数字は一七八九年のアメリカ合衆国憲法において、黒人奴隷に与えられた人間としての尺度である。第一章第二条第三項には次のように記されている。〈各州の人口は、（中略）自由人以外のすべての者の数の五分の三を加えたものとする〉。直接〝黒人〟とは表さず〝自由人以外のすべての者〟という間接的な表現を取りながらも、同じ人間であるはずの人々に五分の三の価値しかないと憲法で定めていた歴史がある。その事実を、著者は本書『白が5なら、黒は3』（原題：*Three-Fifths*）のタイトルにこめている。

いわゆる〈五分の三条項〉はすでに廃止されているが、その当時から実に二百年以上の月日が流れているにもかかわらず、こうしたタイトルの小説が発表されているという事実が多くを物語っている。作品の舞台は二十年以上前となっているが、当時も現在も変わらず、このテーマは取りあげられるべきもの、注目されるべきものとして受けとめられている。記憶に新しいＢｌａｃｋ Ｌｉｖｅｓ Ｍａｔｔｅｒ（ＢＬＭ）運動などにも見られるように、いまでも抑圧され、命の危険と隣り合わせで生きている人々が存在する。

本書は人種差別問題を描いた作品であるだけでなく、家族、友情、貧困の物語であると同時に優れたクライム・ノヴェルとして、本国アメリカで高い評価を受け、エドガー（ＭＷＡ）賞最優秀新人賞ノミネート、アンソニー賞最優秀新人賞ノミネート、レフティ賞最優秀新人賞ノミネート、シカゴ・トリビューン紙年間最優秀作品に選ばれるなど、数々の実績を残している。

舞台は一九九五年のピッツバーグ。ＬＡ暴動（スピード違反で逮捕された黒人男性が警官から暴行を受け、それが発端として発生した）の四年後で、Ｏ・Ｊ・シンプソン事件の公判の真っ只中でもあり、人種問の緊張が高まっていた時代だ。数年前にはＮＹでジョギング中の女性がレイプ・暴行される〝セントラル・パーク・ジョガー事件〟が起き、無実の黒人やヒスパニックの少年らが冤罪で逮捕され、有罪判決を言い渡されている。主人公のボビーはそんな社会のなかで、黒人の父親と白人の母親のあいだに生まれながらも、みずからを白人と偽って生きることでその身を守ってきた。そんなボビーの唯一の親友であるアーロンは、麻薬取引に手を染めて刑務所行きとなったうえに、出所したときには完全な人種差別主義者となり、ボビーを困惑させる。

やがてアーロンがヘイトクライムに及び、ボビーは逃走に手を貸すかたちとなってしまうのだが、ボビーは黒人を憎むアーロンに自分の出自を知られまいかと怯え、なおかつアーロンの共犯者として警察に追われる可能性にも同時に怯えることになる。

本書の大きなテーマのひとつが、人間にとってのアイデンティティとは何かということだ。人間の本能的な欲求として、誰かに認められたい、どこかに属したいと思うのは自然なことであり、そのためであればみずからを偽ることも厭わない場合がある。シングルマザーである母親と祖父に育てられてきたボビーにとって、その承認欲求を満たしてくれる相手は祖父だった。皮肉にも、白人である祖父は徹底的な人種差別主義者であり、ボビーにその信念がすっかり根づいたころ、父親の人種についての真実が明らかになる。そこからボビーのアイデンティティの問題は、自身の内に異なる人種が混じりあっているという事実へと移っていく。著者本人も異なる人種の両親のもとに生まれ、大学時代にさまざまな葛藤を経験したと語っており、それらがボビーの境遇に反映されていることは想像に難くない。また、著者のインタビューによれば、両親の人種が異なる子どもは幼いころから〝どちら側につくのか〟という問いかけを周りから度々されるケースが多いのだという。

ボビーを取り巻く苦境はそれだけにとどまらない。母親のイザベルとふたり暮らしで爪に火を点すような生活をしているボビーだが、守ってくれるはずの母親がアルコール依存症で当てにならず、度々給料を酒につぎこんでしまい、ボビーがその穴埋めをするという生活を長年続けていた。働けども楽にならない暮らしに心が蝕まれ、イザベルは逃げるようにアルコールに溺れつづけるが、息子のボビーは母親と同じ轍を踏まないよう、一滴も酒を飲まず懸命に生きようとしている。

ボビーだけでなく、登場人物は誰もが苦悩を抱えている。いじめを受けながらも黒人かぶれの振る舞いをやめなかったアーロンは、刑務所で凄惨な経験をし、人格も外見も一八〇度変わってしまう。

著者は当初、アーロンの人物像をマンガの悪役《ヴィラン》のように描いていたそうだが、それでは読み手を惹きつけられないことに気づいたと語っている。最高の悪役は自分を悪役だと思っていない者であり、自分自身の物語のヒーローであることを信じて疑わない。アーロンはまさにそんな存在として描かれ、自分が及んだヘイトクライムを少しも後悔しておらず、正しき行ないだと信じている。

イザベルのアルコール依存、シングルマザーとなった経緯も事細かに書かれていく。妊娠が判明し、相手のロバートに真実を告げることなく出産すると決断したはいいが、いざ産気づいたときには想像以上の痛みにパニックに陥ってしまう。そういった様子が描かれていく場面はあまりにも生々しく、息が詰まりそうなほどだ。そしてやっと生まれた赤ん坊はすぐに産声をあげず、その生死がわかってはいても、手に汗を握って見守ってしまう。イザベルは生まれた息子のため、まともに生きようといったんは決意するものの、徐々にかつての生活へと引きもどされていく。貧しく過酷な生活を、逃げ道なしに耐える強さがどれだけの人間にあるだろうか。

一方でロバートは経済的に何一つ不自由していないのに、また別種の苦悩を抱えていた。妻タマラとは結婚当初子どもを望んでいなかったはずなのに、さまざまな状況を経て、夫妻は過剰なほどの〝妊活〟に励むこととなる。それが失敗に終わったとき、夫婦仲はもはや修復不可能となってしまった。さらにロバートは、タマラとともに肌の色の明るい黒人として〝マイノリティのなかのマイノリティ〟として生きることの苦悩も語っている。それでいて、ロバートはあるときこう話す。〝毎日鏡を見ると、医者であるまえに黒人である自分を意識してしまう。そうしなければ生きのびられない。

黒人は黒人。それを忘れたら命取りになる〟と。二〇二〇年となった現在でも、この言葉にすべてが凝縮されているように感じられてしまう。それが現実なのだ。

　登場人物のなかで唯一、人々の価値観に疑問を投げかける存在が、ボビーの後輩であるミシェルだ。彼女は同僚のダリルとアーロンの衝突を回避しようと協力してくれる一方で、ボビーを取り巻く状況について親身になって話を聞いたあとで、その価値観を揺るがす言葉を投げつける。〝黒人は黒人らしく、白人は白人らしくという、その考え方そのものが馬鹿らしい〟のだと。目を覚ましたボビーは、ようやくみずからの選ぶ道について、迷いを捨てることができるのだが……。

　本書の魅力は扱っているテーマもさることながら、それぞれの登場人物の苦悩や葛藤が微に入り細を穿って描かれている点だろう。まるでボビーやイザベル、ロバートに自分が乗り移ったかのように、わたしたちは彼らの目を通して風景を見たり、感じたり聞いたりすることができる。誰もが自分を主人公とする物語を生きていて、望んだはずではない苦境に置かれ、途方に暮れる。そんな様子が淡々と描かれていく筆致は非常に胸に迫るものがある。彼らはいったい、どうすればよかったのか。どう生きれば幸せになれたのか。そんな思いを抱かずにいられない。

　ここで著者ジョン・ヴァーチャー氏について触れておきたい。ペンシルヴェニア州ピッツバーグで生まれ育ち、現在はフィラデルフィア在住。妻とふたりの息子と暮らしている。ピッツバーグ大学にて英文学専攻。その後サザン・ニューハンプシャー大学修士課程においてクリエイティブ・ライティング分野で芸術修士号《MFA》を取得。フィラデルフィアのチェストナットヒル・カレッジで非常勤講師としての勤務経験を持つ。文芸的なクライム・ノヴェルを目指していると語っており、影響された作家にジェイムズ・ボールドウィン、アーネスト・J・ゲインズなどを挙げている。

本書を執筆していた当時は医療従事者として勤務しており、ロバートのキャラクター作りにその経験が生きていると語っている。また、暴力にはかならずその結果がついてくるという現実を描きたかったとも話している。本書では被害者のマーカス・アンダーソンが救急搬送される様子や、頭部のどこをどれだけ損傷したかという様子が詳細に描かれている。犯罪行為はその場で消えるわけではなく、被害者に傷を残し、助けようと医療従事者が手を尽くさねばならないものなのだ。犯罪が及ぼす影響を淡々と伝える語り口が訴えかけてくるものは、あまりにも大きい。

著者がピッツバーグを舞台に選んだのは、自身が生まれ育ち、ギャング問題を目の当たりにしてきたことが理由だという。さらに、ジョン・エドガー・ワイドマンの〈ホームウッド三部作〉に心を打たれ、ボビーとイザベルの住む町として設定したという。そこはかつて文化的に栄えた素晴らしい町だったのに、周辺の都市化についていくことができず、現在では治安の悪い地域として知られるようになってしまったという悲しい歴史がある。この町に人々の関心を向けてもらいたいという思いで、主人公の住まいを選んだということだ。

渾身のデビュー作で注目を集めたヴァーチャー氏だが、すでに次の作品の発表も予定されている。タイトルは〈*After The Lights Go Out*〉。異なる人種の両親を持つ武闘家が主人公ということで、二〇二二年に本国で刊行予定だという。次はどのような世界観の作品を読ませてくれるのだろうか。楽しみに待ちたいところだ。

最後に、本書の翻訳にあたり、早川書房の茅野氏をはじめ、関係者の皆様には多くのお力添えをいただいた。この場を借りてお礼申しあげたい。

二〇二〇年十二月

HAYAKAWA POCKET MYSTERY BOOKS No. 1964

関《せき》　麻《ま》衣《い》子《こ》

英米文学翻訳家
訳書
『弁護士ダニエル・ローリンズ』ヴィクター・メソス（早川書房刊）
『完全記憶探偵エイモス・デッカー　ラストマイル』
デイヴィッド・バルダッチ
『ネクロフィリアの食卓』マット・ショー&マイケル・ブレイ
他多数

この本の型は，縦18.4センチ，横10.6センチのポケット・ブック判です．

〔白《しろ》が5なら、黒《くろ》は3〕

2021年2月10日印刷　2021年2月15日発行
著　者　ジョン・ヴァーチャー
訳　者　関　麻衣子
発行者　早川　浩
印刷所　星野精版印刷株式会社
表紙印刷　株式会社文化カラー印刷
製本所　株式会社川島製本所

発行所　株式会社　早川書房
東京都千代田区神田多町2-2
電話　03-3252-3111
振替　00160-3-47799
https://www.hayakawa-online.co.jp

（乱丁・落丁本は小社制作部宛お送り下さい
送料小社負担にてお取りかえいたします）
ISBN978-4-15-001964-8 C0297
Printed and bound in Japan